致青春 130

我的重生脫單計畫

（下）

艾小圖　著

高寶書版集團

目錄
CONTENTS

第二十三章　約會

重生回來四個多月，還沒幹下什麼大事，期末週就來了，上一世考試全靠考前突擊，畢業十年該忘的都忘得差不多了，考前複習完全和第一次一樣。

林西想，她絕對是有史以來第一倒楣的重生女主。

期末考要來了，近來的每節課都很重要，因為老師會畫重點。平時坐得很空的教室，居然坐滿了，教室最後一排有幾個壞掉的椅子，好幾個來晚的同學都要到教師辦公室去借椅子，連韓森這種混混都不敢蹺課了，硬是擠到林西身邊坐，被林西一頓白眼。

經濟學的老師還是一如既往的「陰險」，一共考五個「名詞解釋」，重點給出一百個，這算哪門子重點？

林西在老師發下的一百個名詞解釋裡，仔細瀏覽著，想要回憶起上一世考了哪五個。

阿西巴，一個都記不起。

老師還在講著別的題型，林西的筆跟著寫得很快。

韓森坐在一旁，一開始還在完全空白的書上畫幾下，過了一下乾脆停筆了。

「妳記完借我抄。」韓森說。

林西目不斜視，始終跟著老師的節奏。

韓森抬頭看了黑板一眼，又看向林西，「昨天的比賽我差一點就贏了，本來說獎牌送妳的。」

林西本來在聽課，聽到這句，忍不住轉過頭揭穿韓森：「你二十幾名，我看到了。離獎牌不只差一點吧？」

韓森面子有點掛不住：「……咳咳，這個不重要。」說完他一下子反應過來，瞬間變了臉色：「我說我怎麼到處找不到妳，妳都看到我了，不打招呼，故意跑了是吧？」

林西鄙夷瞪了他一眼，「不記筆記就睡覺，別打擾人家。」

韓森嘿嘿一笑：「我可以不打擾妳，不過妳要兌現承諾。」他說：「上次說好了請吃飯，後來妳說推遲，也推遲得有點久了。」

林西經他提醒，這才想起為了跑馬拉松，好像確實欠了韓森一頓飯沒請。

林西壓低聲音說：「改天吧。」

「這週六。」不等林西說日子，韓森自顧自下了決定。

「不行。」林西想都不想就拒絕了。

「為什麼？」

林西握緊手裡的筆，手心出了些汗，最後硬著頭皮說：「不行就是不行。再說了，下週就考試了。」

「……」

無比充實的一節課，林西的筆記都記滿了。

完全就是大學學渣期末考試週的縮影。

抄一大堆畫一大堆，也不能都背下來，寫出來就覺得挺安慰，好像踏實了很多似的。

下課後，同學們紛紛離開教室，林西還在收拾東西，付小方趕緊推她：「哎呀，妳怎麼還在這，妳的學生帳號不是出問題了嗎？網路上最後一次作業不能不做，老師叫所有有問題的都去他辦公室拿紙質試卷來做。上上週就說了，妳一直忘，再不交的話，平時分就沒了。」

被付小方提醒了，林西才想起這事。一連幾週，又是拔牙，又是社團的活動，忙糊塗了。雖然還沒到交作業的死線，但是趕著快交的時候才去拿試卷，怎麼都顯得學習態度很差啊。林西頭皮一陣發麻，書本也不整理了，趕緊朝著老師的方向追了過去。

經濟學老師的辦公室就在教學大樓不遠，聽到林西居然還沒拿試卷，把林西罵了一番。林西一直道歉和解釋，老師還算好說話，罵完就算了，叫她去辦公室拿。

走到半路，商學院的系主任突然喊了經濟學老師的名字。

「系裡開會了，你怎麼還在這？」

經濟學的老師低頭看了眼時間，微微皺了皺眉，對林西說：「這樣吧，妳去我辦公桌上拿試卷，就在桌上，右上角那一疊。桌上有我的照片，很好找。」

說完就趕著要去開會了。

林西一個人走到老師們的辦公大樓。整層樓都沒什麼人，想必老師們都去開會了。

找到經濟學老師的辦公室，她是第一次來。從小到大成績普通，每一次進老師辦公室都有種無形的壓力，忍不住緊張。

剛進辦公室，正好碰到單曉從辦公室裡出來，林西險些撞倒她。

「對不起。」林西趕緊扶住了她，「我太冒失了。」

「沒關係。」單曉笑了笑。

林西尷尬地捋了捋耳邊的頭髮，見她手上抱著經濟學的書本和幾張試卷，沒話找話問了一句：「妳也有這個課啊？」

「是啊。」單曉語氣善意：「妳是來找老師的？老師去開會了。」

「我來拿試卷。」林西不好意思地說：「本來上上週就該拿，忘記了。」

「試卷啊。」單曉笑了笑，頓了頓聲說：「我正好也拿了。在老師左邊的抽屜裡。」

「啊？」林西說：「不是說在桌上？」

「是右邊啊。」單曉的眼睛是眼角向下垂的那種，一笑起來人畜無害，看起來非常無辜。

她抿唇一笑：「桌上的都拿完了，只有抽屜裡還有一兩份了。」

單曉走後，林西在老師的桌上看了看，發現右上角是一小疊書。後來，她是在抽屜裡找了一陣子才找到試卷，被老師放在教案的下面。看來真的是單曉說的，桌上的用完了，只剩最後一兩份了。

剛拿完試卷，林西如釋重負地關上了老師的抽屜。

一起身，差點撞上一個高個男生。

也不知道他是什麼時候進來的，腳步聲很小，把林西嚇了一跳。

那男生一頭自然捲的短髮，個子不高不矮，濃眉大眼的，林西以為他也是來拿試卷的，還善意地提醒了一句：「桌上的卷子被拿完了，抽屜裡只剩我手裡這一份了，你可以等老師回來以後再要。」

那男生並不是很想和林西攀談，只是點了點頭，「嗯。」

林西也沒有多停留，拿了試卷就回去了，付小方還在等著，等久了會罵她，她可不敢耽擱……

週六，林西起了個大早，在鏡子前仔細梳妝打扮一番。

化了兩次妝，完全不同的妝容風格，但是怎樣的妝容都覺得有點不適合，最後都卸掉了，只在嘴巴上抹了點顏色少女的唇彩。

那頭男不男女不女的頭髮長長了許多，成了過耳垂的學生頭，林西用四葉草的髮夾將一側的頭髮夾了上去。

可惜了，大冬天的，也沒什麼衣服能讓她發揮的。她穿了很春天氣息的連身裙，但是太冷了，不穿羽絨外套根本無法出門，最後林西還是罩上羽絨外套。

韓森本來要約週六吃飯，她想都不想就拒絕了，因為她今天是有約的。

下樓走了很久，林西覺得腳步有點飄。

好奇怪，明明一起吃過那麼多次飯，為什麼這麼正式的、單獨的一起出去，她還是會這麼緊張？

走到校門口，遠遠看見那個人站在那裡，不管怎麼低調，過路的每個人還是會有意無意地看向他。

他的頭髮也略長長了一些，看起來比平頭短髮的時候要溫柔很多。身上還是那件上次穿過的灰大衣，沒有太刻意的打扮。

林西很慶幸自己沒有化妝，沒有學付小方為了吸引男神穿薄大衣，這種時候，用力過猛也挺丟臉的。

林西小步跑過去，假裝很豪爽地拍了拍江續的肩膀：「等很久了吧。」好像一點都不緊張似的。

「嗯。」

兩人並肩坐在公車上，很多出去約會的、逛街的同學都認識江續，一直竊竊私語。林西覺得自己像和一個明星出行一樣，有種心虛的壓力。全程視線幾乎不敢看著他，一直低著頭看著自己的手背。

當然，江續也沒有勉強她聊天。

江續還是那個少言的江續，只是好像哪裡不一樣了。

到了商店街，正好到午飯的時間。

兩人站在商店街的招牌下，看著熙來攘往的人群，林西有些不自在。

「你想吃什麼？」林西問。

「妳呢？」

林西說好了要請客，自然要說話算話。她試探性問了問：「那豪客來？」

「好。」

大學畢業後，林西幾乎沒怎麼去過豪客來，因為後來出來了很多西餐餐廳，各式泊來品牌、外國大廚、空運食材，早就吃滑了嘴，但是在二〇〇六年，豪客來算是大學生約會的首選餐廳之一，當年林西都是和朋友一起去，從來沒有機會和哪個男生單獨去。

時代變遷，很多東西不斷革新，早沒了當年的神聖感，剩下的，只有心裡的一份懷念。

坐在餐廳裡，林西看著桌上的刀叉，再看看對面的江續，心裡的感覺十分複雜。

牛排上桌，林西和江續有一搭沒一搭的說著話，心情有些緊張。

林西想斯文一些，但是她的那塊牛排中間有一塊筋，她切了半天切不斷。偏偏她又是個不肯放棄的人，那一塊筋成功轉移了她的緊張，也轉移了她的注意力，她和那塊筋槓上了。

切得盤子咯吱響，那一塊筋還沒切斷。

對面的江續噗嗤一聲笑了出來。

「別切了。」江續將他的牛排和林西的調換了一下，「我的還沒動。」

林西低頭看著江續調換過的餐盤，就在林西和那塊筋槓上的時候，他已經默默把一整塊都分切好了。

這種教科書一樣的男主角行為，江續居然也懂，他未免太上道了吧？

再反觀自己，林西懊惱地握緊了刀叉，覺得自己簡直可謂世界第一蠢。

吃完牛排，時間尚早，江續提出一起去轉一轉，林西自然沒有拒絕。

兩人沒有情侶名分，自然不會手牽著手。這時江續走在前面，林西穿著大厚外套，傻乎乎跟在他身後，有種老爺開路，奴才隨行的詼諧觀感。

林西一直看著江續，覺得自己有點著魔了。

看著江續的後背，就會想起他揹著她時，那種難以言喻的踏實；看著他的手臂，就想起他圈著她的脖子時，那種溫暖入心的親暱；看著他的手，就想起他牽著她時，那種怦然心動的慌亂……

原來對一個人的感覺，並不單單是一見鍾情的激情，潤物無聲的細節深入才是最可怕的。

路過遊戲俱樂部，江續突然停下腳步，回過頭問林西：「想玩嗎？」

林西還在看著江續的手發怔，江續這麼冷不防地回頭，把她嚇了一大跳，她趕緊把視線移開，臉蹭一下就紅了。

「啊？」林西還有些沒反應過來，再一抬頭看到遊戲俱樂部的牌子，趕緊點頭，「好好好，玩！」

江續去買遊戲幣，林西站在夾娃娃機旁邊，看著旁邊那對在夾娃娃機前面奮鬥的情侶。突然有些憧憬這種生活。

再看著遠處的江續，林西想，也許可以試試？

林西這麼一想，又陷入了新的難題。

上次江續表白以後，她沒有及時回答，之後他也沒有再說。

這可把她難倒了，江續不再提，她怎麼說呢？

難道踀踀地戳一戳他的肩膀說：「喂，你還喜不喜歡我？喜歡的話我們談個戀愛？」

唉，想想就覺得好蠢啊。

沒談過戀愛真的是缺點啊，在愛情裡幾乎沒有智商，話也不會說，一提到這種話題，心裡就好慌。

明明從來沒有談過戀愛，偏偏三十歲的限制，看了那麼多雞湯，主動的女孩都沒有好下場，更讓她不敢再去問。

算了，還是等江續問吧。

他老是約她，總會想起來他們還差了一步吧？

林西捋了捋頭髮，手指卡在耳朵上的髮夾上。

她突然想起自己自己今天還是穿了戰袍的，趕緊把厚外套脫了。

雖然中心廣場是開了空調的，但是大冬天的，還沒開始逛就只穿一件單薄連身裙，自然是相當冷的。

但是為了在江續面前展現自己有魅力的一面，林西也是拚了。

江續買好了遊戲幣走過來，見林西身上只穿一件淺綠色的碎花連身裙，微微皺了皺眉，「怎麼把外套脫了，不冷嗎？」

林西逞強地搖頭。

「想玩什麼？」江續問。

江續似乎完全沒有get到林西的用意，林西冷得有些鬱悶。

「要不然……」林西的手指剛要指向夾娃娃機，肩膀突然就被一個熊一樣的重物壓住了。

「林西！」

韓森一臉興奮，手剛搭上林西，就被江續一抓一提，甩到一旁去了。

江續把林西往身後扯了扯，占有的姿態十分明顯。

韓森看到江續這架勢，臉色瞬間一黑，再轉向林西，一臉抓奸丈夫的憤怒：「妳不答應我，是為了跟他出來玩？」

「我……」

韓森瞪大了眼睛，「林西，妳出軌了？」

韓森的大嗓門引來旁人的側目，這讓江續不禁皺了皺眉。

林西這人雖然臉皮厚，也不喜歡被圍觀，看著四周有意無意的視線，尷尬得簡直想要找條縫鑽進去。

「你有病啊？」林西惱怒極了，瞪著韓森，「我又沒結婚，出什麼軌啊？」

韓森對此還是不依不饒，他指著江續質問林西：「有主的女人，和他在這裡算什麼？」

林西有點強迫症，解釋道：「談戀愛的關係怎麼能叫出軌？你國文有問題吧，最多只是劈腿。」

韓森聽林西這麼說，立刻糾正了用詞：「所以妳為什麼要劈腿？」

「你……」林西快被他氣吐血了，「我做什麼了？我劈毛線腿！」

「……」

見和韓森溝通無效，林西懶得和他糾纏，也不管美不美了，豪爽地把外套穿在身上，一把抓起江續，「我們走！」

江續沉默看了看眼前的情景，故意挑釁地看向韓森，然後晃了晃手上裝滿遊戲幣的小簍子，問林西：「不玩？」

林西本來被韓森氣得要走，看到那麼多遊戲幣，又轉了方向，「玩！我憑什麼不玩啊！」

真的開始玩了，林西才有些後悔自己的決定。自從韓森出現，他就再也沒有離開她的視線，全程賴著他們。

「你出來只是閒逛的嗎？你沒有自己的安排嗎？」林西沒好氣地問韓森。

韓森目光炯炯盯著林西和江續，視線一刻不移，「不能讓妳讓我戴綠帽子。」

「沒完了你！」

韓森理直氣壯：「這麼大個俱樂部，老子憑什麼不能進來？」

「你……」

江續不願林西和韓森太多交流，伸手把林西拉到自己身邊，故意低頭俯身湊向林西耳邊。

以為二人要說悄悄話，韓森也努力往前湊，可惜聲音太小，什麼都聽不見。

「喂，你們怎麼回事？」韓森有些生氣。

江續嘴角微微一勾，將林西的肩膀一摟，帶著她轉了個方向。

任由韓森在一旁聒噪，江續始終自在淡定。

他低頭看向林西，那深色的瞳孔裡像是一片沒有邊際的海，讓人捉摸不透。

其實江續什麼話都沒說，只是林西耳邊的髮夾有點卡頭髮，他把亂掉的頭髮捋了捋。

看韓森被耍得炸毛了，江續好像還挺高興的。

這行為，真是幼稚極了。

「回去後，妳是不是也該和我解釋一下？」江續這才笑著說了句話。

林西臉上有些微燙，有些結巴，「解釋什麼？」

江續看了韓森一眼：「妳說呢？」

「我……」

「回去再說。」江續按住林西的肩膀，打斷了她，直接將遊戲幣遞給她：「現在去玩。」

他們走到哪裡，韓森就跟到哪裡，他也去買了一打遊戲幣，誓要黏死他們。他們要玩夾娃娃機，韓森也圍了過來。

林西投遊戲幣夾了好幾次都沒成功，她在那夾，韓森就在一旁聒噪地指揮，氣得林西好幾次想擼袖子上去打他，礙於江續在一旁，不好暴露自己暴力的一面。

林西越投幣越不爽，心想，怎麼一個都夾不到呢？

江續站在一旁看著她在那折騰，嘴角帶著一絲淡淡的笑意。他雙手插口袋，掃了掃面前的幾臺夾娃娃機，始終從容。

「妳喜歡哪一個？」他問。

「都不是很喜歡，只是有點不爽。」林西鬱悶地指了指奮戰半天無果的機器：「尤其這個綠毛毛蟲，完全夾不到。」

韓森在一旁跟圍觀看棋的老頭一樣，把手裡的遊戲幣當核桃把玩，還在大言不慚：「妳選的娃娃形狀本來就不好夾，再說了妳的方法也不對。這種夾子到了上面是會鬆開的。」

江續沉默著觀察一下機器裡每個綠毛蟲娃娃的位置，然後對林西說：「給我兩個幣。」

林西趕緊遞了過去。

江續投入一個遊戲幣，沉著地選好了角度，將林西一直在夾的那一個綠毛毛蟲娃娃從角落夾到了出口處，果然如韓森所說，夾子升到上面就自動鬆開。

第二個遊戲幣投進去，江續又一次準確抓住那個娃娃，娃娃從旁邊被夾到出口處時，林西摒住了呼吸。

「啪嗒。」

綠毛蟲準確掉入了出口。

「嗷嗷——」

林西激動地從出口撿出那個綠毛蟲，抱著那個醜娃娃，一臉興奮地圍著江續，不住感慨：「江續，你實在太厲害了！」

見林西這麼誇獎江續，韓森不服氣地說：「他花了兩個幣，我一個就能中。」

林西一臉不相信，韓森立刻投一個幣進了機器。他準確夾起了離出口最近的那個娃娃，娃娃剛升起來，韓森突然以迅雷不及掩耳之勢，扶著機器，大力向出口的一側一倒。

金屬爪剛升到最高，如期鬆開，那個娃娃因為機器嚴重的傾斜，斜著掉了下去。

「咚」一聲，掉到了出口。

「怎麼樣，我厲害嗎？」韓森一臉得意，「這是我的獨家祕技，一般人我不會說。」

林西：「……」

離開了夾娃娃機，在各個設施都花了一些，三人最後只剩下幾個遊戲幣了。路過賽車，林西直接坐了進去。賽車是可以連線一起玩的。林西對江續說：「一起玩？」

江續微微一笑。

韓森經常出入這種地方，自然熟悉，腳還沒跨進去就開始對江續挑釁：「和女人比算什麼好漢？挑一場。」

江續不屑地瞥了他一眼：「隨便。」

林西對賽車的瞭解全來自「頭文字D」，她一上機器直接選了拓海的AE86。主機在江續那裡，江續選好賽道，比賽終於要開始了。

看著螢幕上出現數字倒數，林西一臉興奮。

她扶著方向盤，激動地說：「秋名山車神來了，顫抖吧小夥子們！」

林西坐在中間，左邊是江續，右邊是韓森，兩個人的技術都很好，拚殺得很激烈，一開始他們三個還在同一個起點，開著開著林西前面就沒有車了。

過了幾十秒，韓森生氣地「啪」一聲拍了下方向盤，懊惱地說：「靠！差一點！」

贏家江續鬆開了方向盤，始終淡定自若。

見兩人停下來了，林西詫異：「這麼快？你們跑完了？」

她還無頭蒼蠅一樣開著車，「我的螢幕是什麼意思？為什麼一直有一條橫槓？」

韓森往左一側，看到林西的螢幕，立刻爆發出笑聲：「林西，妳是智障嗎？還秋名山車神，秋名山車禍還差不多！」

「怎麼了？」林西趕緊向江續求助。

只見江續噗嗤低笑出聲，肩膀有些抖。

「笑什麼啊？」

江續：「林西，妳在逆向。」

晚上不到五點，三人一起回了學校。

兩男一女，這組合怎麼看怎麼奇怪。

但是更奇怪的是，林西居然覺得玩得挺開心的。多了韓森在一旁耍寶，江續也放得很開，雖然兩個人很幼稚一路單挑，但是林西倒是一點緊張感都沒有了。

兩個男生一起將林西送到宿舍樓下。林西先看了韓森一眼，然後有些彆扭地看了看江續：「那我上去了。」

「嗯。」江續點頭。

林西捏了捏手指，本來還想和他多說幾句，但是韓森在，註定什麼都說不了了。林西忍不住嘆了一口氣。

「接近期末了，為了全市的冬季大學聯賽，寒假隊裡又有集訓。」江續難得說這麼長的話，林西不太理解用意。

「什麼？」

「接下來我會比較忙。」

「噢。」

林西抬頭看了江續一眼，有幾分欲言又止。

見兩人你來我往的寒暄，韓森始終黑貓警長一樣盯著他們。

江續低著頭看著林西，眸中幾分溫柔：「妳超時了，記得嗎？」

江續說得隱晦，但是林西還是一下子就懂了。

臉燥熱起來，那種熱是從心臟開始向上的。

「嗯。」林西的聲音小如蚊蚋。

「快點想，知道嗎？」

「知……道。」

見林西始終乖巧，江續很滿意。

他雙手插口袋，踱踱地說：「上去吧，我走了。」

「慢走。」

兩人的對話結束，韓森也擠了過來，一把扯住林西，「不准只對他溫柔。我不管，我也要！」

林西看見近距離的韓森，對他的請求她還是有求必應的，翻了個白眼，字正腔圓地說：「慢慢滾。」

韓森：「……」

期末週就是可怕，一週N場考試，考完上場還有下場，真是讓人精力不濟。

考完歷史，林西和付小方一起去學生餐廳吃飯。兩人一路對答案，學渣對答案，越對越心虛。最後兩人決定不對答案了，把命運交給上天，不再自我折磨。

「對了，」付小方問：「妳經濟學的卷子做完了沒？做完借我抄下。」

「不是考完才要交，週末再說吧。」

付小方鄙視地看著她，「妳每週末都出去玩，還好意思說。」

林西腦中一閃而過某人的身影，嘴角有淡淡的甜意，「這週不出去，放心吧。」

考試週的學生餐廳裡擠滿了人，林西和付小方都要去搶粉蒸肉，剛擠進隊伍裡，林西就被一個捲毛男生撞了一下。

那男生聲音很溫柔，發現自己撞到人，馬上道歉：「對不起。」

林西看了他一眼，覺得有些熟悉，卻又想不起來，最後只能笑著擺了擺手：「沒關係。」

那男生離開後，林西頂了頂付小方的肩膀，問她：「這人是誰，怎麼看起來這麼面熟？」

「誰？」付小方順著林西指的方向看去，立刻心領神會：「妳說龍濤炳啊，眼熟太正常啦。」付小方對學校的各種人事、八卦都很熟悉，如數家珍地介紹：「他是龍老師的兒子，就是經濟學的老師。」

林西才回憶起，他就是那天在辦公室撞到的人，原來是經濟學老師的兒子。

「經濟學的老師姓龍？」

付小方忍著笑，「妳都不看課表嗎？不僅姓龍，還叫龍在天……」

「龍在天？」林西實在忍不住，笑到停不下來。

「哈哈哈哈哈……」

與此同時，同樣是剛考完一場試的江續，飯都沒吃就直接到了籃球場。

三月開始的全市大學聯賽，時間越來越近，他作為校隊的隊長，責任很重大。有幾個校隊主力是大四的，馬上要進入畢業學期，沒有時間參加聯賽。江續只能訓練新人。期末又是冬天，大家都有點懶散。

江續剛換好球服，坐在球場邊換著球鞋，突然聽見一陣急促的腳步聲闖了進來。

韓森上面穿著黑外套，下面穿著運動褲和籃球鞋，手上把玩著一顆球，一臉挑釁地走了過來，身後還跟著幾個男生。

室內的球場，又是校隊預約了時間的，本不應該有外人進來。

校隊隊員很善意地提醒道：「不好意思，校隊在訓練，室內場今天不能打球。」

「憑什麼？」韓森身後的男生語氣有些囂張：「校隊了不起啊？」

校隊也都是血氣方剛的男生，被人這麼挑釁，自然是齊刷刷地站了起來。

「別。」韓森一臉老大的表情，攔住身後的人，「講道理，大家都可以在這打球。」說完，瞥了江續一眼，江續還在綁著鞋帶。

「聽不懂人話嗎？都說了校隊在訓練。」

韓森見此情形，拍了拍球，每一下都很有力。

「那我來應徵校隊，這總行了吧？」

「我們只有在開學的時候才招人。」

韓森眉頭動了動，眸光一沉：「老子就是要現在加。」

韓森話音一落，所有人圍了過來。

「找碴是不是？要打架啊？」

都是人高馬大的運動男孩，站在一起，打群架的氣勢馬上出來了。

韓森一直皺著眉頭沒有說話，只是死死盯著江續，「怎麼？不敢讓我加？」

江續坐在場邊，專注地綁著籃球鞋的鞋帶。黑紅配色的鞋面，喬丹一代，代表著傳奇的系列籃球鞋。

江續終於穿好了鞋。

面對韓森的挑釁，他始終有條不紊地循著自己的節奏。

他動了動嘴唇：「五分鐘，你能進一球，就讓你加入。」

聽到江續這麼說，隊裡有隊員問道：「不是招生的時候，有點不合規矩吧，誰來挑啊？」

他緩緩站了起來，一步步走向韓森，最後停在他面前。

球衣背後的二十三號傲岸不群。

他說：「我。」

林明宇近來考試多，本來不想去訓練，但是江續這人陰起來太可怕，所以他考完試隨便買了點吃的，還是去了籃球場。

後街的鍋盔燒餅，林明宇每次買都要加錢加料，又甜又辣的口味十分好吃，他一次能吃四個。啃著燒餅進球場，見場上兩個人打得激烈，林明宇有些詫異。

期末週，又是冬天，大家都是怨聲載道的來練球，居然有人打得這麼認真？

他叼著餅走進場內，放下自己的包，抬起頭再仔細一看。

場上在單挑的居然是江續和韓森。

林明宇差點被燒餅嗆到。

校隊的小夥子們本來對莫名來找碴的韓森還挺不爽的，結果兩人一開球，居然都看入迷了。很久沒有見過這麼精彩的鬥牛，觀眾們在一旁幾乎要喝彩了，其中一個大一生感慨道：「高手啊，跟世紀之戰似的。」

林明宇抖了抖身上的芝麻，也跟著回了一句：「可不是，我妹夫之戰啊！」

大一生：「……」

籃球鞋踩在木地板上發出吱吱的聲音，韓森的進攻很猛，變化也很多。籃球這個運動，身體體能、彈跳能力、反應力、技巧，缺一不可。韓森平時嘻嘻哈哈看起來挺中二的，對籃球的掌控能力倒是令人驚豔。

此刻，他額上的碎髮被汗濡濕，表情也是難得的嚴肅。

相比韓森，江續卻沒什麼表情，看起來並沒有太吃力，但是他也沒有鬆懈，將韓森防得滴水不漏，不論是韓森的假動作亦或強突破，都被他一一擋回。

時間一分一秒過去，眼看著就要結束了，球場一旁站著的，韓森的「小弟」揮了揮手機，有些著急。韓森餘光瞟到手機，眉毛皺了皺。

他有力地運著球，而江續始終如一座山一樣將他包圍住，他幾乎無處突破。

正在這時，校隊的一個隊員吹了聲口哨，對江續大喊了一聲：「隊長，還有五秒了！」

就在所有人的注意力都在這一聲提醒時，韓森一個shammgod，背後運球過人，擺脫了一個身位，將球運到籃下。

全場都沒想到韓森居然能突破江續的防守，幾乎要站起來驚呼。

韓森一個跳躍，毫不猶豫就要上籃。

大家都以為江續防守失敗時，江續突然轉身，身體以一個不可思議的角度扭轉到韓森身前，他跳起封蓋的時候，手指輕輕點到了籃球，瞬間改變了籃球進入籃筐的軌跡。

籃球因外力改變方向，在碰到籃筐後，遺憾地彈筐轉動，眼看著已經向外掉落。

有那麼零點零幾秒的時間，在場所有的人屏息看著那顆牽動心緒的籃球。

「嗶——」球隊的隊員興奮地吹響了代表著結束的哨聲。

韓森雙手撐著膝蓋，重重的喘息中，也帶著幾分遺憾。

就在籃球要從籃筐上掉下來的最後一刻。

在一片譁然中，江續突然再一次起跳，一個漂亮的補扣，將原本要滑落下來的籃球「哐」一聲補進籃筐。

籃球入筐掉落，在地上重重地彈出一聲一聲的迴響。

「砰、砰、砰、砰——」

韓森抬頭看向江續，江續聳了聳肩，轉身走向場邊。

他不爽地大喊一聲：「靠——你贏就贏了，這是什麼意思？我願賭服輸！」

江續拿起自己的水瓶，淡淡回答：「進隊吧。」

「老子憑什麼？」

「你進球了。」

韓森氣急敗壞：「那是你補進去的！」

江續眸光一寒，「願賭服輸，懂？」

韓森被他哽得一句話都說不出來。他不爽地站在球場上，「小弟們」迅速圍了過來，林明宇這個看熱鬧不嫌事大的也圍了過來。

林明宇掰了一半燒餅遞給韓森：「餓嗎？吃點？」

韓森不爽地撇開頭。

「別掙扎了，進隊裡吧。」林明宇說：「下學期一開學就有聯賽，隊裡正缺人呢，歡迎加入。」

韓森還是不爽：「他這是什麼意思？先打掉我的球，又補籃進去，侮辱我嗎？」

林明宇嘆息：「因為不能讓你贏了他，但是隊裡又缺人，也不能流失了人才。」

「什麼意思？」

「意思就是你被老狐狸坑了。」

「……」

經濟學的試卷，林西雖然拿得比付小方晚，但是做得卻比她早。

通常到了學期末，老師給的模擬卷、測試題都是比較委婉的「泄題」。要麼會有幾題原題，要麼會有完全一致的題型，這對學渣來說，絕對是不可多得的輔助。

林西從龍老師那裡拿回來的試卷，她一邊查書一邊做，做完又仔細背了裡面提到的各種名詞概念，生怕真的考到了，自己不記得。

林西做完了試卷，第一時間想起要給付小方抄，但是付小方也不知道去哪了，居然不在寢室。

第二天就要考經濟學了，她的試卷也不做，書也不背，完全破罐子破摔的感覺。

早上考了英語會話，考題特別簡單，五個人一組，抽籤選擇一個話題，進行小組情景演練。林西抽到的角色一共四五句話，一下子就考完了。

中午吃飯，林西一邊吃一邊教訓付小方：「妳最近怎麼回事？怎麼每天到快鎖門才回來？」

付小方啃著米飯，嘴角有一絲甜蜜的笑意，「我去圖書館讀書了。」

「這麼刻苦？」林西對此有些懷疑：「那妳經濟學的試卷做完了嗎？」

付小方經林西這麼提醒，突然張大嘴「啊」了一聲：「妳的呢？妳不是說借我抄嗎？」

「切。」林西鄙視地瞪她：「我天眼一開，就知道妳沒用心複習，老實交代，最近幹什麼去了？」

「嘿嘿。」付小方說起這些，眼睛就彎成了一條縫，咳咳兩聲說：「就是上次啊，我不是在論壇發了個徵友文嗎？後來我收到一封匿名站內信，說想和我做朋友。那個人是理工科的，說話一套一套的。」

「你們已經見面了？」

「沒，只有網聊，反正挺聊得來的。」說著說著，付小方臉上掠過一絲可疑的紅暈。

「網戀啊？」林西一下子懂了。她對網戀一貫不看好：「叫什麼？長什麼樣子啊？我們學校的應該能找到是誰吧？」

「我們都稱呼對方BBS裡的名字。」付小方一副陷入愛情的腦殘狀態，「這樣挺好的，彼此多瞭解一些再奔現。」

「通常只聊著都不傳照片的，多半……」

「膚淺。」付小方說：「我是那種看臉的人嗎？」

「妳不是？」

被林西這麼直白的嗆了，付小方有些不好意思地咳咳兩聲：「反正這次，我是被人格魅力吸引的，不管他是誰，我就是喜歡他了。」

林西想想當年各大論壇裡網戀「見光死」的搞笑故事，在心裡為付小方超度：「祥瑞禦免。」

「……」

下午的考試的時間很快到了，林西到的時候，老師還沒來，大家三三兩兩的坐在位子上。

林西從口袋裡拿出手機，正準備關機，電話突然響了起來，嗡嗡震個不停。

林西看了眼時間，離考試還有十五分鐘，就接了起來。

「幹什麼？」林西整理著自己的筆袋，看了看周圍說道：「我馬上要考試了，長話短說。」

電話那端傳來江續熟悉的呼吸聲，是讓人安心的頻率。

他問：『幾點考完？』

「五點。」

『晚上一起吃飯？』

「嗯？」林西回味了一下，才意識到江續又在約她，一時有些耳熱，訥訥回答：「好。」

她那種呆呆傻傻的語氣，逗得電話那端的江續輕笑。他頓了頓聲，然後囑咐了一句：『穿漂亮點。』

林西的手指摳著自己的衣服下擺：「為什麼？」

『籃球隊的人全都在。』

「……」

林西還準備說話，監考的老師已經進來了。老師抱著一杯「爹爹茶」，隨手將考卷放在講臺上，推了推眼鏡，催促著後來進來的同學們。

「快進來吧，趕緊找到自己的位子坐下。」

他在講臺上來回踱步，很公式化地對同學們說：「進來就自覺關手機啊，都是大學生了，最基本的規矩不要我說。」

林西看了老師一眼，趕緊說了一句：「老師來了，就這樣，我掛了啊！」

考試鈴聲響起，教室裡瞬間一丁點喧嘩的聲音都沒有了。

所有人規矩而安靜地坐在自己的位子上。桌上都被清空了，只有文具被允許放在桌上。

大家自覺維護著考場的肅靜。

老師放下了「爹爹茶」，果斷撕開了考卷的封條，開始一個個下發試卷。

「先寫名字和學號，試卷和答題卷都要寫，我等一下會一個個檢查。」他發幾張試卷就抬頭，「不要交頭接耳，書都收起來啊……」

看著老師一個個下發，考生們真是各有不同，有的同學胸有成竹，有的一看就神遊太虛。林西嘛，介於二者之間，又緊張又忐忑。

經濟學她還是有複習的，只是複習得不算太充分。計算題都搞懂了，只是有些概念性的知識還有些記不住。唯有賭一賭她超級認真準備的那張模擬卷了。

試卷一看就是老師很匆忙準備的，上面連題目編號都沒有，單純的把各題型拚在一起，應該是老師出完了題以後才給大家重新出的考前突擊試卷。

這時林西只能期待，正式的考卷裡，多一些原題或者原題型的題。

試卷發到林西面前，林西習慣性地先在試卷和答題本上都寫下了名字和學號。

寫完了名字，林西輕吐了一口氣。她忐忑地翻開試卷，準備答題。

當她認真開始瀏覽題目時，被那些題目嚇了一跳。

驚訝地看完了第一頁的題目，林西還是有些不敢相信自己的眼睛。

她趕緊又把試卷翻了一頁，瀏覽下一頁的題目。

不論是題型還是題目的順序，都和她做的那份模擬卷完全一樣。

怎麼會這樣？

老師考前居然把試卷發給大家先做了？

第二十四章　考試風波

林西下意識抬頭環顧周圍，發現大家都沒有覺得太異樣，拿起卷子就開始奮筆疾書。這讓林西覺得有點糊塗了？難道老師真的這麼善良？

考試結束鐘還沒響起，考場外突然傳來一陣窸窣的腳步聲。

經濟學的龍老師一臉嚴肅的和另一位不認識的老師一起進了林西的考場，在和林西考場的監考老師低語後，龍老師皺了皺眉，低聲說了一句：「林西，妳暫時不用考試了，拿著妳的試卷和包，出來一下。」

「……」

林西不知道發生了什麼，全程有些莫名其妙。要不是看老師一臉嚴肅，她都要懷疑是不是老師聯合同學一起整她了？

跟著龍老師一起進了辦公室，辦公室裡還站著一個女生，這個女生是林西的同學，住林西隔壁寢室。

龍老師表情嚴峻，靜靜坐在椅子上，許久才對那個女生說：「現在林西來了，妳說說，試卷是從哪裡來的？」

那女生戰戰兢兢地說：「昨天我找林西借試卷來看，她當時不在，就叫我在她桌上拿。我去拿的時候，發現她桌上有一份和我不一樣的試卷，我以為她是有上一年的試卷，悶著不告訴大家，就偷偷拿去影印了一份，想做看看。」她看了林西一眼，眼眶有些紅，「結果考試了，我發現考試的題目居然和林西那份試卷一樣，我想拿出來對一對是不是完全一樣，真的不是要作弊，結果就被監考老師抓了……」

聽到這裡，林西終於意識到發生了什麼事。

重生以來，所有的事都太順利，讓她失去了警惕之心。她以為避開了單曉的情書，之後所有的事都不會發生的。

殊不知命運的齒輪轉動，一切冥冥之中自有安排。

就像第一次世界大戰開始的標誌是「塞拉耶佛事件」，抗日戰爭開始的標誌是「盧溝橋事變」一樣，林西被同學冷暴力，也有這樣一個標誌性事件。

說起來，大二上學期的學期末。

當時林西選了一門叫「國際經濟環境與形勢」的選修課程，這門課程的期末是交論文的。她一貫貪玩，趕到快到截止時間才上交了論文，結果老師用查尋軟體，發現她的論文超過一半以上抄襲，找她談話。

那一刻，她才發現自己的論文被人動了手腳。老師訓斥她時，她解釋許久，但是老師對她的說辭將信將疑。

那老師也是個好人，給了她一夜時間讓她修改論文，如果抄襲率依舊那麼高，就只能被當了。

她鬱悶地回到寢室，在自己的電腦裡找原文，發現電腦裡保存的版本居然也是抄襲的版本。不知道是誰動了她的電腦，她氣憤極了，卻找不到兇手。

熬了一整夜，憑著記憶修改論文，最後勉強過了關。

本以為事情就這樣過去，卻不想，她抄襲率超過百分之五十，老師給了二次機會的事，被有心人編成了很多版本捅了出去。把她和老師在辦公室的談話編出了各種交易故事，他們正常的師生關係也被描述得很骯髒，論壇上關於她的文章莫名多了起來，她和老師都被學校主管叫去談話。

那時，事情嚴重到那老師都被調查了。

值得慶幸的是，後來另一個老師的孩子站出來作證。

原來當她被老師訓斥時，那個人正好在他父親的躺椅上休息。那個人作為證人證明了這件事，事件才算過去。

這事之後，林西在女生之間的人際關係驟然降入冰點。她莫名開始被以前玩得好的女生討厭。有人傳她為達目的不擇手段；有人傳她校內有人，什麼事都能擺平；還有傳說她假裝幫女生追江續，背後把人家的小心事到處告訴別人……

那之後的一年多，林西過的日子一言難盡，也無從說起。

校園冷暴力最可怕的，並不是有人弄了她的水瓶和被子，也不是有活動故意避開她，而是無休止的揣測和走到哪裡都停不下來的議論。

有很長一段時間，原本討論得熱火朝天的教室，只要她走進去，大家就立刻安靜下來；如果女生間正在閒聊，一看到她來就會自覺散開；如果有人在討論什麼生活瑣事或者情感困惑，一見到她，必然會瞬間停住。

她就像一團垃圾一樣，被眾人排斥，而她自始至終，都不明白自己到底做錯了什麼。

這些事都發生在她「承認」自己追求江續之後，所以她自然的把這一切都聯想成是江續太受歡迎的緣故。

這一世，她沒有幫單曉傳遞情書，沒有選那門「國際經濟環境與形式」，以為一切都會不一樣，可是事情換了一種形式，依舊發生了。

發生在她剛下決定和江續在一起之後。

林西看得出來龍老師很生氣，可她還是忍不住要為自己辯解：「老師，這試卷是您要我拿的啊。」

龍老師被她的理直氣壯氣到了，他打開手邊的抽屜，拔高了嗓音說：「妳拿的是我列印出來看題量的草稿卷，我特地放在抽屜裡，還用教案壓住，妳告訴我，我叫妳拿了嗎？」

「當時桌上的試卷沒有了，大家都在抽屜裡拿的啊。」

「哪個大家？」龍老師一拍桌子，「一共只有一份！哪裡來的大家！」

林西聽龍老師這麼一說，才意識到她那份試卷排版有些亂，也沒有題目編號，確實不太像老師會發的模擬卷。難道她真的拿錯了？

「可是……」林西突然想起那天的情形，「那天是單曉告訴我的，她說桌上的沒了，我後來找，桌上的真的沒了。她說在抽屜裡，我一找，就是那一份……」

見林西還在「狡辯」，龍老師立刻拿出手機，「單曉是我選出來的學生助教，勤奮又很老實，妳都賴上單曉了？」他頓了頓，又說：「行，那就叫單曉來對峙。」

等了十幾分鐘，單曉才來到辦公室。

龍老師要她們當面對峙，剛把事情講完，單曉緊張地哭了。

她說：「老師，真的不是我。當時我確實碰到林西了，但是我只是提醒她卷子沒有了，讓她晚點再來要。我後來就走了啊。」她的肩膀一直打顫，完全是林西熟悉的「膽小怕事」的模樣，「辦公室裡是有監視器的吧，要不然查監視器吧，我真的沒做過……」

勤奮善良，一笑起來眼睛像一輪彎月的單曉，哭著求老師還她清白，而站在一旁的林西卻一滴眼淚都流不出來。

整整十年，林西雖然沒有再和單曉密切往來，但她心裡一直覺得單曉是個膽小內向的女孩。而這一刻，她才發現，原來這十年來，她對單曉的一切判斷都是錯誤的。

哭嗎？不想哭。

可林西還是覺得難過，她難過的是，曾經有很久很久她是真心把單曉當朋友的。

在單曉的再三要求之下，老師真的去調取了監視器。

林西和單曉說話的地方正好是監視器盲區，監視器只能證明她們確實說過話，而林西在老師抽屜裡翻試卷的畫面，監視器拍得清清楚楚。

能說什麼呢？證據確鑿不是嗎？

龍老師讓別人都走了，只留下林西。

處理這些事，老師既氣憤也無奈，許久，只聽他疲憊地說：「學校那邊我會上報，具體處理我不能確定，但是這個學分肯定要取消。」老師輕嘆了一口氣，對她揮了揮手：「學習的能力和做人的品格相比，做人的品格更重要。」

「……」

林西失魂落魄的回到寢室。

一見林西推門而入，付小方立刻緊張地走了過來：「怎麼樣？還好嗎？到底怎麼回事？」

寢室裡只有林西和付小方，十分安靜。

付小方踱了幾步，最後咬了咬嘴唇，下定決心對林西坦白：「對不起，我嘴巴太大了。」

林西腦子裡亂七八糟的，冷不防聽她這麼道歉，有些錯愕：「嗯？」

「論壇上有妳的文了。考到一半被被老師叫走，說妳偷了期末考卷。這事肯定不是真的，我是知道妳的，妳不可能做這事，妳是知道的。」付小方的聲音裡帶了幾分哭腔：「只是我把妳害了，有幾個上學期託妳追過江續的人都在留言裡罵妳。都怪我，我和單曉聊天時聊到的，本來是想安慰她，人家也都不成功。沒想到她居然去和『情敵』做朋友，把我說的那些事和人家聊，人家都以為是妳說的。」

付小方抓著林西的手臂，滿臉歉疚：「對不起……」

原來是這樣。

善良的人，總是容易做出一樣的蠢事。

上一世，林西也曾像付小方一樣，拿那些追江續不成功的人做例子來安慰單曉。

鼓起勇氣表白被拒絕，本來就是心理的傷了，還成為別人的談資，有誰不生氣的？

也不怪大家都不爽林西。

林西撫了撫額頭，覺得哪裡都難受。她動了動嘴唇說：「小方，妳先出去吃飯……讓我一個人靜一靜好嗎？」

「林西……」

「我沒事。」林西笑了笑：「我就想靜一靜，想想後面怎麼解釋。」

「……」

付小方一步三回頭地離開了。

寢室裡終於只剩她一個人了。

原本想休息一下，林西剛脫鞋，手機就響了起來。

看了來電顯示一眼，是江續。

林西沒有接，而是直接掛斷。

剛要放下手機，手機卻又響了起來。這次是老媽的電話，林西想了想，還是按下了接聽鍵。

在她開始說話前，她深吸了一口氣，然後用很青春活力的聲音說：「老媽——」

人入中年的林媽變得嘮叨，什麼生活瑣事都愛和林西說。每天都要打電話給林西。一講就是近五分鐘，為了不讓媽媽擔心，她努力裝作什麼都沒有發生的樣子。

「……」

老媽想到期末了，不想耽誤林西，說道：『好好考試，別被當啊。』

「知道啦。」林西努力用最精神的聲音說：「媽，我還要複習呢，先不說了啊。」

媽媽在電話那端笑著：『考試加油，放假了我們去接妳回家。』

林西喉頭有些哽，卻還是努力壓住聲音。

「好。」

電話掛斷，寢室又恢復了死一樣的寂靜。

林西頹然地往陽臺走，想要洗個手。冰涼的水淋在有些僵硬的手上，竟然不覺得冷。用水洗了個手，又用冷水澆了澆臉，終於清醒過來。

怪不得上一世的時候，後來那些人都那麼恨林西，怪不得大家都說她是安茜。

原來是單曉啊，以那麼一張人畜無害的臉，將林西置於萬劫不復之地。

人到底能有多壞？不是親自接觸，又怎麼能知道呢？

眼淚無聲地掉進洗手槽裡，一滴一滴，和洗手槽裡的水融為一體，幾乎找不見痕跡。她不是難過自己遇到了那麼多困難，而是難過她真心付出的感情被人踐踏。

許久，林西抬手抹了抹眼睛，最後吸了吸鼻子。用毛巾擦了擦臉，她打開陽臺的窗戶，讓冷風把她吹醒。

她不喜歡哭，因為哭是懦弱的表現。

林西拎著水壺離開寢室。

不管發生了什麼事，生活始終是要繼續的。遇到了問題，逃避不能解決問題，她必須堅強的去面對。

打了電話給江續，說不去吃飯。

江續沉默了許久，還是答應了。

江續大概也聽說了她的事，沒有太過強迫她。

『妳吃飯了嗎？』江續問。

林西拎著水壺回答：「我先去裝水。」

『裝完水，我陪妳吃飯。』

不等林西拒絕，江續已經掛斷了電話。

林西走了一條近路，很快裝完了水。

也許真的是冤家路窄，林西剛從水房出來，還沒走進去學生餐廳的小路，正好遇到單曉，她手裡也拎著水壺，和林西同一條路。

她原本在打電話，撇頭看到林西，立刻掛斷了電話，改了道。

「喂。」林西忍不住冷笑：「妳跑什麼？」

林西開口叫她了，她不好裝沒聽到。拎著水壺戰戰兢兢站在那裡，單曉怕事真是演得惟妙惟肖啊。

可惜，林西再也不會受騙了。

林西對她勾了勾手，她眸中閃過一絲猶豫。過了一下，她拎著水壺一步一步走近林西，最後將水壺放在腳邊，和林西正面對峙。

老天讓她重活一世，有些事總是要問個清楚的。

「為什麼？」林西沒有說太多，只問了這三個字。

小路口沒有一個人路過，單曉一直看著別處，許久，她臉上流露出一絲陰狠。

「因為厭惡。」

「為什麼？」

「明明和我一樣平凡的人，憑什麼最後什麼都得到了？」

單曉的聲音很小，她用讓人憐愛的綿羊音說著這麼可怕的話，林西覺得這好像是一幕配錯了音的電視劇。

「呵呵。」林西笑了笑，本來有很多話想要質問她，最後卻什麼都說不出來了。

腦中回憶起前一世的一切，有認識單曉之前的、有被孤立後的、有和江續的、有和老師的、有和付小方的……

她遇到過那麼多事，她自己都不知道是怎麼撐過來的。

她低頭，看了單曉面前的水瓶一眼，隨手拎了起來。

單曉的眼中閃過一絲恐懼，「妳要幹什麼？」

林西沒有回答她，只是想到上一世，單曉害她被那麼多女生討厭，丟了那麼多水瓶，多委屈。

「這是妳欠我的。」說著，林西「啪——」一聲，把單曉的水瓶砸了。

劈里啪啦，碎片掉落得到處都是。熱水飛濺，甚至燙到了單曉的手背。

巨大的水瓶爆炸聲引來了別的路上的人，漸漸的，這條無人的小路上走來了不少人。

單曉被眼前的一幕驚得目瞪口呆，抬手正要指向林西，還沒碰到林西的身體，林西已經噗通「摔」到了地上。

旁邊的人越走越近，好多人圍了過來，對單曉和林西指指點點。

最重磅的觀眾——江續，他也趕了過來，迅速扒開圍觀的群眾，第一時間趕到林西身邊。

他一臉緊張地看了看現場，問林西：「怎麼回事？」

林西用盡畢生的演技，以一臉可憐的表情，一塊一塊撿著單曉水瓶的塑膠碎片。嘴裡還在不住地道歉：「對不起……對不起……我真的不是有意的……妳不要生氣了……」

她可憐兮兮地回頭對江續說：「我不小心砸碎了她的水瓶，她很生氣，差點要打我。」

單曉沒想到林西會使出這種爛招，更沒想到江續會來。她也不是吃素的，立刻用很白蓮花的語氣否認：「我……我沒有……不是這樣的……」她喜歡江續，自然不希望江續誤會她，趕緊解釋：「我不是這種人啊！林西，妳為什麼故意這麼說啊……我得罪妳了嗎……」

林西見單曉否認，扯了扯江續的衣袖，用更白蓮花的語氣說：「你看，她都這麼說了……可見多生氣……嗚嗚，是我故意的，這樣可以嗎？」她表情誠懇，見單曉不接招，又回過頭對江續說：「要不然你幫我和她道個歉吧，她很喜歡你，你說的，她肯定接受。」

「……」

抓人抓弱點，打蛇打七寸。

林西不是不懂，只是她從來沒有害人之心。

單曉還是不瞭解林西。

林西這個人，大部分時間是聖母。對誰都愛心氾濫，前提是千萬別惹她。人不犯她，她不犯人；人若犯她，她一鐵鍬掘人祖墳！

單曉怎麼也沒想到，林西會當著江續的面說出她心底最卑微的祕密。她瞬間就急了，表情變得猙獰：「林西！妳——」

她失控的低吼嚇到了周圍的人，原本還不明所以的群眾一看她那表情，瞬間往後退了退。

單曉很快意識到自己的表情不對，立刻收起臉上的憤怒。但眼中還是有不易察覺的怨毒。她第一時間轉回江續的方向，想要和江續解釋，剛抬手，手還沒碰到江續，已經被江續皺著眉頭避開了。

江續那種避之唯恐不及的表情，讓單曉的手停在半空許久。

「水瓶多少錢？」江續的語氣淡淡的：「我替她賠。」

林西本來還在裝白蓮花裝得不亦樂乎，結果聽江續這麼說，忍不住愣了一下。心想：我上輩子被她害得丟了多少個水瓶，我賠毛線啊。

她趕緊按住江續的手臂，故意柔柔弱弱地說：「還是……還是我自己賠吧。」

單曉看都沒有看林西，只是凝視著江續，眼神複雜。

即便她的演技再怎麼好，依舊掩飾不住心裡的受傷，她尷尬地收回自己的手，最後緊緊握成拳，許久，她用低落的聲音說：「不用了，不值錢的東西。」

單曉走後，林西卻沒有走，她留下來把那些水瓶的碎片撿了起來，扔進垃圾桶裡。

江續沒有問前因後果，也沒有當眾揭穿林西拙劣的演技。

當然，以林西的演技，她也不指望能騙住江續。

眾人散去，涼風吹拂，風中有江續低低的聲音。他只是淡淡瞥了林西一眼，「為什麼？」他頓了頓：「還要自己撿，不累嗎？」

「一點舊事。」林西笑著拍了拍手，「以前一直不知道是誰，現在終於找到人了。」

「論壇上說的事。」江續微微皺眉，「是她嗎？」

「嗯。」林西伸了伸手臂，倒是樂觀，「還有硬仗要打呢。」

兩人一起向學生餐廳走去，一路上依舊有很多女生會忍不住看向江續和林西，她卻不像從前那樣有害怕的感覺。

真奇怪，明明沒有解決被陷害的問題，林西卻覺得好像輕鬆了很多。她竟有幾分感謝單曉，感謝她這一世依然對她出手，才能解開當年的癥結。

林西偷偷看了江續一眼，心底突然充滿了歉疚。

這麼多年，她一直對江續避之如蛇蠍。不是大集會，她幾乎不會私下和江續見面，看到他總是躲得遠遠的。現在想想，她的行為既荒唐又傷人。

「對……」

林西的「不起」兩個字還沒說出口，就聽到江續突然問了一句：「多久了？」

林西被江續這個問題問得有些摸不著頭緒，被他帶走了思緒，順著他的話說了下去：「什麼多久？」

「這種狀況。」江續說完又補充了一句：「被人放論壇。」

「今天才出來的啊。」林西問：「你不看論壇啊？」

江續的眸子暗了暗：「從來不看。」江續竟有幾分不易察覺的自責語氣：「我以為這些捕風捉影的東西，不會產生太大的影響。」

「看人吧，老是被人議論，誰都會受不了。」林西回答得認真，又問江續：「那你認識的男生們也都不看嗎？」

「他們只看美女的照片，不看八卦。」

林西想想也是，忍不住笑了笑：「男生真好，真簡單。」

林西想到和單曉的恩恩怨怨，只覺得恍如隔世。

「我曾經把她當很好的朋友，沒想到她會在背後捅我的刀。」林西輕嘆了一口氣：「這事說起來，話太長了。」

回憶上一世的事，林西也反省良多。如果當初她謹言慎行，沒有亂舉例安慰單曉，單曉又怎麼會知道那些事呢？

說到底，禍從口出，一切都是林西自己的錯。

「算了，不提也罷，都過去了。」林西輕輕抿唇笑了笑，反過來安慰江續：「我今天也都報回來了。」

江續的眉頭微微一蹙，「沒有報回來。」

「也是。」林西不好意思地撓了撓頭，「我的伎倆太小學生，也就是發洩發洩。」

「不是。」江續說：「我記得她。」

「記得她？」

「我以為她和妳關係好，曾經讓她幫忙上樓找妳。」

「有這事？」林西詫異：「我和她真的沒什麼關係。那後來呢？」

江續被林西的問題問得一陣沉默，許久，他才用低抑的聲音說：「她說，妳不想見我。」

「啊？我哪有這麼冷豔高貴啊！」林西也被驚到了，單曉居然敢這麼「假傳聖旨」，趕緊問道：「什麼時候的事啊？」

「很久很久以前。」

「這是有多討厭我啊？」林西有些感慨。對於江續的回答她沒有深想，只以為是上學期的事，對單曉的討厭更深了一層，「看來，我看人還是要擦亮眼睛。」

吃過飯回到寢室，付小方突然帶了一大群人來跟林西道歉。都是論壇上跟著罵她、誤會她的人。付小方這個豬隊友，雖然好心辦錯事，害很多人誤會林西，但是她處理事情的方式也一樣直接。一個一個上門解釋，讓別人不要錯怪林西。

現在這些人意識到被單曉利用，紛紛開始孤立單曉。

事情的反轉，倒是令林西有些意外。

看付小方一臉愧疚的樣子，一直幫林西出謀劃策，林西覺得，她也還是有眼光很好的時候。

雖然找到了目標，林西卻依舊沒有找到能證明自己清白的證據。

考完了所有的科目，老師會有十天的改卷和入庫時間。成績一旦進入學校的資料庫，就不能轉圜了。所以給林西的時間，其實並不是很多。

考完最後一科，林西淺淺睡了一覺。就在已經開始接受自己要被取消經濟學的學分時，她突然想起了前一世，曾經有一個關鍵人物幫她解決了困境。

如果命運將事件換了一個性質，有沒有可能那個人依舊是解決事件的關鍵呢？

她這麼一想，突然就想到那天拿了試卷以後，曾經碰到一個男生，說起來，他也是老師的孩子，會不會就是上一世的同一個人呢？

龍濤炳的期末考還有兩科，林西打聽到他考試的教室。早早在教學大樓外等待。

下課鐘一響，林西像黑貓警長一樣關注著每一個出來的人。

皇天不負有心人，她終於在人群裡找到了，那個並不算太起眼的龍濤炳。

他的自然捲好像長長了一些，微微有些遮住眼睛，一個人從教室出來，沒有人和他說話，看起來有些孤僻。

「哈囉。」林西上去搭訕，語氣十分和善。

龍濤炳看了林西一眼，想也不想直接改了方向。

林西趕緊跟了過去。兩人你追我趕的走了一陣子，龍濤炳終於受不了了，停了下來。

「妳找我有什麼事？」

林西見他終於不跑了，趕緊一股腦說起來：「同學你還記得我嗎？上上週，我去老師辦公室拿試卷，當時我們在辦公室門口碰到了。」

龍濤炳上下打量林西，腦中認真搜索了起來。

「記起我了嗎？」林西指著自己的臉：「我當時還提醒你，老師的試卷拿完了，記得嗎？」

「是妳啊。」龍濤炳的聲音依舊平靜，沒什麼情緒。

「是我是我啊。」林西說：「我選了你爸爸的課，不小心拿錯了卷子，拿到了期末的草稿卷，現在你爸要取消我的學分。你能不能幫我作證一下？」

見龍濤炳毫無反應，林西又說：「當時我是被另一個女的騙了，她說龍老師桌上的卷子拿完了，讓我拿抽屜裡的。」她有些著急，忍不住手舞足蹈起來，「你還記得嗎？當時我還認真提醒你，說抽屜裡最後一份被我拿了，都沒卷子了。我要是真的有心偷試卷，我怎麼可能還提醒你呢？」

龍濤炳微微低頭，看著林西，腦中想起那天的情景。

上完課，他上樓準備去他爸的辦公室拿他留下的書。剛上樓想上廁所，一轉身就聽見兩個女生說話，其中一個提醒另一個，讓她去抽屜裡拿資料。

當時他也沒放在心上。等他上完廁所出來，辦公室裡就只剩一個人了，那個人誤會了他，還提醒他試卷沒了。

這時再低頭看林西，將她和那天的其中一個女孩對上了。

「現在龍老師要取消我的學分。」林西有些鬱悶，「他不相信我說的。你是他的兒子，你要是肯幫我解釋幾句，他肯定會相信的。」

聽到「兒子」兩個字，龍濤炳的眉頭不著痕跡地皺了皺。

在一番認真思索之後，他冷漠地說了幾個字：「我為什麼要幫妳？」

「為了正義啊。」

「……無聊。」

每週五，學校的後街都會開夜市。什麼時候開始的傳統已經無從追溯，反正林西從入學開始就有了。

到學期末了，據說這是夜市最後一次出攤了，林西一個人在夜市上閒晃，魂不守舍的。

被龍濤炳冷冷拒絕以後，林西必須承認，她是有幾分不爽的。但是她又不能強迫他，被嗆了也不能嗆回去，就這麼一個證人，還指望著他呢。

一路逛著，林西思考著怎麼才能說服龍濤炳。

肩膀突然被人一撞，林西回頭，看清來人後，有氣無力地問了一句：「你怎麼知道我在這？」

江續的聲音很輕，一點也聽不出有任何埋怨的情緒：「妳怎麼關機了？」

林西拿出手機一看，在江續面揮了揮，「沒電了。」

江續點了點頭，又問林西：「一個人？」

「一個人來去自由。」

江續「嗯」了一聲，將手插進林西羽絨服的帽子下取暖：「現在妳是兩個人了。」

林西沒注意他話裡的意味。

林西還在往前走著，腦中滿是怎麼搞定龍濤炳。

兩人路過一個飛鏢射氣球的攤位。江續突然拽住了她。

神游的林西有些不解地看向江續：「你想玩？」

江續見林西愁眉苦臉，從攤主手裡要了十支飛鏢，遞給她：「當妳心情不好的時候，妳要學會發洩。」

「怎麼發洩？」

江續笑了笑，他扶著林西的肩膀，迫使她面向氣球的方向：「把它們當妳討厭的人。」

林西手裡握著飛鏢，雖然嘴裡說著「幼稚」，身體倒是很誠實，對著背板就是一飛鏢，沒中。

林西一次沒射中，不等江續說什麼，又投射了幾次。

……無一例外，一個都沒有中。

林西忍不住撇了撇嘴，洩氣地說：「這是不是說明了，我根本不可能贏過我討厭的人？」

江續伸出一根手指，輕輕搖了搖，然後他轉身，找攤主也要了幾支飛鏢，他正面朝向掛滿氣球的網格板，閉上一隻眼，開始瞄準。

手起飛鏢落，只聽「啪」一聲，氣球爆炸了。

他快準狠地接連投射了幾支飛鏢，每一支都射中氣球。

他淡淡回頭對林西說：「不要悲觀，所有的事自有它解決的辦法。」

林西輕嘆一口氣：「唉，實在不行只能被當了。唯一的證人不肯幫我，你說我能怎麼辦呢？我都不知道能求誰了。」

「還是有別的辦法。」

林西撇過頭看向他：「什麼辦法？」

江續拿過林西手裡的最後一支飛鏢，穩穩射破背板正中間那一橫條上的最後一個氣球。

半晌，他一字一頓地說：「比如，求我。」

「你有辦法？」林西見江續一副胸有成竹的樣子，「難道你當時在辦公室？」

「我自有我的辦法。」江續側頭，微微一笑，「想想怎麼求我。」

「切。」林西撇嘴，「一點誠意都沒有，小說裡都是男主角無聲無息就把事解決了。」

江續點頭，對此並不質疑，還順著說了下去：「原來妳喜歡這種路線，也行吧。」

「所以你要幫我解決？」

江續笑，竟是一點也不吃虧的精明，「按這路線，之後是不是有女主角以身相許？」

林西沒想到江續居然這麼老奸巨猾，立刻捂緊胸口，「你你你……臭流氓！」

雖然江續主動提出幫林西解決問題，但是林西還是想要自己解決。

所有的人都把她當成小孩子來照顧，如果她真的心安理得一直這樣下去，那她就真的永遠長不大了。

龍濤炳不願意作證，林西也不能強迫他。林西主動去了辦公室，想要向老師求求情，爭取多點時間。

午休時間，林西還在尋思著會不會太唐突，萬一打擾老師午休，怕是對她印象更差。

林西腳步聲很輕，想著先去看看，萬一老師在休息，就在外面等。剛走到辦公室門口，就聽見裡面爆發出激烈的爭吵聲。

「……」

「考個雅思是有多難？你是不是故意的？考這麼多次還考不過，我的臉都快被你丟光了！」龍老師的聲音出奇憤怒，還伴隨著砸東西的聲音。

「你的臉你的臉，你做任何決定，從來不問我想不想！憑什麼從小到大什麼都聽你的！我不能有自己的意志嗎？」龍濤炳也不甘示弱，字字帶刺，十分叛逆。

「出國是為了我嗎？你知道多少人想出都出不去嗎？」龍老師說這些話的時候，也只是個普通的父親角色：「我對你嚴厲，是希望你過上更好的生活。你還沒出社會，不知道生活有多艱難，等你知道了，你會明白我的決定都是對的。」

「你根本不知道我想要什麼。」龍濤炳對龍老師的語重心長並不領情，「我已經成年了，我能為我的選擇負責。」

「你……」

兩人吵得不可開交。

林西見這時機不適合找龍老師，貓著腰又轉了方向，準備離開。

「哐——」

辦公室的門突然被粗暴地摔了一下，龍濤炳氣急敗壞從裡面出來。

他出來看見林西，先是一愣，隨後大步流星地離開，頭也不回。

還好龍老師氣極了沒追出來，不然林西真的是不知道怎麼收場。

龍濤炳一走，她也趕緊溜了。

林西一籌莫展地從教學大樓出來，肚子有點餓了，於是她沒有回寢室，而是改道去了學生餐廳。

午休時間，學生餐廳幾乎沒有什麼人，學校規定要一直開放的速食窗口居然也都關閉了。

林西本來就鬱悶，這時還買不到吃的，一時有些惱了。

她以為窗口的人偷懶去了，先是敲了幾下玻璃，沒人回應。窗口旁邊有個木門，門上貼著「買飯敲門」四個字，那是學生餐廳工作人員進出的門。

林西輕輕一敲，門沒鎖，居然直接開了。

裡面黑漆漆的，林西站在門口喊了一聲：「有人嗎？買飯。」

見沒人理她，她稍往裡走了一步。通過窄門，視野不再是左手邊的一堵牆，而是一條通往後廚的走廊。

她一抬頭，就被眼前的一幕嚇到了。

原本該堅守崗位的賣飯大姐，此刻正擁著一個比她高出一個頭的年輕男孩。

林西一進來，兩個人驚恐地側頭看向她，然後觸電一樣彈開。

林西沒想到會撞見這麼尷尬的一幕，懊惱自己的唐突。

「對不起、對不起，我是來買飯的。」林西說著，調頭就要跑。

她一轉身，突然意識到剛剛看到的是什麼，又猛地回過頭來：「龍濤炳？」

「……」

學生餐廳後面的小樹林，林西和龍濤炳面面相覷地站著。

內斂自卑的學生餐廳賣飯大姐站在不遠處，一直有意無意地瞟向他們這邊。

龍濤炳時不時不安地看向自己的戀人，一臉與他的年齡不符的老成。

林西笑嘻嘻地：「我以為你無欲無求，完全沒有弱點呢。」

龍濤炳皺了皺眉：「說吧，妳想怎麼樣？」

林西挺胸抬頭，一臉抓人把柄的小人嘴臉：「我上次說的事，你幫我做個證。」

「妳也看到我和龍老師的關係。」龍濤炳提及自己的父親，用的稱謂十分生疏：「他根本不可能聽我的。」

「不試試怎麼知道呢？」

「……」

在林西的「威脅」之下，龍濤炳還是出來作證了。

原來那天他去上廁所的時候正好聽見了單曉對林西說的話。他一五一十和龍老師說了，龍老師叫來單曉和龍濤炳對峙，單曉做賊心虛，謊沒撒圓，終被識破。林西終於洗刷了冤屈。

龍老師因為這件事對單曉失望透頂，取消她這門學科的成績。

「比起學習的能力，做人的品格更為重要」這句話，龍老師也對單曉說了一次，林西覺得心裡平衡了很多。

林西想，天道好輪迴，惡人自有報。

老天還是有眼睛的。

只是苦了她了，因為提前知道了考題，那份考卷的成績作廢。為了公平，龍老師又把她叫到辦公室，單獨做了一份試卷。

單獨考完最後一科，林西這學期總算是結束了。

雖然有很多波折，好在結局不算壞。

考完的那個晚上，林西請龍濤炳吃飯，表示感謝。

龍濤炳很客氣，堅持只吃學生餐廳。

林西知道，他只是想多看一看自己的戀人。

在學生餐廳裡點了熱炒，是龍濤炳的那位戀人親自送過來的。

平時戴著口罩和帽子站在窗口裡面，一身油汙，看起來好像年紀挺大的。

這時她收拾乾淨走出來，走近了，林西才發現她其實還挺年輕的，大概也就二三十歲。雖然對他們這個年紀來說也不小了，但是比之前大學生和學生餐廳大媽的CP衝擊感要好了很多。

那人去上別的菜，林西看了看四周，欲言又止地問了龍濤炳一句：「她是不是比你大一點？」

「不只一點。」龍濤炳對此並不避諱：「九歲。」

林西並不是那種不開明的人，如果兩個人真的相愛，年齡、身分都不是問題。只是龍濤炳的爸爸，她的老師，似乎是很傳統的學者，這讓林西有點擔心，她問：「你有什麼打算啊？」

龍濤炳低頭夾著宮保雞丁裡的花生米，動了動肩膀，「早點畢業，自己賺錢，然後結婚。」

「結婚？」林西沒想到他這麼認真，心想龍濤炳也就二十歲，居然能想這麼遠，看來是真愛了。

「龍老師那邊……」

「我不會出國的。」龍濤炳對此很堅定：「不管別人怎麼看，不管輿論怎麼說，我決定的事就不會變。」

「好樣的！」林西也是性情中人，忍不住要為龍濤炳這爺們的宣誓點讚。

林西突然這麼嚎了一句，把龍濤炳嚇了一跳。他愣了幾秒以後，突然笑了笑：「妳真奇怪。」

「嗯？」

「一般人都會鄙視吧？」龍濤炳的眼中流露出幾分不自信。

林西嚼著雞肉隨口回答：「因為他們這麼想，所以他們只能當一般人。」

兩人一邊吃一邊聊，那邊接連上菜，沒多久，塑膠方桌上就放了六七個熱炒。

「行了行了。」龍濤炳對上菜的人溫柔說著：「別把人家吃窮了，妳過來一起坐吧。」

「她點的，我都叫廚房加了量。」那人不好意思地撓了撓頭，「我還買了份煎餃給你，你不是喜歡吃嗎。應該快好了，我去拿。」說著，放下一個小紙杯：「窗口沒醋了，我去後廚倒的。」

那人走了以後，龍濤炳看著面前的醋，眸中流露出一絲幸福：「她是個很善良又很細心的人，每次我很困惑很難受的時候，她總是送我一份煎餃，明明薪水也沒幾個錢。」他笑了笑：「其實是我追她的。追了挺久的，她一開始不敢答應，後來被感動了吧。」

從龍濤炳的寥寥幾語間，林西能大概猜測他們這段地下戀情也是不容易的。

許久，他頓了頓聲說：「希望妳不要說出去，我不想她受到傷害。」

林西聽他這麼說，立刻在嘴巴上比了一個拉拉鍊的動作，「放心。」

林西打開桌上的可樂瓶，幫龍濤炳和她自己面前的紙杯裡都倒上了可樂。

她斟酌一下用詞，端起面前的免洗紙杯，「不管你是否自願，還是謝謝你出來作證，還了我清白。」

「我一直喜歡你這樣的性情中人，愛就愛了，別的東西都不重要。你不知道，後來很少有你這樣的人了。男的喜歡女的漂亮，女的喜歡男的有錢。愛情這個詞都被糟蹋了。」林西舉著自己的紙杯與龍濤炳乾杯：「我這人嘴拙，不知道能說什麼，反正我以可樂代酒，敬你一杯，希望你永遠都能保持初心。」

說完，林西端起紙杯一飲而盡。

豪爽地「啊」了一聲，冰涼的可樂甜膩地滑過喉嚨，在寒冷的冬天裡是一種奇妙的體驗。林西舒爽地睜開眼睛，龍濤炳的旁邊赫然坐下了一個不速之客。

一個可樂嗝要上來，被林西硬生生咽了下去。

最近林西因為試卷的事誰都沒空理，期間江續打了好幾通電話給她，她都沒回，這時看到江續，有點心虛。

「江續？你來了？」她的語氣有些訕訕。

江續四平八穩坐在龍濤炳身邊，修長的手指在桌上敲了幾下，彷彿無聲對林西警示。

龍濤炳對眼前這一幕有些莫名，低聲問林西：「男朋友？」

林西反射性揮手，「不是不是。」說完覺得空氣中好像有眼刀過來，又改了個詞：「還……不是……」

江續嘴角勾了勾，沒什麼表情的臉上帶著幾分秋後算帳的冷笑。

「不接我電話？」

林西縮了縮身子，「有點忙？」

江續看了林西一眼，又看向她面前的飯菜，「忙？」

「這……」

江續對龍濤炳全程無視。他撥了撥面前的紙杯，意味深長地問林西：「林明宇的妹妹，妳現在是單獨和男生在吃飯嗎？」

林西見江續臉色有些不好，趕緊解釋說：「試卷那事，多虧了龍同學才幫我洗脫了冤屈。」

「噢？」江續聽了她的解釋，卻沒有釋然的表情，反而眸光一沉，「所以妳不肯求我，求他了？」

林西沒想到江續也有這麼不講道理、胡攪蠻纏的時候，忍不住皺了皺眉，「那怎麼會一樣呢？你也沒和我說你有什麼王牌。我這邊知道的，他是目擊證人，找他肯定是最快的啊。」

「嗯。」江續轉了轉面前的紙杯，「所以妳準備怎麼感謝別人？既然喜歡這樣的性情中人？是不是要以身相許了？」

「胡說什麼呢？我不是這個意思！」林西眼見著龍濤炳的戀人正往這邊走，生怕人家聽了江續的話誤會了什麼，趕緊解釋：「我這不是因為感謝人家，請人家吃飯嗎？」

「是嗎？」江續端起面前的紙杯，也循著林西的方式和龍濤炳碰杯，語氣那叫一個別有深意：「那我也敬你一杯。」他頓了頓聲，舉起紙杯說道：「你隨意，我乾了。」

說著，不等人家龍濤炳接腔，已經將紙杯裡的液體一飲而盡。

林西和龍濤炳看著眼前的一幕，都是一臉日了狗的表情。

林西瞪大了眼睛，「……江續，你喝的……是沾餃子的醋……醋……」

江續晃了晃已經空空如也的紙杯，眉頭都沒有皺一下，「是嗎？一點都不酸。」

第二十五章　同居

江續林西和龍濤炳正瞠目結舌，不知道該說什麼好的時候，龍濤炳的女朋友正好端著煎餃回來，她手腳俐落地將煎餃放上桌，低頭看見桌子上的醋空了，不禁有些詫異：「你們把醋倒菜裡了？那吃餃子不是沒了？要不然我再去倒？」

「不用了。」龍濤炳看了江續一眼，也有些尷尬，他揮了揮手對她說：「妳坐吧，就這樣吃。」

四個人坐在一張桌子上，場面詭異。

江續看了對面一眼：「這位是？」

龍濤炳的女朋友很快搶話：「我是小龍的姐姐。」

龍濤炳看了她一眼，沒有回答，只是眸光暗了暗。

江續的目光始終盯著林西，沒有注意空氣中不自然的視線交匯。

江續不請自來，坐了人家女朋友的位子，好在那姐姐也不矯情，位子被坐了也不說什麼，靦腆地坐到林西身邊，和龍濤炳斜對角，也是一臉不在意的樣子。

林西其實是有些如坐針氈的，她一直試圖無視斜對角——江續投射過來的殺人視線，但他的氣勢太強大了，林西真是被他盯得壓力山大。

龍濤炳的女朋友是最後來的，見江續一直不動筷子，很熱情地問了一句：「怎麼不吃？沒合胃口的菜嗎？」說著，遞了一雙新的筷子給江續。

盛情難卻，江續拿著筷子隨手夾了一個最近的煎餃。

「要不然我還是去倒點醋吧？」見江續夾了煎餃，大姐姐有些不好意思：「這麼吃會不會沒味道？」

這話一說，林西和龍濤炳一起看向她和江續，只見他無比淡定回了一句：「吃下去就有味了。」

「……」林西想像了一下，覺得畫面感好強。

四個人毫不相干的人，詭異地坐在一桌吃起了飯。除了林西，都不是什麼話多的人，林西這個人又看不得冷場，全程沒話找話，也扛了一陣子。

林西正在幫他們夾菜，也不知道發生了什麼，只見龍濤炳突然站了起來，一臉緊張地看了看斜對面，然後皺起了眉頭。

林西還有些不明所以，不知道發生了什麼，一回頭，看見龍老師那張嚴肅的臉，差點被嚇得一個趔趄。

「龍老師。」

龍老師雖然生氣，還是保持著該有的風度，對自己的兒子說：「你給我出來。」

龍濤炳對龍老師的話不為所動，巋然佇立在那，把龍老師氣瘋了。他掃了在座幾個人一眼，最後咬牙切齒地說：「你周伯伯說你最近老是往學生餐廳跑，我還覺得不可能，你還真的……」

江續和林西都有些事不關己，仰著頭沒說話，靜靜看著龍老師和龍濤炳。只有龍濤炳的女朋友，大概是當局者的關係，一直低垂著頭，緊握著拳，一看就很緊張。龍老師是何等聰明的人，一眼看出了氣氛不對。就在龍老師要往龍濤炳女朋友的方向走去時，龍濤炳突然一把抓起林西，死死圈住她的肩膀，大言不慚地說：「我怎麼就不能談戀愛？我就是談戀愛了！」

龍老師看向林西，有些詫異，這似乎和他從同事那裡聽來的情況有些不一樣。

「是她？」龍老師皺眉：「我說你怎麼會好心幫別人作證！」

林西的肩膀被龍濤炳抓著，正準備解釋，耳邊傳來龍濤炳低低的聲音：「我幫妳一次，麻煩妳還一次了。」

林西緊抿著嘴唇，下意識抬頭看向江續，只見他嘴角勾著一絲危險的笑容，一動也不動，雙手自然搭在椅背上，靜靜看著林西，林西從他眼中讀出四個字——她死定了。

江續在，林西可不敢點頭承認。她戰戰兢兢往旁邊縮了縮，想要脫離龍濤炳的手臂，就在她小心翼翼要說出「我看有些不妥」的時候，龍老師已經氣急敗壞地發作了。

他一把抓住龍濤炳的衣服，「你給我出來，立刻！馬上！」

龍老師不知道帶龍濤炳去了哪裡，之後再也沒有回來。林西安撫他女朋友安撫了好一陣子。她年紀不小，比他們成熟，雖然眼中有失落，還是很堅強地回到了工作崗位上。

她一走，留下林西和江續，江續才終於開腔了。

「林明宇的妹妹，妳是不是該和我說點什麼？」

「……」

不得不說，男人矯情起來和女人真的不相上下，胡攪蠻纏，找語病能力一流。林西跟著他解釋了半天，江續硬是不為所動。

林西嘴巴都要說乾了，結果時間一到六點半，球隊一通電話，他老大爺直接就去練球了，把林西一個人留在寒風中瑟瑟發抖。

重生以來，江續第一次這麼不體貼，林西還有點不習慣。

一個人走回寢室，在路上正好遇到回寢室的付小方，她的眼睛好像會發光，一看到林西，就興高采烈地對林西說：「林西妳知道嗎……我可能要戀愛了。」她一臉幸福的表情：「之前我按照妳說的，要照片要影片，他沒給，我還以為他對我沒興趣，結果他直接要求見面了。」

林西一想到江續生氣，想想錯誤主要在她，也有點糾結，有氣無力「嗯」了一聲。

「我從來沒有這麼期待和一個人見面，我想我是真的愛上他了。他和我認識的每一個男生都不一樣，符合我對男生的所有想像。」付小方說起她那個網友，簡直像個詩人，「明明沒見過他，卻覺得彼此無比熟悉，像靈魂的另一半一樣。」

說著，她又突然清醒過來，鄙視地看了林西一眼：「算了，妳一個大老粗，怎麼會懂。」

林西：「……」

嘮嘮叨叨說完自己的，付小方才意識到林西有些低落，轉而問她：「妳這是什麼表情？試卷那事不是已經過去了嗎？」

「和那無關。」林西也是病急亂投醫，居然問了不可靠的付小方：「妳說，如果我惹一個人生氣了，我應該怎麼和人家道歉？」

「男的女的？」

林西抿唇：「男的。」

「誰啊？」

「妳甭管。」林西抓了抓她的衣服，「妳說辦法就行了。」

付小方想了想，認真回答：「送他禮物，或者抱大腿唱〈征服〉？」

林西：「……問妳，我真是瘋了。」

與此同時，江續剛到球場。

球場上三三兩兩幾個練球的，他靜靜在場邊脫外套，換球鞋。不用說話，大家也能感覺到他周身的低氣壓，讓人不敢往他身邊靠。

林明宇一貫愣頭愣腦，再加上心懷喜事，有點得意忘形。他也剛來，換好了球衣球鞋，走到江續身前的臺階上，趾高氣昂地抬腳，用腳尖點了點江續的腿側，「喂，我明天不練球了啊。」

「不准。」

林明宇沒想到江續翻臉比翻書還快，立刻從臺階上跳了下去，攆著江續理論：「為什麼啊？我不是提前就說了嗎？就一天，為什麼不行啊？」

「不准就是不准。」

見江續不近人情，林明宇立刻耍賴起來，「我不管，我明天要去約會，我布了這麼久的局了，必須一次收網。我都二十歲了，人生大事才是最重要的。」林明宇撇嘴，鄙夷看向江續：「你別以為我不知道，你就是嫉妒。你追人不成功，就恨所有要脫單的人！」

江續換好了球鞋，冷著臉抬起頭，氣勢懾人，盯著林明宇，輕輕吐出兩個字：「單挑。」

「什麼？」

「挑贏了讓你請假。」

林明宇和江續打了那麼多次球，自然知道江續是什麼水準，一臉拒絕：「為什麼啊？你又是怎麼了，突然要虐我啊？」

江續氣憤卻又不能爆發，不爽卻又不能表達，情緒十分複雜。他冷冷瞥了林明宇一眼，透過他發洩著對另一個人的不滿。半晌，他淡淡回答：「妹債，兄償。」

林明宇：「……」

林明宇自然是沒有挑贏江續，但是他還是先斬後奏，去約會了。

他這個人沒什麼追求，這輩子死在女人懷裡就圓滿了。

江續對林明宇會這麼幹，一點都不意外，也沒有管他，安排大家練了一個小時就解散了。

洗完澡，一個人揹著包回宿舍。

冷風習習，他腦中想著各式各樣的事情。人還在路上，他就接到了林西的電話，居然主動約他去KTV。雖然是學校門口的KTV，也沒什麼浪漫氣氛，還是讓江續有了幾分異樣的情緒。認識她這麼久，她從來沒有對他這樣示好過。

江續低著頭，看著螢幕上她小心翼翼的文字，和幾個累贅的顏文字，竟不自覺露出一個淺淺的笑容。

明明憋著一口氣，居然瞬間就消了。

收起手機，走回寢室。算著時間，江續回寢室換了一趟衣服，才不緊不慢地出門。

他想，也該讓她抓心撓肝地等一等了。

林西本來訂了KTV是想跟江續道歉的。

雖然罵付小方不可靠，但是一籌莫展的她，也沒有什麼好的方法，決定乾脆試一試付小方的方法。死馬當活馬醫，萬一真的有用呢？

她只訂了個小包廂，人剛到，就接連接到付小方和林明宇的電話，兩個人都要來找她。她還有正事，本來是想拒絕的，但是他們也不知道是怎麼了，不約而同跟吃了炸藥一樣，還不等林西拒絕就大聲嚷嚷林西不講義氣什麼的，搞得林西不得不報上了房間號。

付小方熟門熟路，沒多久就到了。

林西本來想問問她「奔現」的情況，但是看她一臉鐵青，大概是沒找到靈魂的另一半，而是碰到了個魂被嚇掉一半的那一種。

一進房間，也不和林西說話，拿起麥克風就唱起了〈好漢歌〉。

「大河向東流哇，天上的星星參北斗哇，說走咱就走，你有我有全都有，路見不平一聲吼啊，該出手時就出手……」

付小方在這頭正吼得撕心裂肺，房間的門又開了，林西以為是江續，唰一下站起來，結果一看，原來是林明宇來了。

他的臉色和付小方差不多，只是比付小方臉上多了一個巴掌印。

他皺著眉頭踹開門，還沒反應過來，就被飛來的麥克風砸了。

付小方歌也不唱了，麥克風飛出去，那姿勢跟李尋歡似的。

麥克風砸得邦邦響，半晌掉到地上，發出刺耳的聲音，幾乎要把林西震聾了。林西一個不防，付小方轉身就要衝出去，然後被林明宇鑾力攔住，兩人就地就幹起了仗。

林西上去勸架，還被誤傷。

這原本是林西設計的道歉大會，這時澈底被攪局了。

就在林西不知道該怎麼收場的時候，江續終於姍姍來遲。

他輕輕推開包廂的門，靜靜佇立在門口。林西抬起頭看向他，他的髮型還是平時的樣子，身上穿了一件駝色的全新大衣，裡面著一件白色毛衣，唇紅齒白，五官精緻，看起來清雋挺秀，飄逸出塵。

一見他來，林西逃難一樣的起身，一把抓住江續的衣袖，腰一收，居然直接站到江續懷裡。

場面太混亂了，林西也沒注意到哪裡不對，此刻看見江續，簡直像看見了救星，一把鼻涕一把眼淚的：「江續啊，你終於來了，救命啊！」

江續看了面前混亂的包廂一眼，再看看林西額頭上的紅痕，手默默抬起來，環住林西的腰。耳邊是她的控訴：「你快管管他們啊，你看他們把這小包廂砸成這樣，我可賠不起啊！」

江續一臉睥睨眾生的表情：「豈有此理，打狗也要看主人。」

「欸？」林西聽著覺得這話好像有些不對勁，抬起頭看著江續。

不等她提問，江續把她的頭往下一按：「去，收拾東西。」

江續來了，包廂裡的血雨腥風終於停了下來，大神果然震場。

付小方和江續的關係自然比不得和林西，有江續這個「外人」在，也不好再鬧下去，皺著眉不再說什麼，拿上自己的包就要走。

林明宇第一個反應是要抓住她，被付小方一包砸過去，一個踉蹌，半天才站穩。

「我警告你，別跟著我。」付小方幾乎是咬牙切齒說出這八個字。

見付小方要走，林西怕她有什麼問題，趕緊跟了上去。

兩人一路跟競走一樣往宿舍走，付小方一直痛罵林明宇，從來沒見她這麼討厭一個人。

原來，林明宇申請了一個新號，以站內信的方式匿名和付小方成為網友，兩人一直在網路上聊天，付小方覺得和他很投緣，這次見面，她完全是以見戀人的心情去的，結果沒想到居然被林明宇耍了。

林西聽到這裡，不禁問了一句：「有沒有可能，他是喜歡妳，才這麼幹？」

「我大喇喇的徵友文發在那裡，他上來就嗆我，妳忘了這事了？他要是真的喜歡我，用自己的帳號就行了，為什麼要申請一個新號？」

「這……」林西斟酌著用詞，小心翼翼地問了一句：「妳真的不喜歡他？」

「這不是廢話嗎？」付小方氣急敗壞地說：「他分明是用這種方式耍我，裝得還挺像。」

「行。」雖然林明宇是她哥，但是關鍵時刻還是要大義滅親：「我肯定不讓他來騷擾妳。」

「……」

付小方被氣到了，為了奔現又吹了冷風。回了寢室，有點感冒跡象。

在林西照顧之下，她洗漱完就上床睡覺了。

林西也被折騰得有點累，倒水洗了把臉，還沒擦乾，手機震了起來。

是江續打來的，到這時林西才想起還有兩個人被她拋下了。

『林明宇的妹妹。』手機一接通，江續帶點抱怨的聲音在耳邊響起：『妳就這樣把爛攤子丟給我？』

「不好意思。」付小方剛睡，林西小聲說：「錢我是付過的，你們可以直接走的。」

『不行。』

「為什麼啊？」

江續態度堅決：『妳不能不管妳哥。』說完這句，醇厚好聽的聲音又補了三個字：『還有我。』

林西剛扯下毛巾，聽到最後的三個字，瞬間愣住了。

那種又勾人又撩動的聲音在耳邊響起，像千萬隻螞蟻在心裡爬過，酥酥麻麻的。耳朵像火燒過一樣，又紅又熱。

她舉著手機，臉上還有沒擦乾的水珠，涼涼的水珠從下巴低落進衣服裡，明明那麼涼，她卻覺得那涼意正好解了她身體裡的燥熱。

「知道了，我就來。」說完就掛斷了電話，以不耐煩來掩藏她此刻的羞窘。

晚上比傍晚更冷，林西加了一條紅圍巾。

到了她訂的那個小包廂，林西從門上的玻璃窗上往裡看了看，他們果然還在。

一推開門，一股濃重的酒氣衝了出來，林西差點沒被薰死。

林明宇坐在沙發的最角落，抱著麥克風嚎著很傷心的情歌，江續則坐在一旁，一言不發，黑著一張臉。

包廂的茶几上放滿了空的啤酒瓶酒瓶，豎著的橫倒的。

林西不禁想起上次林明宇失戀的時候，也是喝得跟狗一樣。

「喂，林明宇！」林西看到他這個樣子就煩。

林明宇抱著麥克風，唱著唱著就累了，癱在沙發上，半瞇著眼睛，一動也不動，也不知道是不是睡著了。

包廂裡開了空調，林西戴著圍巾有點熱，伸手扯了扯，問江續：「怎麼辦？帶回寢室吧？」

江續踢了林明宇一腳，他哼唧一聲，換了個姿勢。

「他點的酒還沒付錢。」江續起身，「我去付錢。」

林西趕緊去搜林明宇的衣服，「等等，不能讓你花錢啊！」

「不用。」江續微微蹙眉：「在這等著。」

江續一走，林明宇就動了動，他一身酒味，裹緊自己的衣服。

林西氣不打一處來：「給我醒醒，你的錢呢！」

「江續都去付了，妳還問什麼啊！傻啊？」

林西見林明宇原來是清醒的，氣死了，「你裝睡啊！要不要臉啊？」

林明宇立刻雙眼一翻，「我好像確實醉得有點糊塗……」

林西：「……」

林明宇動了動身子，得了便宜，自然要替人說點好話，他湊近林西說：「我覺得江續挺好的，妳別再吊著他了，又沒人要，矯情什麼？」

「我什麼時候吊著他了。」林西一掌拍在他身上，「你還好意思說，不是你惡霸一樣讓我在學院裡出名，我能沒人追嗎？」

「怎麼是我呢？說妳傻妳還真傻。」

林明宇身上帶著啤酒的臭味，往林西的方向湊，林西忍不住往旁邊躲了一下，「什麼意思啊？」

「我哪有那麼大的能耐，江續才是幕後大BOSS啊。堂堂一個大神校草，什麼牛鬼蛇神都要他親自去解決。為了追妳真的好苦好苦。」說著，他輕嘆了一口氣：「說妳笨，妳還真的笨，也不動腦子想想，江續追妳，誰還敢搶啊？」

「妳多幸福，喜歡妳的人這麼優秀。哪像我，看上一朵奇葩，還噴毒液。」林明宇打了個酒嗝，帶著幾分羨慕：「對妳啊，江續也是真的有耐心了，沒見他對誰這麼上心的，一步步，溫水煮癩蛤蟆，甕中捉臭王八。」

林明宇是在感慨，林西聽來，卻是另一種意味。

她一把抓住林明宇的衣領，粗聲粗氣地說：「你給我說清楚，你知道什麼，一五一十地說！快……」

「……」

林西話還沒問完，包廂的就被江續推開了。

林明宇聞聲又「醉倒」了。看來為了那點酒錢，他是打算裝死到底了。

見他死狗一樣趴在沙發上，林西氣得踹了他兩腳。

江續不知道他們發生了什麼，收起錢包，問林西：「他醉死了？」

林西撇過頭去，一臉不爽地說：「最好是死了。」

江續見他們兄妹那狀態，抿唇輕輕一笑，故意惡作劇道：「我現金不夠，人家不能刷卡。算了，不付了，把他丟在這抵債吧。」

林西看了林明宇一眼，再看江續，真的像江續說的，起身就走。剛站起來，就被林明宇一把拉住了衣服。

「別啊，我真的沒帶錢！」林明宇信以為真，也有點急了。

江續猜到林明宇是裝醉，對他使了使眼色，淡淡說：「沒醉還不走？」

林明宇的視線在空中與江續對接，立刻心領神會：「這就走！馬上走！」

林明宇跑得倒是快，他完全不知道自己給江續惹了大禍。

江續出去付錢，不知道林明宇對林西說了什麼，表情還是如常。

他走在林西左手邊，這麼晚了，校園裡已經沒有車了，他還是習慣走在車會來的那一邊。

他不論是說話，還是做事，哪怕是呼吸，每一個細節都足以讓人心動。

如林明宇所說，他對林西，就是溫水煮青蛙，甕中捉鱉。

她一個沒經驗感情單純的傻白甜，哪裡是他的對手？

感情這麼久，林西身邊除了韓森，一朵正常的桃花都不開，不管是誰追不了半天就要撤退，全是江續的功勞？

這一世是這樣，那上一世呢？是不是也是他？

想想上一世她到三十歲都沒有談過戀愛，一直覺得自己很普通，沒人追，各種沒自信，這不是很荒謬嗎？

江續的大衣時不時擦過林西的袖子側面，他的手背也有意無意地擦過林西的手背，找尋著她手的位置。就在他要把她的手握進手心時，林西突然將手放進了上衣的口袋，裡面還有她揣著的一個小柳丁。是送給江續的，代表她的歉意是誠（橙）心誠（橙）意的。

可是想到林明宇說的那些話，什麼道歉，什麼愧疚，林西現在眼睛裡只有不爽。

江續見林西不說話，有些奇怪，「今天怎麼了？」

「沒事。」

江續的腳步一直牽就著林西，走得很慢。風從北面而來，他的半個身子擋著北邊的寒風，微微低頭看著林西。

「今天妳約我到ＫＴＶ，就是替妳處理林明宇？」

「不是。」林西從口袋裡把柳丁拿了出來，丟進江續懷裡。

江續接過柳丁，好奇地看向林西，「給我的？」

林西不回答，江續以為她害羞，也沒有強迫她，只是把玩著帶著林西體溫的柳丁，嘴角有淡淡的弧度。

林西的手在口袋裡攥了攥，「本來是有點抱歉，最近你找我，我都沒應約。」

聽見林西這麼說，江續臉上流露出一絲小小的喜悅。他抬起空著的那隻手摸了摸林西的頭髮，語氣溫柔：「我終於把石頭捂熱了。」

林西聽完這話，突然冷冷哼了一聲：「你把石頭都燒著了！」

林西不尋常的語氣讓江續瞬間就發現了不對勁。他微微低頭，看向林西，眉間有淡淡的溝壑。

「怎麼了？」

林西越想越氣，忍不住擼了擼袖子，「你說怎麼了？你是不是一直在背後搞小動作，壞我姻緣？」

江續眼中閃過一絲冷意：「誰說的？」

林西難得如此咄咄逼人：「甭管誰說的，你就回答我『是』還是『不是』？」

「這個答案重要嗎？」

「怎麼不重要？」林西質問著他：「有你這麼追女孩的嗎？你知道這樣會打擊我的自信嗎？我還奇怪呢，也不是長得那麼醜怎麼就是沒人追我？誰都有人追，只有我沒有。好不容易盼來一個，沒幾天就沒人了。我還以為是林明宇的關係！」

「妳想要多少人追？」江續永遠那麼會挑語病，一下子就把重點帶偏了。

「是多少人的關係嗎？」林西指著江續的鼻尖：「這是自信的問題！我會覺得我沒有作為女人的魅力！」

「妳很有魅力。」

江續說這話時的表情，十分鄭重，讓原本氣急敗壞的林西瞬間說不出話來。

林西知道自己嘴拙，不是江續的對手，也不想和他說下去，轉身要走，還沒動，就被江續抓了回來。

他眼中有幾分慍怒：「我喜歡妳，這還不能讓妳有自信？」

林西被他的自戀哽到了，想走又被他桎梏，氣得兩記重拳捶在江續胸口，「放開我！」

「不放。」

林西越掙扎，江續眼中的火苗越是要躥出來。他低著頭，目不轉睛盯著林西，臉上只有一種表情，那就是教訓她。

「我當夠紳士了。」

說著，江續扔掉手上的柳丁。

柳丁掉到地上，原本飽滿的果子一側砸軟了，橙黃的果汁砸在地上，印出淺淺的痕跡，咕嚕咕嚕滾進路邊的水溝。

林西見他扔了柳丁，正要發怒。頭一回過來，還沒說話，江續已經強勢地捧住她的臉。

不等她反應，江續低頭，對著她的嘴唇，重重地咬了下去……

有那麼一刻，林西覺得腦子裡完全是空白的。

江續的手死死捧住林西的臉，讓她無法逃脫，只能正對著江續，任由他攫取想要的一切。

比起上一次江續輕觸就結束的吻，這一次，她覺得江續的氣息彷彿是最激烈的浪潮，而她是那個不慎溺水的人，當浪潮鋪天蓋地而來的時候，她只能被席捲而走。

鼻翼頂到江續的鼻子，眼眸看著江續，視線近到失焦，他死死咬住她的嘴唇，林西有種快要窒息的感覺。

在他發洩一樣咬她的時候，她因為吃痛和憤怒，本能地也回敬他一口。不像小說的描述，也比不上旁人的介紹。不像果凍，沒有甜膩的氣息，不是那種讓人回味的柔軟。甚至夾雜著淡淡的鐵銹味道，那是血腥的味道。

林西的手得了自由，用力搥在江續身上，江續常年運動，身上都是硬邦邦的肌肉，見林西掙扎，江續鎖死了她的雙臂，緊緊扣在她的後腰上。

他不再咬她，而是深情地輾轉在她的唇上。那種溫柔的動作，彷彿是一種讓人會沉醉的毒，林西竟然漸漸忘記掙扎。

因為身高差，林西的脖子仰得很高，彷彿只有江續渡給她的空氣，才能讓她存活……

林西記不起那個吻持續了多久，總之，她被放開的時候，大腦是有些缺氧的。

她整張臉脹得通紅，江續的臉上也罕見地帶了點紅色。

但是很顯然的，江續還是比她鎮定得多。

他嘴唇上有林西咬出的齒印，原來她用了那麼大力。

他面無表情，好像一點都不疼的樣子，緊緊圈著林西的腰，低著頭幾乎是抵著她的額頭說：「林西，我已經等了太久，不想再等下去，給我一個答案。」

林西不敢看他的眼睛，腦子裡亂得很。她的手抵在江續胸前，心跳得很快。

「你先放開我說話。」

江續看了林西一眼，猶豫片刻，最後說道：「別想跑，跑也跑不掉。」

江續放開的那一刻，林西想也不想，扭頭就跑了。

她承認，她實在是太害怕了。

可是她真的不知道該怎麼面對江續，她哪有什麼答案？她自己都亂得很。

林西一整晚都沒有說話，明明刷了好幾次牙，可是江續的氣息卻好像怎麼都消散不去。

她不知道留下的痕跡到底是在嘴唇上，還是腦海裡，亦或是在心上。

蒙著被子睡覺，憋得有些夠窒息，整個身體有些發燙，嘴唇上也有隱隱的痛感。

江續這傢伙，真的是屬兔而不是屬狗嗎？

與此同時，江續剛回寢室。

林明宇一直沒睡，雖然開了電腦，但是也沒玩，一直在那等著。江續一進來，林明宇就圍了上去。

雖然他喝了不少酒，人倒是挺清醒的。對自家妹妹還是挺關心的，甚至勝過了對自己事情的關注度。

「怎麼回事啊？」林明宇一抬頭看見江續嘴上有傷，忍不住瞪眼，抓住江續的衣領：「你把我們家林西怎麼了？」

江續被他晃了兩下，皺了皺眉：「放手。」

「你還沒回答我呢！」

江續也不理他，只是瞥了他一眼，眼神淩厲。林明宇雖然有點不爽，還是放開了。

江續隨手放了一個砸爛了一邊的柳丁在桌上，然後轉身去陽臺洗手。

林明宇看他走了，趕緊舉起那爛柳丁研究起來，一轉才發現，柳丁砸爛的一邊上面隱隱有點圓珠筆的印記：「這是什麼？誰在水果上寫字啊？」

江續剛洗完手，正好走了進來。看了林明宇一眼，冷冷回答：「你妹。」

「林西啊？」林明宇又仔細琢磨了一下：「這寫什麼？1、c？」

奪過柳丁，砸爛的那一側字跡被果子的汁水暈染，已經看不清：「第一個應該是I。這個c不知道是什麼意思。」

「I？那是我的意思？c會不會是要寫cao？我靠？這倒像林西會對你說得話。」

江續：「……滾。」

怕被江續蹲守，林西不敢出去吃飯，全靠室友投餵。

手機裡有好幾通江續的來電，林西也不敢接。就這麼過了三天。

週五晚上六點，學校通知最後一次班會，林西不得不結束了龜縮生活，走出寢室。

全校統一通知，一路林西遇到了不少熟人。從宿舍區走到教學大樓，路上人來人往，但是林西還是一眼就看到了陸仁珈和他的高中同學。

兩個人正在熱戀，看得出來感情急速增溫，那女孩明明不是C大的，還特地過來C大陪他，兩人你儂我儂的，在路上實在有些惹眼。

林西原本準備靜靜地擦身而過，不想陸仁珈眼尖，叫住了她：「林西！」

林西停下腳步，不得不和人家寒暄幾句。

「林西，這學期結束，我就要去美國了。」陸仁珈說這些話的時候，表情十分愉悅。他和女友十指緊扣，一臉幸福地說：「我們一起去。」

林西有些尷尬：「恭喜你了。」

「替我謝謝江續。不是他故意讓我，我不可能拿第一。」

「……什麼讓你？」

陸仁珈與女友對視一眼，忍俊不禁：「他可能是誤會妳和我的關係了，還特地找過我。他讓我，可能是想讓我快點離開國內吧。不過不管他是什麼目的，現在我們都得償所願了。」

陸仁珈拍了拍林西的肩膀，「後來我老是碰到你們一起吃飯，你們發展得也挺好的。」

林西：「……」

班會之後，林西去學生餐廳吃飯，又碰到了龍濤炳。

龍濤炳和他女朋友一臉喜色坐在林西對面，還好心幫林西加了個菜。

龍濤炳第一次如此活潑，說話的時候笑容沒有褪去過，「馬上要放假了，妳和江續什麼時候有空，我們請你們吃飯。」

「……為什麼？」

「我和龍老師攤牌了，他很生氣，但是我不放棄，他最終還是妥協了。」

「龍老師會妥協？」林西有些詫異，畢竟龍老師還挺老古板的。

龍濤炳握著戀人的手，臉上是幸福的笑臉：「他說五年內不准我們結婚，如果五年後我們還在一起，就讓我們結婚。這樣已經夠了，他大概覺得我們不可能堅持五年吧，也許連她也不相信，我想，什麼誓言都沒有時間的驗證管用。」

「不管怎麼樣，還是祝福你們，至少可以光明正大在一起了。」

龍濤炳有些感慨：「這事還是要謝謝江續，他說得對，是男人，就不該偷偷摸摸的。」龍濤炳笑笑：「其實是我自己害怕，事情沒有我想的那麼糟。江續是對的。」

「……」江續，又是江續，他到底在她背後搞了多少小動作？為什麼她以前完全不知道？

龍濤炳正說著，林西身邊的座位坐下一蹲臉色不善的大佛。

看清來人，龍濤炳臉上帶著樸實的笑容：「江續，我正在說你呢，你什麼時候有空？我請你們吃飯。」

見龍濤炳和戀人手牽著手，一臉喜色，江續已經知道發生了什麼，淡淡說了一句，「恭喜。」

「……」

龍濤炳好不容易抓到江續，趕緊趁機表達著對江續的感謝，抒發著苦盡甘來的喜悅，而江續的臉卻越來越黑。

很顯然，有些事是不適合在林西面前提的，而現在這一切都被林西知道了。

龍濤炳還在煽情講述，林西頭也沒抬，低頭扒著飯。

江續原本以為她會炸毛得上躥下跳，可是此刻，她卻沒事人一樣坐在他旁邊。

很顯然，這根本不符合林西的性格。

龍濤炳說完話就走了，林西在他走後很快吃完了飯。

她走的時候沒有叫江續，但是江續還是緊緊跟在她身後。

這頓飯吃得晚，出來的時候都八點多。天已經黑透了，長路上只有路燈，照亮兩人走著的路。

此刻，林西並不是很想理江續，但是江續卻沒有放過她。

他原本跟在林西身後，見她大步流星頭也不回，一把抓住她，皺著眉頭說：「妳有什麼話就說，想問什麼就問。」

林西聽他這麼說，倒是冷靜了下來。

她頓住腳步，仰起了頭，與他對視的那一刻，她的眼睛不自覺落在他嘴唇的傷口上，許久，她才強迫自己移開視線。

她的雙手揣在口袋裡，冷著臉問他：「什麼時候開始的？」

江續沒想到林西的第一個問題是這個，愣了一下，半晌，只回答了四個字，彷彿童話故事的開頭：「很久以前。」
「大一就開始了？」
江續沒說話，但那表情，分明是默認了。
如果沒有上一世三十歲都沒有談過戀愛，也沒人追的悲慘經歷，也許林西會覺得江續這方式還挺甜蜜的。
可是現在回想起來，一切都是拜他所賜，意義就完全不同了。
林西越想越不爽，不想和江續說下去。
她掙了兩下沒掙開，回過頭瞪了江續一眼：「放開我！姓江的！」
江續眼中也有氣惱，卻還是極力忍耐：「妳不躲我，我需要這樣？」
「你……」林西雖然嘴拙，卻也不是傻的。她仰著臉，一臉倔強，「不是你，我可能早就有男朋友了！我為什麼非得和你在一起？難道我不能和別人在一起嗎？我不能喜歡別人嗎？」
江續想也沒想，強勢地回答：「不能。」
「你……」林西被他這態度氣死了：「你為什麼要這樣？」
江續從來沒有對一個人這樣胡攪蠻纏。
江續把林西抓到面前，強迫她與他對視，一貫溫柔的眼睛裡帶著林西從來沒見過的怒意：「妳說我是為什麼？」
林西不想與他對視，撇過頭去，賭氣回答：「我不知道。」
江續的情緒漸漸平息下去。

許久許久，只聽見他一字一頓地說著：「因為我想成為妳的男朋友，成為妳未來的丈夫。」

「……」

江續的話，勾起林西心裡的幾分委屈。

她倔強地抬起頭看著他：「你知道嗎？我在柳丁上寫字了。」她的聲音帶著幾分哽咽：「我寫的是I do。你英文這麼好，肯定理解是什麼意思吧？」

江續一直以為那上面是小寫的「c」，沒想到是「d」的第一筆。

得知真相，他有些急切。

「林西。」

「你居然把我的柳丁丟了。」林西越想越難過：「你只管你自己，你想做什麼你就做什麼，我像個傻子一樣被你耍得團團轉。到頭來你還怪我，怪我笨，怪我不懂，怪我辜負你。」

「江續，你真的很自私。」

所有的考試都結束了，雖然按照學校規定還沒有到正式的離校日，但是不少同學已經買票回家了。一學期在學校，好不容易放假，誰不是歸心似箭。

林西打了電話給爸媽，爸媽週末就過來接她回家。

林西整理行李的時候，接到了薛笙逸的電話。他和林西聊天，說了些近況，聽聲音，似乎很樂觀的樣子。

電話的最後，薛笙逸問林西：『最近和江續怎麼樣？他得逞了嗎？』

聽見「江續」兩個字，林西忍不住不爽。

「別提他了，聊點開心的事。」

『喲，吵架了？』

林西和江續吵架了。

認識他們的人都看出來了。

但是林西偏偏不承認：「我和他什麼關係，吵毛線啊！」

雖然總是拆江續的臺，關鍵時刻薛笙逸還是挺江續的，『江續對妳挺用心的，差點找我單挑。一個大神，這麼追人，真的不容易。』

「是是是，他大神，他紆尊降貴，我平凡，我活該被耍！」

『這……』

林西舉著電話，沒好氣地說：「少和我說他，我最近都不想聽到他的名字。」

『……』

江續最近的狀態很不對勁，和前段時間陷入愛河，基因突變的樣子完全不同。

也不知道是發生了什麼事，又恢復了從前拒人於千里之外、不近人情的魔鬼形象。

籃球隊的訓練也加大了強度，大一的新生們叫苦不迭，江續完全不為所動。

下午一點，江續又提前一小時來到籃球場。他剛要坐下，手機就響了起來，低頭看了來電顯示一眼，接了起來。

「……」

『怎麼回事？怎麼不聯絡我了？怎麼就不用我管了？』電話那端的女人聲音中含帶幾分喜色：『前段時間不是要我幫你平事嗎？我都準備打電話給你們校長了。』

「已經解決了。」江續的聲音冷冷的。

『唉，你這孩子，怎麼這麼不可愛？』那端的人明顯有些失落：『從小到大從來沒有給我機會讓我表現一下。』她頓了頓聲：『話說回來，林西，是不是女孩的名字啊？』

江續聽到「林西」兩個字，眉頭皺了皺。

『寒假帶回來給媽媽看看啊！漂不漂亮啊？什麼科系的啊？家裡做什麼的啊？是你同學啊？不要對媽媽也瞞得這麼緊啊，談戀愛就談了唄。』江媽媽一聲感慨，一激動，話也說錯了：『我們家養了這麼久的白菜，終於會拱豬了。』

江續聽到這裡，忍不住一字一頓：「確實是豬！」

『欸欸！和媽媽說一下啊，是哪家的女孩啊！』

江續想想就一臉不爽：「不說了，我要打球。」

『喂喂……喂！』

江續掛斷電話的時候，林明宇正好來球場。

他躡手躡腳坐到江續身邊換鞋，腳之臭，讓江續忍不住皺了皺眉。

林明宇自己倒是毫無感覺，一邊換鞋一邊和江續聊天，「你和林西吵架了？」

江續低頭綁著鞋帶，不說話。

「林西週末要回家了，我叔叔嬸嬸來接，你知道嗎？」

江續綁好一隻，又專注地去綁另一隻。

「林西一走，我是他哥我都幫不了你了。我叔叔嬸嬸就這麼一個女兒，寶貝得要命，只要回老家，就出不來了。」

江續依舊不為所動的冷漠樣子。

「你真的打算和她一直吵下去啊？這一架，可是要吵一個寒假了。」林明宇頓了頓聲，試探性地問江續：「你確定嗎？」

江續終於綁好了鞋帶。許久，他抬起頭，眸光還是冷冷的，表情卻是運籌帷幄的樣子：「她不會回去。」

「她肯定回去啊，我叔叔嬸嬸都要來了。」林明宇說：「我看你還是趕緊和她好好聊聊，和好吧。」

「我不會讓她回去。」

林西本來寒假是想好好休息，根本沒有實習的打算。但是林明宇也不知道哪根筋不對，居然找了個工作要去實習，爸媽來接她的時候，林明宇拚命在那表現，搞得林西爸媽覺得她簡直就是扶不上牆的爛泥。

最後還是林明宇說，他實習的公司還在招人，林西也能去，爸媽才算是饒了她一命。

本來可以回家吃香喝辣，這下不僅不能回家，還要苦哈哈地去上班，林西覺得，林明宇一定是她上輩子的仇人，這輩子就為了剋她而生。

說好了住在大伯家，結果實習的公司很遠，一個城東，一個城西。為了方便上班，林明宇在外租了間房子，林西圖方便，懶得早起，也跟著過去了。

學生雖然放假了，大人還要上班，也沒人送了。一大清早搬行李去林明宇租的房子，那麼遠，也是挺虐心的。林明宇平時沒什麼用處，力氣倒是大，幫她拎著大包小包搬家。

林西是第一次到林明宇租的這個房子，只聽他說三房兩廳，社區環境也好，就沒來考察了。

這時冷不防跟著林明宇到了這社區，林西被森嚴的管理和大片的綠化嚇到了，忍不住問他：「大伯大伯母給了多少錢啊？這房子租下來，很貴吧？」

「不用……」林明宇說一半突然收了聲，頓了頓又說：「不用妳出錢，妳哥我包了，也就住一個月，能多貴？」

見林明宇那麼臭屁的樣子，林西忍不住「切」了一聲。

到林明宇租的十二樓，他走在前面，帶著林西往裡走，一邊走一邊介紹：「這裡環境很好，是本市唯一提供暖氣的社區。妳想想在我們南方，有暖氣的冬天，不比老家好啊？而且房子也很大，什麼都有，妳下班回來我們還能一起玩遊戲。」

林西懶得聽他吹牛，四處打量著房子的情況。

林明宇用鑰匙打開門鎖，把林西的行李隨手放在玄關，對林西勾了勾手。

「來，進來參觀一下。」

林明宇在前面介紹著房子的功能：「這是廁所，這是廚房，這間是主臥，妳住這間，有單獨廁所，這間是次臥，我住這間，這間是客房，客房裡還有個人……」

林明宇說到這裡，突然停住。

林西跟在後面，有些詫異：「什麼有個人？」

她往前走了一步，就看見客房裡有個人，這個人不是別人，正是江續。

此刻，他坐在書桌前，臉上掛著一副金屬邊框的眼鏡，正專注地看著電腦。

聽見林明宇的聲音，他緩緩回過頭。

林明宇瞪大眼睛，顫抖著手指著江續：「你你你……你怎麼在這？」

江續的表情十分理所當然：「我的房子，我不能來？」

「靠！」林明宇聽到這裡，終於明白自己被江續澈底套路了，趕緊擋在林西面前，「江續，我警告你，你要是以為住同一個屋簷下就能為所欲為，你大錯特錯！我的妹妹！我來守護！」

第二十六章　實習

林明宇以身體阻擋著江續和林西，一臉正氣凜然的保護者姿態，彷彿這一切不是他造成的一樣。

林西站在他身後，沒有說話，也懶得理林明宇，只是幽幽看了江續一眼。

屋內有暖氣，溫度適宜，他上身穿著淺米色棉麻襯衫，肩上披著一件淺灰色針織衫，下身搭配深灰色居家褲，腳上是一雙同色拖鞋，這是林西第一次看到居家模樣的江續，感覺到幾分微妙。

江續摘下眼鏡，卸去了居家斯文的模樣，面上沒有了遮擋，那雙深邃的眸子淡淡瞥向林明宇身後的林西，視線有意無意地撩撥，惹得林西忍不住後背一僵。

林明宇沒注意到江續的眼神，他豪邁地一揮手，對林西說：「林西，妳先出去，我要和江續談談。」

林西看了林明宇一眼，覺得他不可能談出什麼名堂，撇了撇嘴，不滿地說：「我覺得你應該先送我回你家，我肯定住不了這裡，怎麼能和沒血緣的男生同住一起，這太荒謬了。」

聽見林西這麼說，林明宇有片刻的心虛。他看了江續一眼，然後轉身握著林西的肩膀，把她往外一推：「這事等等再談，妳先出去。」

「……」林西欲言又止，看了林明宇和江續一眼，最後還是聽話地出去了。

緊閉房門的房間裡，林明宇正氣急敗壞地來回踱步。

江續也沒有說什麼，坐在轉椅上沒動，只是靜靜看著林明宇，表情淡然。他的手搭在面前的電腦桌上，閒適地把玩著桌上的一支筆，將筆轉來轉去。

林明宇來回轉了兩圈，回想到這裡的全過程，越想越氣，忍不住指責江續：「江續，你他媽的怎麼這麼陰險？」

江續一臉無辜的表情，反問道：「我怎麼陰險了？」

「你說幫我和林西找實習公司，上一個月能有兩個學分，這麼遠的公司，我信了，把林西也弄來了。」林明宇越說情緒越激動：「你知道我爸媽給了我四千塊錢找房子，說房子你可以幫我解決，鼓勵我拿錢去買PS3，還說要和我一起踢《實況足球》！」

江續動了動手指，放下筆，緩緩抬頭，「現在不能一起踢《實況足球》嗎？客廳不是可以玩嗎？」

「是《實況足球》的事嗎？你唬我把租房子的錢花了，現在帶著妹妹寄人籬下！奶奶的，你給我鑰匙的時候，可沒說你要來住啊！」

江續抿唇淡淡笑著，坦蕩地與林明宇對視：「我說了不來嗎？」

「你……」林明宇這麼仔細回想，才意識到江續根本就是挖了個坑，而他傻乎乎的一步步踩進了他的套：「靠，我就知道這世上不會有這麼好的事！」

林明宇現在騎虎難下，皺著眉頭問江續：「你下這種連環計，是不是有什麼不要臉的打算？」

江續輕笑，動了動肩膀：「我是什麼人，你還不清楚嗎？」他一臉翩翩君子的表情：「放心吧，哥。」

這一聲「哥」，把林明宇叫得毛骨悚然，起了一身雞皮疙瘩。

「少來——」林明宇悔不當初，言辭咄咄逼人地控訴：「你哪裡是人，完全是衣冠禽獸！」

「唉，好人難當。」見林明宇氣不打一處來，江續嘆息：「好心好意借房子給你，還被這麼指責。」

「靠——我這就去退PS3，我決不能把林西送入虎口！」

也不知道林明宇和江續說了什麼。他氣呼呼地衝出來，然後從行李裡拿了個大盒子就出去了。臨走前還囑咐林西：「妳先在這坐一下，等我回來。我等等就帶妳走。」

林西有些不明所以，正準備提問，林明宇已經疾風一樣跑出去了。

「啪」一聲，大門關閉，家裡只剩下林西和江續兩個人了。

林西尷尬地回頭看向江續，此刻，他正靜靜靠在門框上，眼睛直勾勾盯著她，彷彿靜靜守著食物的獵豹。

林西正襟危坐，雙手緊張地覆在膝蓋上，有些生硬地解釋道：「不知道這中間是出了什麼問題，林明宇怎麼會不小心租了你的房子。」她頓了頓聲：「不過你放心，我們會走的。」

「嗯。」江續倒是沒有出言挽留，只是淡淡瞟了林西一眼。

兩人自爭吵後第一次這麼單獨相處，還是在一個相對封閉的空間。

這麼四目相對，空氣中盡是微妙。

「那個，你去忙你的吧，不用管我。」

江續看了林西一眼，什麼話都沒說。他看了眼時間，緩緩從房間走向客廳，一步步走到林西身邊。

林西見他越走越近，趕緊護住胸前，「你要幹什麼？你不要過來！」

江續走過來，一彎腰，撈起茶几上的遙控器，「啪」一聲打開了電視機，轉到體育臺。

「球賽。」他言簡意賅地解釋。

林西看著螢幕上穿著不同隊服的老外們追著籃球跑，意識到自己想多，趕緊閉上了嘴，她挺直了腰板坐在角落裡，時不時偷瞟江續一眼。

江續專注地看著電視機的螢幕，側臉稜角分明，嘴唇不厚不薄，緊抿著的時候散發著男性荷爾蒙。他完全沒有注意林西這邊，一隻手放在沙發的椅背上，長長的手臂，一直延伸到林西的身後。

她不自在地往旁邊挪了挪，儘量離江續遠一些。

背景音是體育臺的球賽解說員激動的解說聲，都是林西聽不懂的名詞，球員也都是林西不認識的人。

不管是什麼球類，說到底只是不同的人數，追著球跑，到底有什麼值得看的？林西也是不理解男生。

林西坐在客廳的沙發上，本能地四下打量。

想想上一世她買的那間小房子，為了省錢找老爸監督裝潢，設計什麼的都是他做主的，最後裝潢出來有種濃濃的村鎮中老年味，醜得無處自拍。

憑良心說，這房子她還是很喜歡的。明亮而簡單的裝潢設計，原木色的家具，讓人有種暖洋洋的感覺。

電視櫃旁邊有兩個玻璃花瓶，裡面插著兩束滿天星，為這個家裝點出幾分生活氣息。

是她理想中的家，如果家裡沒有多一個人的話。

沙發柔軟，林西早上本就起得早，這時家裡暖氣那麼舒適，更是睏意襲來。

家裡有淡淡的香氣，不知道是什麼芳香劑，配合著林西聽不懂的球賽解說，林西的眼睛眨著眨著就閉上了……

電視裡的球賽還在繼續，身邊的人已經睡著了，江續體貼地把聲音調小了一些。

林西側靠在米灰色的布沙發上，睡顏恬靜，鼻頭和面頰微粉，嘴唇嬌豔欲滴。

江續俯下身子，向林西的方向挪了過去，近距離靜靜看著林西。

她的頭髮長長了不少，現在是肩上的毛躁長度，不過她有些自然捲，髮梢微微捲起，看起來倒是學生氣十足。

落地窗的陽臺射入一束暖暖的陽光，正好落在林西的頭髮上，陽光下，她的頭髮現出棕黃的顏色，更襯膚白勝雪。

他抬手，撥了撥她嘴角的一綹碎髮，大概是癢，她皺眉撓了撓，然後像貓咪一樣往江續的方向拱了拱。江續的身子一僵，半天都沒有動。

這麼靜靜坐了一陣子，確定林西睡沉了，江續才去挪動她。

他將林西從沙發上橫抱了起來，輕手輕腳地放在主臥室的床上。

安靜的房間裡，此刻只有江續和林西兩個人。空氣中有著林西頭髮上的香氣，淡淡的，卻又讓人無法忽視。

一接觸到柔軟的大床，林西立刻慵懶地翻了翻身。

短款的外套因為她亂扭，直往上跑，露出一截盈盈一握的小腰，一絲贅肉都沒有，白得好似會發光，皮膚上也看不見任何毛孔，這勾人的景色就這麼猝不及防進入江續的視線，惹得他下腹一緊。

他轉過身去，在房間裡踱來踱去，許久過去，他的呼吸才漸漸平穩下來。

房間裡的溫度比客廳更高，江續這麼折騰了一番，身上也有些熱了，他將披在身上的針織衫脫了下來。脫完還是覺得有些熱，又解了兩顆襯衫的鈕釦。

轉過身來的時候，林西又換了個姿勢。

江續一隻腿跪在床上，將被子抖了抖，正準備蓋在林西身上，手臂一個不慎，掃到了林西的鼻尖，一下子就把林西弄醒了。

林西不記得自己是什麼時候睡著的，不得不說，她實在太單純，也太不設防了，可能是她本能覺得江續不會傷害她，但是她始終忘記，男女有別。

也不記得做了什麼夢，似乎還挺溫暖的。只是突然不知道哪來的怪獸，重重一拳打在她的鼻子上，她一下子就疼醒了。

本能地揉著自己的鼻子，眼中帶了些疼痛帶來的濕潤，迷蒙地睜開雙眼，林西瞬間被眼前的一幕嚇醒了。

江續跪在床上，上身橫跨在她身上，棉麻襯衫的鈕釦被他解開了兩顆，隱隱約約露出他緊實的胸口。

他的臉就在她斜上方，那麼近的距離，連呼吸都是交匯的。

林西瞪大了眼睛，張大了嘴，一臉驚恐：「江續，你幹什麼？」

林西被兩人這個姿勢嚇到了，雙手死死頂著江續的胸膛。

嘴裡還在不斷勸導：「江續，你醒醒啊！你一個大神，不能用這種方式讓我從了你啊！」

「嗯？」江續手上還扯著被子，順著林西的視線，往下看了看，這才意會過來她眸中的驚恐來自什麼。嘴角瞬間勾起一抹淡淡笑意。

他故意一臉無可奈何的表情說：「沒辦法，誰叫妳要和我鬧呢？」他的聲音醇厚好聽，在此情此景之下，帶著淡淡的勾引：「怎麼都哄不好，只好出此下策了。」

林西聽來，更是確定了心裡的猜測，趕緊求饒：「別啊！我不和你鬧了還不行嗎？」

江續轉了轉方向，雙手撐在林西的耳朵兩側，氣息纏綿，嘴上倒是不依不饒的：「怎麼證明妳不會鬧了？」

林西的雙臂用盡全力頂著江續，但是他的體重完全不是林西可以抵抗的，他稍稍放手就往下沉一寸，把林西嚇得都要哭出來了：「你要我怎麼證明？你要怎麼證明？我都聽你的還不行嗎？」

江續眼中閃過一絲奸計得逞的狡黠，他撐手臂，與林西四目相對，輕輕動了動嘴唇，「說，妳不會走。」

林西不得不承認，男人和女人不論是體貌特徵、身體構造都是完全不同的。

對於男女之間的事，沒有經歷過真的沒有發言權。

曾幾何時，她也拚命想談戀愛破處，覺得有些事只要經歷過人生才算完整。但是當這種事真實發生的時候，她才發現，原來有些事並不是經歷過就可以，而是要心甘情願地經歷過，才算完整。

她抵擋著江續的雙手在顫抖，幾乎要哭了。

江續見她當了真，越來越害怕，也不願給她造成什麼心理陰影，玩笑還是要注意一個度。

江續撐著身體，向上一些，「不逗妳了。」

「什麼？」林西眼眶中還有些濕潤：「你逗我的？有這麼逗人的嗎？」

江續嘴角輕輕一勾，眸中帶著幾分倨傲：「不情願的，我不要。」

「你不要你嚇什麼人？你知道這樣會嚇死人嗎？」林西一巴掌拍在江續肩膀上，「你怎麼老是這麼過分？你是人嗎？」

林西連環炮一樣指責著江續，手上一直捶打著江續。對於林西的問題，江續一個也沒有回答，只是靜靜支撐著，任由她發洩。許久，他溫柔地順了順林西的額髮，剛要起身。

正這時，林明宇剛好回來，手上還是拿著那個出去的時候拿著的大盒子。

他一衝進來，看到此情此景，問都沒問就是一聲大喝，「禽獸！你想幹什麼！」

林明宇一拳就要上來，要不是江續躲得快，那一拳就要打在他腦袋上了。

「你——」林明宇指著江續的鼻尖：「出來！」

「……」

兩人站在客廳外面的陽臺上談判。封閉式的陽臺，江續覺得有些悶，打開窗戶透透氣。

江續低頭看了林明宇手上的ＰＳ３的盒子一眼，眸中帶著無聲的揶揄。

林明宇注意到江續的視線，趕緊把PS3的盒子藏到身後，心虛撇開視線，不復最初的理直氣壯。

「我警告你，結婚之前，不准做這種事！」

江續見他一臉護犢子的表情，淡淡一笑：「你不是說，大學畢業還是處男，沒有男人的尊嚴？」

「那怎麼一樣！」林明宇暴跳如雷：「你現在可是想搞我妹！」

「噢，」江續看了他一眼，陷入沉思：「這樣啊。」

「這樣個屁啊！」林明宇抓著江續的衣服，「你跟老子保證！結婚之前循規蹈矩！」

江續像撣灰塵一樣撣開林明宇的鉗制，淡淡說道：「我保證，我不主動。」

「你不主動是什麼意思？」林明宇不上當：「你玩套路啊？」

「要是她主動，我還拒絕，豈不是傷了她的自尊心？」江續抿唇淡淡一笑：「我不是這麼不體貼的人。」

「你想得美！」

不想與林明宇糾纏，江續低頭瞥了林明宇藏在背後的PS3一眼，意味深長地問：「你看到她了？」

說到這個，林明宇就氣不打一處來：「你這陰險的小人，你是不是早就知道付小方的叔叔在這附近開店？早就知道她寒假在叔叔店裡幫忙？」

「沒有很早，一個禮拜。」

林明宇：「……你到底有沒有把老子當朋友？」

江續笑著：「當朋友，才幫你製造機會。」

林明宇：「靠！」

林明宇一朝被蛇咬十年怕井繩，死活都不肯再相信江續了，說要在林西房間的門上再多安裝一把安全鎖。

這間實習公司是學校合作的，可以抵學分。地理位置就在江續這間房子附近，住在這比較方便，再加上付小方最近也在附近打工，以林明宇的性格，他肯定不會走。只要在江續眼皮底下，要裝什麼都隨他。

雖說江續只是戲耍林西，但是那種動彈不得的記憶還是讓林西心有餘悸。

林明宇握著小鐵鎚，在門上釘釘敲敲，時不時拿著買來的安全鎖在那比劃。

林西裹緊自己的外套，忍不住說：「我不可能住在這，江續也在這，他又……你懂得，這是不行的。」林西想了想又道：「你還是送我回你家吧，我早起趕首班車上班。」

林明宇心虛地回頭瞅了林西一眼，語氣軟了下來：「我幫妳多裝個鎖，我還盯著，不會有事的。」

林西有點鬱悶了：「你為什麼不讓我回你家啊？」

林明宇咳咳兩聲，小聲說：「妳一回去，我爸媽不就知道我沒租好房子了，他們可是給了我四千塊，我已經拿來買PS3了……」

「……」林西沒想到林明宇能這麼中飽私囊。她白了林明宇一眼：「所以呢，你決定出賣妹妹了？你就不怕我遇到什麼危險嗎？」

林明宇理虧，不敢回答，只是低著頭用力捶了幾下。裝好了安全鎖，他馬上在門上拴著試一試，扣好了安全鎖，再拉拉門，一條鏈子擋在那。他拍了拍手說：「妳看，這樣就不怕了，完全不用擔心了。」

不等林西說話，他又說：「再說了，不是還有我嗎，江續要是敢怎麼樣，我打斷他三條腿！」

「不是你，我會在這嗎？」林西沒好氣地說。

「咳咳……這不是重點。總之妳放心，我會保護好妳的。」

他說這話的時候，故意從拴著鐵鍊的門縫裡向外看了一眼。

此時此刻，江續靜靜坐在沙發上，視線有意無意向主臥那邊飄去，林明宇的說教還在繼續。

「男人都是禽獸，有的皮囊好的衣冠禽獸更可怕。以後誰敲妳的門，妳先拉開看看，確定沒問題，再開安全鎖。」

江續聽到這話，不屑地瞥了林氏兄妹一眼。

就他們的那智商，根本是聊勝於無。江續若是有心，林西怕是孩子都生一個足球隊了。

江續要是真的想怎麼樣，這麼一把小破鎖能防得住嗎？江續冷哼一聲，穿著拖鞋就回房了……

折騰了一上午，林西洗了把臉，考慮到不想害了林明宇，畢竟大伯大伯母也都是很厲害的人，最後只能接受要和兩個男生同住一個屋簷下的事實。

林明宇換了一身皮夾克，倒是人模狗樣。他最近頭髮長長了不少，不再是以前的鹵蛋樣子，但是他髮質硬加上長度尷尬，直挺挺豎著，成了一顆長毛的鹵蛋。此時，他只能用髮膠把頭髮壓下去。那香味，讓林西忍不住皺起了眉頭。

「你是要去哪啊？打扮得這麼風騷？」

林明宇尷尬地咳了兩聲：「我有點事出去一下。」

「女人的事啊？」

「妳甭管。」林明宇擼了擼自己的硬頭毛，囑咐林西道：「我晚上就回來，會帶飯給妳，我走以後江續要是敲門，妳千萬別開，他招數多，妳不是他的對手。」

林西撓了撓下巴，訥訥點頭：「噢。」

林明宇走後，房子裡澈底安靜了下來。

林西拿出自己的筆記型電腦，玩了一下午遊戲，等遊戲結束的時候，已經六點多了。

肚子餓得咕嚕嚕叫，林明宇這個騙子，根本沒有回來。

穿好衣服從床上坐了起來，在房間裡轉了兩圈，正在考慮要不要出去的時候，房間的門被人敲了幾下。

叩叩叩，很有節奏的聲音。

林西遵循著林明宇的遺願，掛上安全鎖才開門。

門被拉開一條小縫，一條安全鏈卡在那裡。

江續微微偏頭，淡淡的聲音問她：「我做了飯，吃不吃？」

林西對江續明顯不是那麼信任：「林明宇說會帶飯給我。」

「噢。」江續也沒有多堅持：「那算了。」

「欸，等等。」林西拉開了安全鏈，趕緊跟了上去。明明自己餓到不行，嘴上卻還是挺硬：「別以為一頓飯就可以收買我。」

江續只做了些家常菜，糖醋排骨、番茄炒蛋、清炒菠菜和一碗紫菜湯。林西看了一眼，十分嫌棄。

「我以為你無所不能，會做滿漢全席之類的。」

江續盛了一碗飯給林西，又將筷子遞給她，「吃飯少說話。」

林西拿過筷子，剛要將筷子伸向菜裡，突然腦洞大開：「飯菜裡不會有什麼藥之類的吧？」林西越想越害怕：「催情藥什麼的，我一吃完就控制不了自己，然後你就趁機得逞那樣？」

江續夾了一筷子菠菜，細細咀嚼，看向林西的眼神裡只透露了「妳是智障」四個字。

見江續把每個菜都吃了一遍，林西稍微放心了一些，但還是防禦心很重：「應該不是那種只對女的有用，男的沒用的藥吧？」

這次，江續終於有些不耐煩，皺了皺眉頭：「不想吃就別吃。」

見江續有趕人的意思，這次林西終於閉嘴，老實開始吃飯了。

江續家的飯廳不大不小，飯桌上裝了一盞光線很溫柔的燈，為晚餐平添了幾分溫馨。

兩人都沒有說話，沉默地吃著飯。吃到一半，江續突然打破沉默，「明天辦理入職手續，早點起來。」

林西這才想起，這次寒假不回家的主要任務是實習拿學分。趕緊點頭答應，「我需要帶什麼嗎？」

「帶人。」

林西：「……」

林西扒了幾口飯，江續放在桌上的手機突然響了起來。他看了一眼，便拿起手機到陽臺上去了。

過了一陣子，他接完電話回來了。

也不吃飯了，只是安靜地站在林西身邊。

林西嘴裡還含著米飯，見他門神似的佇立在身邊，含含糊糊地問他：「幹什麼？你吃了？」

江續關愛地看了林西面前的飯碗一眼，囑咐她：「快點吃，還有一口了。」

林西一臉莫名：「有什麼事嗎？」

江續看了手機上的時間一眼，很尋常地回答：「有人馬上要來。」

「誰啊？」

「我媽。」

「噗——」林西一口米飯全噴回碗裡。

原本因為江續做的家常菜還挺下飯，林西還準備加一碗，這時江續突然這麼一說，她瞬間緊張了起來，一碗都吃不完了。

「你媽多久來啊？你怎麼不早說？我在這怎麼行啊，你媽不會以為我們是什麼什麼的關係？在這同居啊！啊啊啊啊，我先走了！」林西慌亂地起身，冒冒失失的往門口衝。

林西剛找到自己的鞋，一隻腳還在穿，就聽見江續說：「不用走了，她已經上樓了。」

「什麼？」

「叮咚——」門鈴響了起來。

「靠——」林西腳上才剛穿了一隻，趕緊抱起另一隻鞋躲回主臥。

整個房間雖然面積很大，結構卻很簡單，設計風格十分簡潔，完全沒什麼藏身之處。時間緊急，思來想去，林西最後「唰」一聲打開衣櫃，果斷地藏了進去……

江續打開大門，江媽媽迫不及待地走了進來。

江續從鞋櫃裡拿了一雙拖鞋遞給江媽媽，她接過來快速換上，臉上帶著幾分期待的表情。

「吃飯了沒？」江媽媽說：「媽媽帶你們出去吃吧？」

江續一副愛理不理的樣子，遞完拖鞋以後，自顧自往客廳走去。

「我說你放假怎麼家都不回了。」她壓低聲音，一臉欣慰地說：「我兒子長大了，都會金屋藏嬌了。」

江續聽到這裡，忍不住皺了皺眉，回過頭來對江媽媽說：「媽，請自重。」

江媽媽意識到用詞有些露骨，手一揮：「哎呀，媽媽這不是太高興了嗎？」她伸長了脖子，往屋內望了望，眨著眼睛問：「那女孩呢？帶出來給媽媽看看啊？」

她看了空空如也的房子一眼，哪有什麼女孩，不由得有些失落：「她不在啊？」

江續瞥了主臥一眼，冷冷回答：「在的。」

「在哪？」

此時此刻，主臥的衣櫃裡，林西緊緊蜷縮。這種密閉的空間，簡直讓人窒息。她動都不敢動一下，生怕製造出什麼噪音，讓江媽媽發現她的存在。

「在的。」林西聽見江續冷冷淡淡的聲音，瞬間心臟提到了嗓子眼。

江續不會是打算出賣她吧？靠！

人走動的腳步聲越來越近，林西明顯能聽出原本在客廳的人正向主臥的方向走來。

突然的變故，讓她被嚇得瞬間出了一身汗，黑暗狹窄的空間裡，林西動都不敢動一下，只覺得滯留的空氣讓櫃中越來越熱，她燥得彷彿全身的毛孔都閉合起來，連呼吸都要不會了。

幾秒後，令人驚恐的腳步聲終於停下。窸窸窣窣衣服摩擦的聲音，在林西所在的衣櫃外響起。

林西覺得，那彷彿是淩遲一樣的可怕聲音。

江媽媽滿是疑惑：「你帶我來這幹什麼？」

江續冷哼一聲，帶著幾分鄙夷：「妳要看的人，就在這。」

說著，他「豁」一下，就把衣櫃的門拉開了……

林西躲在衣櫃裡，原本眼睛剛適應了完全的黑暗，這時冷不防的又亮了，覺得有些刺目。

她瞇了瞇眼睛，再睜開來。

眼前是一臉詫異的江媽媽，和等著看好戲的江續。

而反觀她，一隻鞋穿在腳上，另一隻，她慌亂之中，一直抱在懷裡。

整個人蜷縮在衣櫃，說不是變態都沒人信了。

江媽媽有些尷尬，先看了林西一眼，隨後看向江續：「這是？」

林西硬著頭皮從櫃子裡出來，訕訕一笑：「大……變……活人？」

林西發誓，這一定是她從小到大最尷尬的一次會面。

比她小學的時候上課吃東西被點起來站著尷尬；比她在澡堂，剛脫好衣服就被推開門尷尬；比她成年後走進男廁所還尷尬……

而這種尷尬，呵呵，完全是拜江續所賜。

林西忍不住無聲地丟了幾記眼刀過去，誰知江續完全不接招，她彷彿聽見眼刀掉在地上的霹里啪啦聲音。

江續的媽媽一百七十多的個子，身材苗條，雖然人入中年，依然漂亮得讓人移不開眼，乍看還以為是哪來的明星。一身墨綠色的長款大衣，搭配一條米色羊絨圍巾，氣韻出眾。

優渥的生活讓她看起來還有幾分少女的活潑感，雖然五官和江續極為相像，但是給人的感覺是完全不同的。江續的媽媽看起來像溫暖版的江續，臉上全程帶著笑容，這感覺還真是奇妙。

從衣櫃出來，他媽媽沒有說任何讓林西更尷尬的話，林西對此很感激。

她好像有些小興奮，圍著飯桌看了兩眼，看兩個孩子吃得簡單，很熱情地問：「要不要帶你們出去吃飯？」

江續拒絕了她的提議：「我再做兩個菜，就這樣吧。」

林西一聽江續要去做菜，那豈不是把她一個人留在這面對江媽媽？她不要啊！就在江續要走的時候，林西趕緊攔住了他，自告奮勇地說：「我去吧，我會做。」說著，就跑到廚房去了。

林西別的不會，做飯還是很在行。上輩子一條單身狗，自己住了那麼久，這點技能還是點滿了。

打開冰箱，再掃一掃流理檯上江續沒做完的青菜，很快就決定了做什麼。

廚房裡傳來有節奏的切菜聲音，沒多久，抽油煙機被打開，菜下鍋，刺啦啦的，鍋鏟翻炒，乾淨俐落，不難聽出做飯的人熟練的程度。

江媽媽嘴角的笑意簡直收不住：「小女生長得挺乖的，還會做飯，這年代不多了，真是越看越喜歡。」

江續若有所思瞟了廚房的方向一眼，沒有說話。

江媽媽還在絮絮叨叨：「公司那邊幫你打點好了，你舅舅知道你要把女孩子帶到他公司去，說要趕緊回來看看。」

聽到這裡，江續忍不住有些不滿：「你們是覺得我娶不到老婆嗎？需要這麼激動嗎？」

「去！」江媽媽促狹看了他一眼，「你這茅坑石頭一樣又臭又硬的性格，誰看得上？你知道你這叫什麼嗎？盲目自信！和你爸一樣的臭德行！」

「妳不是嫁給我爸了？」

「我心善，普度眾生。」

江媽媽還要說話，林西已經端了一盤菜出來，手腳之俐落，讓江氏母子有些意外。

林西把菜放在桌上，陪著笑臉：「阿姨，你們先吃，還有一個菜。」

在廚房裡忙了一圈，正式坐上桌一起吃飯的時間縮短了很多，林西也覺得自在了很多。江媽媽很健談，她問什麼，林西只要乖巧地回答就行了。

江媽媽走的時候，林西也禮貌地跟著江續一起送下了樓。江媽媽上車前，突然握住林西的手，笑咪咪地說：「以後不用躲著我，衣櫃裡多悶啊。妳放心，我很開明的，年輕人嘛，血氣方剛很正常。」

林西尷尬地抿唇：「阿姨……我們不是……」

江媽媽打斷了林西的解釋，意味深長地表示：「以後總會是。」

林西：「……」

江媽媽走後，江續和林西一前一後往樓上走。

林西想想這一天的經歷就覺得委屈。本來放寒假了，回家去多好。都怪林明宇在她爸媽面前胡說八道亂表現，搞得她爸媽也逼她來實習。本來好好實習也就算了，可是現在，她和林明宇都陷入被動，分明是被江續套路了。

一個戀愛都沒談過的她，莫名其妙跟兩個大男人同居，還要應付屋主他媽。林西想想都覺得自己命好苦。可是這時要是回家，以她大伯、大伯母的性格，知道了這些事，敲斷林明宇的腿都有可能。和他兄妹一場，總不好送他下地獄。

唉。

「不喜歡我媽？」江續聽她嘆息，突然問了一句。

「怎麼會？」林西想想江媽媽那麼和善的人，再對比江續，忍不住嫌棄：「和你真的完全不一樣，人挺好的，讓人很有好感。」

江續輕輕勾了勾嘴唇，「所以妳拚命表現？」

林西皺了皺眉：「拚命表現？」

「怕我媽會反對？」江續一臉自以為是：「放心，她不會。」

「……江續，你自戀病又發作了嗎？」

炒兩個菜就是在江續的媽媽面前拚命表現？

她瘋了嗎？

氣呼呼地上了樓，進門就衝進房間，全程沒有再多看江續一眼。

打開電腦，在遊戲裡廝殺了許久，還是不能消氣。難道被他這麼整了，就坐以待斃嗎？這不是林西的性格。

林西越想越不爽，打開電腦，進了校園論壇。

校園論壇的帳號還是林西剛開學的時候申請的，太久不用，光是試密碼就試了三次，好不容易進去，居然不讓她發文。為了發個文，她又在論壇裡灌水五個貼文，才終於獲得了發文資格。

怪不得BBS這東西後來被時代淘汰，這也太不方便了！

劈里啪啦在發文框裡打上了標題和文字。

『求助：怎麼才能報復一個又高又帥又聰明又有錢，什麼都不缺什麼都最好的男人？』

文發出去後，林西每五分鐘更新一次，回覆的人倒是有，只是回答得都很沒油鹽。

『有這種男人，請介紹給我。』

『又高又帥又聰明又有錢，樓主抓緊啊！』

『你們怎麼都不問問樓主發生了什麼事？難道長得帥又有錢的男人做什麼都是對的嗎？這意思是不是吳彥祖強姦誰，就是誰賺到了？』

這則留言引起了各種回覆。

『難道不是？』

『求強姦。』

然後下面就是無限輪迴的＋1……林西也是看醉了。

靠，什麼狗屁論壇，一點建設性的建議都沒有，搞不懂平時付小方都在裡面看什麼。

第二天，林西早上很早就被林明宇叫了起來。

要去公司辦理入職。為了以示隆重，林西穿了一身正裝，女士西裝西裝褲，那布料，穿著還挺冷的。在外面裹了一件很厚的大衣，但是一出門，還是感覺到冷風像刺進骨頭裡一樣難受。

果然如江續所說的，這家公司離江續的房子很近，走路過去不過七八分鐘。

這家公司在附近的一棟辦公大樓裡，二十八層樓的辦公大樓，占了五樓，規模不小。從電梯出來，林西一眼就看到一面印著公司LOGO的裝飾牆——「時食客刻」。

看到這四個字，林西覺得有點眼熟，再一想，這不是後來很紅的一個團購品牌嗎？

二〇〇七年，這家公司還在做飲食推薦，好像沒多久他們家就轉型了。

第一天入職，也沒什麼特別的事做。林西沒做過相關的工作，被人資分到市場部跟著老司機們搞策劃，正好和江續分在一起。

兩人一起站在人資辦公室裡，林西覺得這運氣也是絕了。

江續到哪裡都有一種超強的適應力，學什麼、做什麼都非常沉穩淡定，好像沒有他不會的事。和他比起來，林西還是很緊張的。

上一世除了大四實習，林西幾乎沒有上過一天班。當時她實習的公司還是爸媽找的，很輕鬆就得到了評分「優秀」。

畢業後誤打誤撞，在親戚的介紹下去學了化妝造型，當時整個班上學這個的，只有她是正規的大學生。後來的幾年，她憑著精湛的手藝在圈裡闖出一些名堂，除了化妝，偶爾還會被邀請去專科學校講課。比上班的自由，也沒什麼爾虞我詐的環境。

這時到了這麼正規管理的，新興網際網路為基礎的公司，林西還是感覺很新鮮的。

從人力資源部出來，接下來就是參觀公司了。

帶林西和江續一起熟悉公司的一個同事，名叫裴玨町。林西看到他的名牌，把「玨」讀成了「玉」，還惹了一番笑話。

裴玨町是個很熱情，熱情得讓人有些吃不消的人。大學畢業沒幾年，和林西他們沒什麼距離感，一直和林西扯學校裡的事。

見裴玨町一直圍著林西，另一個女同事路過時，拿資料夾砸了裴玨町的頭一下：「要你帶人家去參觀，不是趁機把妹。」說完，她又叮囑林西：「別理他，我們公司只要是母的都被他騷擾過。

他剛入職的時候，拍工作證，看人家攝影助理長得好看，全程盯著人家美女，後來攝影師無語了，直接幫他拍了一張歪頭的工作證。」

裴玨町被人揭穿了，也不氣惱：「誰不喜歡美麗的事物，是吧，林西？」

就在他要湊過來的時候，一直站在後面沒說話的江續無聲無息走到前面來，替林西阻擋了裴玨町的靠近。

「喜歡叮鮮花的，除了蜜蜂，還有蒼蠅。」

江續眼神冷傲，淡淡掃了裴玨町一眼，明明沒說什麼，就是有震懾別人的氣勢。

裴玨町終於閉嘴了。

一下午參觀了下公司、市場部和員工餐廳，這是他們未來經常會去的地方。

下班的時候，天空飄起了小雨，林西和江續站在樓下等在後勤部的林明宇。他們都沒帶傘，只有林明宇出門會帶傘，他剃了光頭以後，經常說雨水裡的酸性會腐蝕他沒有頭髮保護的頭皮。

冷雨淅淅瀝瀝落地，被冷風颳得斜斜交織。

西裝褲的布料很冰涼，林西覺得腿有些僵。冷風拂面，林西伸手捋開了風吹亂在面頰上的碎髮。餘光裡是江續站在屋簷下的高大身影。他臉上沒有不耐煩的表情，只是靜靜站在林西身旁，保持著不遠不近的距離。

側臉安然，周身有一種生人勿近的氣勢。

想到她發的文裡眾人說的話，不得不說，這真是一個顏值即正義的社會。

在樓下等了一陣子，林明宇沒下來，倒是等來了裴玨町和市場部的一眾同事。

裴玨町一見林西沒帶傘，立刻湊了過來：「沒帶傘啊？我送妳回去啊？反正順路。」

林西不想和他靠得太近，往旁邊站了站，不小心撞到了一旁的江續，他站如青松。低頭看了林西一眼，以身體護住林西，免她跌下臺階。

林西站定後，尷尬地看了裴玨町一眼：「你都不知道我住哪，怎麼就順路了？」

聽林西這麼一說，別的同事立刻哈哈大笑起來，開始虧裴玨町：「他啊，北極以南的地方，全部都順路。」

林西：「……」

裴玨町被人笑了也不放棄，又低頭湊近林西，「住得遠不遠？要不要我送？」

就在林西被他逼得有些不知所措的時候，耳畔突然傳來某人冷冷的兩個字。

「過來。」

林西不明所以地抬頭，就看見江續已經先她走下臺階。細密的雨簾之下，他一身黑衣，在青天灰地的環境下，好似畫中人一樣與她對視。

江續這麼冷不防的一句話，讓原本還在調侃的眾人都安靜了下來，探究地看著他們兩個人。

林西被人盯著，也有些尷尬，低聲問江續：「幹什麼？」

「買菜。」江續理所當然地淡淡掃了林西一眼，語氣是那麼親密：「妳不選，我怎麼知道妳晚上要做什麼？」

此話一出，旁邊的新同事立刻開始竊竊私語。

一旁的裴玨町也忍不住問了一句：「啊！妳有男朋友啊？你們同居了？」

林西：「……事情不是你們想的樣子……」

年輕的男女，關於同居的話題，絕對是越描越黑。林西嘴又笨，解釋了幾句，別人依舊是一臉「我們什麼都懂」表情。氣得林西連林明宇都不等了，轉身衝入雨簾。

走了好幾分鐘，最後還是走回了江續的家。尼瑪，她居然混到除了虎穴，無家可歸的地步。

她先一步開了門，江續一直跟在她身後，兩人都是淋著雨回家的。

「真的不去買菜？」江續問。

林西瞪了他一眼，沒理他。

想想上一世到三十歲無人問津的慘況，從了江續，欲壑難平；不從江續，他每天一齣，她也是有點疲於應付了。

轉身回了房間，拿了條毛巾擦頭，擦了一陣子，林西又開始想，要怎麼才能脫離眼下的狀況？

她突然想起自己的發文，趕緊開了電腦。

已經有半天都沒人留言了，沉了好幾頁。往下翻一翻，又有不少新的討論。一則則看下來，林西只看到一個提建議。

『追上他，秒甩，再追，再甩。』

林西仔細琢磨了一下這個人的方法，最後忍不住扔了滑鼠。

靠——這算哪門子的方法？智障才會去實踐吧？

關掉電腦，林西閉眼睡了一下，想了許久，她突然從床上彈了起來。

要不然還是試試吧？

萬一有用呢？

第二十七章　工賣，我喜歡你

入職的第二天，作為一個新來的實習生，林西也要投入工作中。

說是工作，實際上就是打雜，沏茶掃地、整理資料什麼的。也沒有過多刁難，大家對她還算照顧。

早上十點多，幫大家買完咖啡回來，林西累得灌了兩杯水。拿著自己的杯子往裡走了兩步，她突然發現，和她同期進來的江續，居然在格子間裡有一個獨立的位子。

這讓她十分震驚也十分羨慕。

躡手躡腳摸了過去，站在江續身後，林西偷偷看了一眼，發現他正在電腦上翻譯一份文件。每讀完一句話，思索一下，修長的手指就會開始在電腦的鍵盤上敲擊，微屈的骨節紋理不深，力道合宜，鍵盤的聲音機械有規律。

江續沒有回頭，依舊專注地盯著螢幕，只是低聲問了一句：「我的呢？」

林西撇了撇嘴：「都是實習生，為什麼我還要幫你買咖啡？」

江續倨傲回頭看了她一眼，指了指電腦螢幕：「那妳來翻，我去買咖啡。」

林西不爽他的傲嬌臉，忍不住啐他：「我告訴你，你少得意。」

江續儲存了文件，從座位上站了起來，嘆息著拍了拍林西的肩膀：「好好鍛鍊身體，未來一個月，買咖啡、整理資料和掃地，也很辛苦。」

林西：「……」

江續起身準備去倒水，林西對他的態度很不爽，也跟在他身後。剛走出兩步，就聽見部門經理拍手的聲音。

林西抬頭，竟然在部門經理身後看到一個熟悉的身影——蘇悅雯。一段時間不見，她依舊保持著齊耳的短髮，中分的瀏海，露出了飽滿的額頭和秀挺的鼻子。一身白色大衣，氣質好似仙女一樣。

部門經理臉上帶著和善的微笑：「這是蘇悅雯，也是實習生，從今天開始成為大家的同事，大家掌聲歡迎一下。」

「……」

蘇悅雯一出現，部門裡那些男生都圍了上去，裴玨町尤甚。這種盛況，和林西入職的時候只有裴玨町一個人搭訕一下的狀況對比，真是殘忍極了。

對於蘇悅雯到來，江續似乎不意外，也不感興趣。他倒完水又從林西身邊走過，林西忍不住拉了拉他的袖子，低聲問他：「蘇悅雯怎麼也來了？」

江續一臉事不關己的表情：「妳應該去問她。」

林西訕訕地說：「八卦一下嘛……」

之後林西持續打雜，而蘇悅雯則是在眾多「自願者」的帶領下參觀公司，這個人帶一段，那個人介紹一路，真是眾星捧月。美麗的事物到哪裡都是眾人追逐的對象，不論是東西還是人。

作為一個化妝師，她是很瞭解這一點的。她學化妝，做新娘祕書，更多的是想讓女孩子因為變美而自信。每一個客人在她的描繪之下，對著鏡子羞澀而甜美地笑出來的那一刻，就是她感到最有成就感，最幸福的一刻。

這想法是不是有點傻？

午休過後，很多人到茶水間倒水。沒人安排工作給林西，林西看茶水間亂了，主動開始收拾。她剛把飲水機旁邊擦乾淨，還在洗抹布，水聲嘩啦，她輕輕跟著水聲哼了起來。

「看樣子，妳挺開心？」

身後傳來熟悉的女聲，林西不用回頭也知道是蘇悅雯，「參觀完了？」

蘇悅雯隨手找了張椅子，坐在茶水間，和林西聊了起來：「妳怎麼會在這？」

林西不想回答，反問道：「那妳呢？」

「江續在這，我就來了。」

林西想想，這麼久江續一丁點表示都沒有，她還能這麼追隨，真厲害。

不知道為什麼，蘇悅雯也好，單曉也罷，以前知道她們對江續的心思，林西只是在心裡祝福，希望他們有情人終成眷屬，只要都別再來煩她就行。現在的她卻不是這種心情了，尤其聽到蘇悅雯在她面前大喇喇承認對江續的心思，她心裡竟有點點不爽。

她不禁在心裡對自己說：妳這想法很危險啊，少女。

「林西，妳知道嗎？我其實一直對妳有點不爽。」蘇悅雯的手叩了叩桌子，「喜歡就喜歡，不喜歡就不喜歡。妳一邊說不喜歡他，一邊無時無刻在他周圍。」

「我沒有……那是……」

「不用解釋。」蘇悅雯的表情淡淡的，「不論原因，我看到的結果就是這樣。嘴裡說著不喜歡，卻有意無意地勾引著，這種行為，我不想用貶義詞來形容。」

蘇悅雯的話刺耳極了，林西越聽越不爽。明明她就不是這麼想的，也沒有這麼做。包括她到這公司來，不都是被林明宇害了嗎？

這讓林西也忍不住生出幾分反骨，倔強地說：「以前不喜歡，現在就不能喜歡了嗎？」

蘇悅雯抿唇，意味深長地看了林西一眼：「所以，妳喜歡他？」

「我……」林西看著蘇悅雯那表情就很不爽，立刻挺直了背脊，爭了一口氣說：「我就是喜歡，我就是要勾引他，妳有什麼不爽，妳把他勾走啊！」

蘇悅雯聽林西這麼說，不僅沒有生氣，反而笑了笑：「很好，我喜歡坦坦蕩蕩的競爭。誰輸誰贏，至少主動權在自己手上。」

「真是巧了，我也是喜歡掌握主動權的人！」

和蘇悅雯大放厥詞之後，林西還是有些後悔的。

下班之後，部門老大突然說要聚餐歡迎實習生們。林西倒是覺得大家完全是沖著蘇悅雯來的，林西昨天就入職了，怎麼不聚餐？

浩浩蕩蕩的一群人往公司附近的小酒樓走去，一路有說有笑，氣氛很和諧。

林西裹著大衣，走在隊伍的最後。

一個人也不知道在想什麼，耳邊有很多聲音，卻覺得那些聲音好像越來越遠了一樣。

林西走著走著，肩膀突然被碰了一下。

「到了。」江續低沉的聲音在耳邊響起。

林西一看眼前小酒樓的招牌，才回過神來，趕緊跟著走了進去。

先進去的人選好了座位，蘇悅雯被男同事們圍住了，林西看了桌上的分配情況一眼，經過深思熟慮，正準備走到裡面，去靠著部門一個大姐坐，還沒動，大衣的腰帶就被人從身後拉住了。

「砰」不等林西反應，江續已經將她按到他身邊的椅子上。

林西差點摔倒，被嚇了一跳，手還掃到了桌上的瓷質餐具。好在大家氣氛熱絡，說話聲音很大，倒是沒注意林西這邊的狀況。

只有坐在對角線的蘇悅雯，視線有意無意望向林西這邊。

說是聚餐，實際上就是灌酒大會。幾巡過後，大家更加放浪形骸。部門裡幾個活躍的同事端著酒杯轉到林西和江續的方向，邊打著酒嗝，邊豪爽地說著：「來，我敬你們一杯！」

見有人過來敬酒了，林西趕緊舉著酒杯站了起來，她一起來，江續自然也起來了。

此時此刻，她和江續一高一矮佇立在那，舉著酒杯，畫面看起來像婚禮上新人敬酒似的。

那個同事一來，後面又跟來了幾個同事。

江續看了看眾人手裡的酒杯，語氣淡淡地說：「她是女孩，又不會喝酒，我來代吧。」

話音一落，酒過幾巡，早已喝嗨的眾人立刻起鬨起來：「代酒三杯！」

耳邊全是大家起鬨的聲音，林西有些尷尬，她的餘光能看到蘇悅雯的眼神有些不爽，也等不得那個敬酒的同事再說話，直接一口就把酒悶了。

新人，又是實習生，拿喬未免不合適，讓江續代酒更不合適，她不想成為蘇悅雯說的那樣子的女孩。

所以之後來敬酒的，她都來者不拒。

她喝得越爽快，來灌酒的人就越多，林西也不記得自己到底喝了多少。酒精下肚，又從肚中衝入腦袋，越喝越暈，到最後，聚餐是怎麼結束的她都不記得了。

部門裡許久沒有聚餐了，大家有點趁機玩個夠本的意思。新來的林西、蘇悅雯、江續都被灌了很多酒。

林西和蘇悅雯不勝酒力，沒多久就醉了，至於江續，車輪戰也沒有把他喝倒，整個人像個灌不滿的酒壺，倒是幹翻了一群人。

聚會結束，醉倒在桌上的有好幾個，女生都被還算清醒的男同事送回家了。

蘇悅雯這邊，雖然好幾個男同事自告奮勇，但是被江續以同學身分阻止了。他把蘇悅雯的手機拿出來，翻出她家裡的電話，讓她家人來接。

大家陸陸續續離開，江續扶著醉倒的林西，一起在小酒樓裡等蘇悅雯的家人來。直到蘇悅雯的家人把她接走，江續才扶著林西回家。

林西已經澈底醉到神志不清，酒品也是夠爛。也不知道從哪裡撿來一個易開罐，當麥克風用，喝醉了就開始放聲高歌。

林西喝醉後，身上出了一些汗，有些燥熱，不長不短的頭髮因為汗有些濡濕，髮質的關係，濡濕以後更加捲了，看著有種洋娃娃的稚嫩感。

江續見她四處亂竄，怕她感冒，用圍巾將她脖子漏風處全圍了起來。江續一靠近，林西就拉他合唱。

林西墊著腳，扯著江續的大衣領子，噴著滿嘴的酒氣，笑咪咪地說：「一起唱啊！one two three，everybody，都給我嗨起來！臺下的觀眾朋友！讓我看見你們的雙手！」

江續被她的胡鬧逗笑，一個爆栗敲在她的額頭上：「哪裡有觀眾？」

林西喝醉了，也不知道疼，一直手舞足蹈，憋著聲樂一樣的醇厚聲音，「深情」演唱著跨年必點曲目〈難忘今宵〉。

江續怕林西再亂跑有什麼危險，強行把她揹了起來，不讓她跑。

她也是有點累了，一被揹起來，就不再掙扎了，只是繼續在江續耳邊唱著歌。

荒腔走板五音不全，完全是穿耳魔音。一曲唱完，她終於嗨累了，手上還圈著江續的脖子，人卻是糊裡糊塗的。

「你是誰啊？」林西迷迷糊糊地問。

江續揹著林西，跟著月光的指引，路過一棵棵已經枯頹的樹木，一步一步走著。不論她怎麼胡鬧，江續始終是耐心十足的樣子。

明知道她醉了，江續還是認真回答她：「江續。」

「江續是誰啊？」林西遲鈍地想了很久，突然激動地說：「江續啊！我想起來了！林明宇的室友！那個超討厭的男的！」

聽到這裡，江續的腳步頓了頓。

他想要往後看，稍稍一移，臉側就擦到了林西的臉頰，她的臉頰很燙，呼吸軟軟的，觸到江續耳朵前面一點那塊最脆弱的皮膚上，讓他不由得身體一緊。

他趕緊回過頭，看著眼前的路，走得緩慢。

「為什麼討厭他？」

林西越來越醉，說話斷斷續續：「因為……他老是……要我……明知道我想找男朋友……卻一直搗亂……害我很多年很多年很多年……都一個人過……」

「有那麼討厭他嗎？」

「他可是那樣整過我啊，當然討厭！」林西說著說著，突然激動了起來：「哈哈哈你知道嗎？我最近想到報復他的辦法了！我發了個文，別人教我，要我先追上他，然後狂甩，然後再追，再甩！徹底摧毀他的意志！」林西突然抓了抓江續的衣領，說道：「我都想好了，等我成功了，我要好好羞辱他，讓他知道這種被人摧毀掉自信是什麼感覺，我要他叫我女王大人，還要抱著我的大腿唱〈征服〉！哈哈哈哈！」

江續聽到這裡，眉毛挑了挑，繼續和林西對話：「他為什麼要這麼做？」

「呃……」林西頓了頓聲，回答道：「因為喜歡我？好假的理由。」說到這裡，林西也困惑了起來：「他那麼優秀，我這麼平凡。他要是一時興起怎麼辦？如果我和他在一起了，我愛他愛得無法自拔了，他卻不愛我了，那我多慘？」

明知道林西是醉的，江續卻忍不住認真和她對話了起來：「為什麼會這麼想？」

「因為單身太久了，因為從來沒有談過戀愛。」林西說著說著，聲音中竟然帶了幾分哭腔：「不知道談戀愛是什麼樣子，好怕自己會做不好。我很笨，久了被嫌棄怎麼辦？我又粗神經，如果不夠解風情怎麼辦？我不會撒嬌，要是被別的妖豔賤貨比下去了怎麼辦？我愛吃醋，最後被討厭了怎麼辦？如果一段感情最後的結果是沒有結果，那我寧可一個人這樣下去。不談戀愛，至少不會受傷吧？」

林西突然笑了笑，一字一頓地說：「其實我一點都不堅強，我是個特別怕失敗的人。」

「不試試，怎麼知道會失敗還是成功？」

林西越來越睏，已經完全聽不見江續在說什麼了，只是自顧自地說著：「為什麼要在我身上花那麼多心思呢？為什麼喜歡我呢？我什麼優點都沒有啊……」

月朗風清，樹影婆娑，街上車流來來去去，車聲陣陣，卻奇異的讓人覺得心緒平靜。遠離了白日的喧囂，只是靜靜感受著蒼茫大地的深遠。

江續揹著林西一步步走著。耳邊是她平穩的呼吸，空氣中彷彿都是酒氣，夾雜著她身上淡淡的洗衣粉味道，讓江續覺得自己也有些醉了。

「為什麼喜歡妳？」江續嘴角有一抹淡淡的微笑，自問自答起來，「因為有一天，我發現妳喜歡我，我竟然覺得自己那樣高興。」他的聲音百轉流長，帶著幾分懷念：「如果不是一場誤會，多好？」

江續輕嘆了一口氣：「傻丫頭，方法都有了，怎麼還不追？」

江續把林西帶回家的時候，已經晚上快十點。一見林西醉得不省人事，林明宇氣極了。

「你不是說只是聚餐？怎麼喝成這樣？」林明宇把林西從江續背上扛下來，扶到床上，「你怎麼不喊我去接？是不是有什麼齷齪的想法啊？」

江續懶得理他，自顧自幫林西脫了鞋子。

林明宇一直警惕地盯著江續：「還不回你房間去？」

他幫林西脫了外套，然後扯了被子鋪在她身上。一旁的江續原本要去浴室弄個熱毛巾幫她擦個臉，也被林明宇搶先。

林明宇的動作很粗魯，簡直像用鋼絲球刷鍋底似的，林西不舒服，下意識閃躲。江續看到這一幕，皺了皺眉，將毛巾接了過來，又溫柔地擦了擦林西的手。

忙完，兩人從房間退了出去，讓林西睡覺。

江續走了兩步，突然叫住了林明宇：「喂。」

林明宇一臉不爽：「老子是喂？」

江續動了動嘴唇，最後說了一句：「算了，你也不知道。」

「……欠打啊。」

林西重生以來，要麼不喝酒，要麼一喝酒必掛，也是服了。

早上起來，頭疼得好像被榔頭打過一樣，整個人有點暈。關於昨夜的事只記得斷片以前的，斷片以後的，隱隱約約記得好像是江續揹她回來的。

人明明很難受，卻必須爬起來上班。

洗了個澡，宿醉的水腫和眼下青黑依舊嚴重，快速化了個妝，終於讓林西看起來好了一些。

從房間出來，林明宇已經走了，他在的部門主要是寫體驗報告的，最近的任務和早餐有關，每天都要五六點出門。另一邊的江續已經穿戴整齊，坐在飯桌上吃早飯。見林西過來，遞了一杯蜂蜜水給她。

「謝謝。」林西說。

江續看了眼時間，又看了林西一眼：「怎麼突然化妝？」

林西化妝是為了掩蓋自己宿醉的醜態，這麼冷不防被江續問了一句，感覺到淡淡的羞澀和尷尬，解釋道：「覺得上班了，化個妝比較有禮貌。」

江續淡淡瞥了一眼：「自然就好。」

「蘇悅雯不是也化妝嗎？每天都帶妝，我看男的都挺喜歡。化妝以後還是比較漂亮。」蘇悅雯入職就帶了妝，完全把純素顏的林西比下去了。早知道她也應該化個妝的。

「不覺得漂亮。」江續的眼中沒有一絲閃爍，似乎真的是這樣覺得。

「這……」

林西也不知道該如何接下去，覺得有些尷尬，仰頭喝完蜂蜜水，然後坐下來吃江續做的早飯，雞蛋火腿，吃在嘴裡有點索然無味，不知道是不是因為舌頭還沒有從酒精的麻痹中醒來。

江續斯文地切著盤子裡的香腸，彷彿置身於繁花錦簇的豪宅後院，反觀林西，用叉子叉起來就啃，完全沒注意到旁邊還放著刀。

林西隨便吃了兩口，突然想起昨晚的事，問起江續：「我昨天有沒有做什麼丟臉的事？」

江續手上的刀頓了一下，隨口回答：「到處騷擾別人，從地上撿了個易開罐當麥克風，這種算嗎？」

林西：「……這……你沒有攔著我嗎？」

一貫話很少的江續，這次卻沒有打算放過她的樣子：「還有，輕薄我，說喜歡我，特別喜歡，無法自拔，我不答應妳，妳就要去自殺。」

「不可能吧？」林西對此十分懷疑：「你不要騙我。」

江續放下刀叉，雙肘撐在桌上，看著林西，淡淡一笑：「看來也沒有醉得太厲害。開個玩笑。」

「……」

林西今天上班得到了不少禮遇。好幾個之前沒怎麼和她說話的男同事，今天都主動來搭個訕，還幫她搬書搬資料什麼的。找話題的時候還說她底子挺好，稍微打扮就讓人眼前一亮，應該早點這麼裝扮什麼的。

反觀裴玨町，反而讓人覺得比較坦蕩了，不管好壞，美醜，是女的他就上，絕不會「厚此薄彼」。

總之，男人，就是膚淺得讓人不想吐槽。

整理了一個多小時的資料，把之前出的退件，按照年份日期全部分類重新放回了資料室。

重新回到辦公室，一眼就看見蘇悅雯圍著江續的桌子，也不知道是在說什麼，兩個人頭靠得還挺近。

蘇悅雯這次跟到實習公司來，目標明確，就是為了江續，比起林西，她確實大膽很多，也自信很多。

不得不說，蘇悅雯和江續在一起的畫面，看起來十分和諧，也更般配。

這讓林西有點著急了，她的報復計畫還沒開始呢？難道就這麼輸了？

之後江續也沒再提過要找她當朋友的事，該不會變心了吧？

萬一江續真的被蘇悅雯追走了，她豈不是沒有機會了？

上午十點多，又到了買咖啡的時間，林西自告奮勇去了，一路上她都在想對策。

走了一陣子，肚子餓得直叫。早上江續那點西式早餐不合胃口，趁買咖啡的功夫，林西拐到附近的商店街去找吃的。

林西走著走著，突然看到一家店門上貼著肉夾饃的圖片，林西看了忍不住口水直流。

走進店裡，點了一個肉夾饃一份酸辣粉，剛坐下，店裡的服務生就把肉夾饃送過來了。

「林西？」服務生看見林西，一臉驚喜地叫了起來。

「小方？」林西看到自己的室友也忍不住激動了起來：「妳怎麼在這？」

「這是我叔叔的店啊！」付小方抱著林西的手臂，問她：「妳呢？」

「我最近實習，住這附近，我不是有在我們寢室群組裡說嗎？　。」

「我以為妳回老家實習，沒注意啊。妳和林明宇一起啊？」

林西點頭：「對啊。」

聽到這裡，付小方突然面色不善地低語起來：「林明宇這個賤人，每天都來，居然沒說妳也在。」

「確實是個賤人，每天都來，居然不告訴我妳在這裡！」

兩人握了握拳頭，好在林明宇人不在現場，要是在，可能已經被打死了。

付小方上了好多好吃的給林西，她一邊咀嚼一邊和付小方說著自己的打算。

「我想過了，我準備和江續談戀愛。」

付小方聽到江續的名字，有點懷疑：「妳說的，是我認識的那個江續？」

「廢話，不然還有誰啊？」

「說談就能談啊？怎麼突然轉性看上江續？」付小方抽了張面紙遞給她：「妳是看上江續有錢，還是長得帥？還是兩者都有？」

林西喝了一口豆漿，很認真地想了想：「長得帥比較重要吧，有錢的很多，小白臉才難找。」

付小方：「……」

「妳幫我，我要用比較浪漫的方式，一次搞定。」林西說：「遇到妳真是太好了，我正愁沒人幫我呢！其實我現在已經有計劃了，我準備！@#￥%&*（……」

林西一下午都有些心不在焉。那些打雜的事做起來也沒有之前那麼用心了。

不得不說，她有些擔心自己的浪漫方式能不能奏效，畢竟江續被那麼多女生套路過了。

下班之間，林西收到付小方的訊息，一切都搞定了，計畫正式啟動。

大家打卡下班，林西是實習生不用打卡，原本已經可以走了，卻一直在辦公室裡徘徊。因為她計畫的目標人物——江續，還在翻譯文件。

蘇悅雯下班了也沒走，她走到江續身邊，柔聲問他：「下班嗎？」

蘇悅雯一問話，林西就有危機感了。

她原本也想問的，沒想到被蘇悅雯搶先了。這時失了先機，林西只能豎著耳朵聽他們到底在說什麼。

只見江續頭也不抬，專注地看著電腦，隨口對蘇悅雯說了一句：「妳先走吧。」

「要不然我幫你買點吃的？」蘇悅雯不打算放棄，這讓林西的心臟揪得有些緊。

林西看著那一邊，許久，江續抬頭，兩人的視線於空中相交，林西心虛地低下頭去。

江續揚了揚下巴，指向林西的方向，說道：「有需要我會要她去，跑腿她在行。」

明明不是什麼表揚的話，林西聽來卻覺得挺高興的。難不成她被江續的霸道S性格，磨出了M

的靈魂？

蘇悅雯也是有幾分驕傲的人，聽江續都這麼說了，不好繼續賴下去，最後只能訕訕說了一句：

「那……明天見了？」

江續依舊是那副冷冰冰的態度：「嗯。」

等江續忙完，天已經黑透了。兩人從公司走回家，一路上都沒怎麼說話。林西一直絞著自己的手指，十分緊張。

她時不時抬頭看天空一眼，對這光線的可見度很是擔心，不知道計畫能不能順利進行。

「妳是不是有什麼事？」見林西一直不安，江續問道。

「沒……沒事……」

江續看了她一眼，若有所思。

兩人走了一下子，就到社區裡了。

天陰陰的，沒什麼星星，月亮也被厚厚的雲遮住了，社區的路燈很暗，綠化又多，明明是冬天，卻有不少樹木還枝葉繁茂，讓路變得更黑。

林西和江續剛要靠近大門，突然聽見颼颼的聲音，一陣冷風颳過，讓原本靜謐的環境添了幾分恐怖的氣氛。

兩人正呆怔著，天上突然掉下一塊白布，那白布原本是成捲的，冷不防被人放開，刺啦啦地順著大門的一側滾下來，最後直挺挺的掛成一條。

上書兩排字，白底血紅大字，乍看還以為誰追債呢。

「工賣，我喜歡你！」

冷風吹過，只見原本夾在布卷裡的「氵」「糸」，顫顫巍巍在布條上掙扎了兩下，就隨風而逝了。

真是，太丟人了！

江續向上看了一眼，一下子就找到了不知道怎麼爬到大門上的付小方，她激動的對林西和江續揮舞著雙手。

林西一臉尷尬，呆呆站在那裡，有些風中凌亂。

江續看到此情此景，原本舒展的眉目突然嚴肅了起來。他眸光深邃，死死盯著林西，那目光，甚至可以說有些咄咄逼人。

林西有些莫名，不就是表白嗎？他生什麼氣？

江續盯著林西，眼中滿是失望，許久才動了動嘴唇：「妳又把我推向誰？」

「蛤？」

「這種遊戲，一次就夠了。」

江續冷冷瞥了這混亂的場面一眼，也不等林西說表白的話，他居然轉身就走了。

江續走後，林西花了半天才把付小方接下來。

見林西有些沮喪，付小方也有點不好意思了。她趕緊把破白布收了起來。

「對不起，我沒想到江續這麼冷……」付小方越想越覺得這計策不太好：「《金粉世家》畢竟是電視劇，而且金燕西和冷清秋最後的結局可慘了，不值得借鑑啊。」

「我是想搞浪漫一點，讓他記憶深刻無法自拔啊，早知道吃飯的時候說說就好了。」明明是報復，可是這麼出師未捷身先死，林西眼中竟然有些濕潤了。她默默從地上撿起了江續名字的偏旁，「氵」和「糸」。

「我給妳一鎚，貼緊一點會死啊？」

「我拿漿糊黏的，誰知道……」

林西把付小方手裡的白布拿了過來，明明戲是假的，她卻不知道怎麼，有點入戲太深了，情緒居然還挺真實的。

「我先回去了。」林西抱著白布要走。

「欸……那是我叔店裡的桌布……」

林西回頭，付小方又把話收了回去：「送妳了，拿去吧……」

付小方還在的時候，林西勉強能忍住，她一走，林西的眼淚就掉了下來。她把貼了紅字的白布蒙在頭上，情緒十分低落。

林西也不記得自己是怎麼上樓的。失魂落魄地走進電梯，腦海中一直回想著江續最後那個冷漠而嫌棄的眼神。

說喜歡的也是他，說討厭的也是他，他又在耍她玩嗎？

叮咚一聲，電梯門打開。

江續竟然在門口等著她。

林西臉上的眼淚來不及擦，手忙腳亂地要去按下關閉電梯門的按鈕，結果被江續搶了先。

他人高腿長，一個箭步跨了進來。

林西抬頭看見他，立刻用布把整張臉蒙住。聽到江續的聲音，林西趕緊轉了個身，將臉對著電梯的鐵壁。

「咚」一聲，江續的手抵在電梯的牆壁上，林西感覺到他的呼吸落在自己後頸上，透過那層薄薄的布，溫熱而撩撥，林西忍不住打了個冷顫，下意識轉過身。粗魯地用那破布抹了把臉，然後很不爽地把布揭了。

一睜眼，江續的臉和她的臉，距離只有不到一公分。近到林西的心臟加速跳動起來。

他兩隻手抵在林西兩側，呼吸有條不紊，拂掃在林西額頭上。

「幹什麼？打一巴掌給一顆棗？」林西說這話的時候帶著濃濃的鼻音：「還說喜歡我，我表白了你又不要。」

「別哭了。」

林西還是嘴硬得很：「誰哭了。」

「妝都花了。」

林西聽到這裡，下意識摸了下眼角，再一看，手上全黑了。

靠！忘記用防水的化妝品了。那她此刻的樣子，豈不是醜斃了？

「……放開我。」林西用手遮著自己的，「我要去洗臉了。」

江續見她胡攪蠻纏的樣子，輕輕笑了兩聲。

「剛剛接到付小方的電話了。」江續語氣帶著幾分輕鬆：「罵了我一頓。」

林西不知道付小方還做了這麼多此一舉的事，忍不住低聲咒了幾句：「還嫌不夠丟人，打什麼電話啊。」

「我誤會了。」

四個字進入林西的耳朵，她愣了一下。

「什麼誤會。」

「我以為……」江續說了一半，沒有再說下去。

「說話說一半，是人嗎？」

「妳把手拿開，我告訴妳。」

「啊？」

「手拿開。」

林西也不知道自己為什麼要聽江續的話，可是江續的聲音好溫柔，她幾乎想都沒想，就把手移開了。

江續微微低頭，抬手撥了撥林西的額髮，看著她的大花臉，輕輕嘆了一口氣。

「所以我討厭女生化妝。」

說著，他的嘴唇以侵略的姿態印在林西的嘴唇上。

林西被他的舉動嚇到，下意識張開了嘴。

而下一刻，江續的舌頭趁亂靈活地鑽了進來，在她嘴裡翻起驚濤駭浪……

林西一步步後退，江續一步步緊逼。

江續的吻霸道得不容拒絕，一直逼迫林西仰著頭，她覺得自己的呼吸彷彿被奪去了，意識全數消散，只剩下最直接的感受。

纏綿的唇舌糾纏，讓林西的靈魂都跟著震顫了起來。

江續的手扶著林西的腰，一股力道帶動，讓她不自覺踮起了腳尖。江續將她的手緩緩挪到他身後，讓她緊緊圈著他的腰。

越來越緊的擁抱，讓林西的心跳更是發了瘋一樣加速跳動起來。

許久，久到林西已經大腦空白的時候，江續終於放開了她。

林西的手還在江續的腰上，傻乎乎看著江續，眼中帶著幾分迷離。

江續的聲音溫柔而低沉，他在林西額心落下一吻，深情說道：「不用這樣做，到我身邊來就夠了。」

「我……」

林西正要說話，電梯突然微微一震，居然停住了。

再一看電梯按鍵，原來是兩人沒按樓層，被別人按到一樓去了。

還不等兩人反應過來，「叮——」一聲，電梯門開了。

林明宇剛回來，頭上戴著個吊兒郎當的鴨舌帽，掛著個耳機，原本專心聽著歌，一抬頭，看著眼前兩個人這麼擁在一起，林西的妝還哭花了，如此狼狽的模樣，讓林明宇立刻警惕了起來。

看見林明宇，林西像觸電一樣從江續懷中彈開了。

她吸了吸鼻子，滿臉通紅，站到角落裡去了。

林明宇也不明白發生了什麼，只是本能覺得自家妹妹被欺負了，上去就是一拳，要不是江續反應快，他那一拳就要打下去了。

「江續，你他媽對我妹妹做了什麼？」

見林明宇情緒激動，林西趕緊上去抱住林明宇：「你幹什麼啊？瘋啦？」

「他是不是想……妳看妳，都哭成熊貓了……」

「不是你想的那樣。」林西緊緊抱住林明宇，不讓他再去打江續：「是別的事。」林西頓了頓聲，很快想到了說辭，跟林明宇說道：「江續誤會我了，跟我道歉。」

聽到這裡，林明宇終於冷靜了下來。

他還是有些將信將疑：「道歉要抱在一起啊？」

林西被他這麼直白的一說，一時間有些無法回答，只是臉更紅了。

「情難自禁，不懂？」江續冷冷瞥了林明宇一眼：「這時候，你不進來，更好。」

林明宇自然知道江續的意思，卻沒有要退出去的意思，沒好氣地瞪了江續一眼：「人設本能，我要監督你們，誰叫我是當哥的！」

江續、林西一起無語：「……」

電梯上行，林西和江續兩人各站一隅，林明宇強行隔在兩人中間，摘掉了耳機，目光炯炯看著他們。

電梯裡陷入一片死寂，林西的臉始終脹得通紅，她只覺得電梯中還殘留著粉紅的氣息。

江續突然打破了死寂，淡淡說：「妳想說什麼？」

林明宇皺眉，打了個岔：「什麼什麼？」

林西知道江續是在和她說話，攥緊了手指，忸忸怩怩地說：「下次再說吧。」

「妳要說的事，好。」

冷不防的，江續說出了這幾個字，林西覺得好像有一支箭突然射中她的心臟。

三人站成一條直線，林西抬起頭，視線被林明宇的大個子遮住了，像一堵牆一樣，林西猜測著江續的表情，不知道為什麼，嘴角竟然帶著淡淡笑意。

「我還沒說呢，你又知道是什麼事？」

江續的聲音十分平靜：「我知道妳要說什麼事。」

林西咬了咬嘴唇，臉上有幾分燥熱：「你就不能矜持一點？」

「不能。」

兩人這麼隔空喊話，林明宇越聽越不爽：「你們打什麼啞謎呢？」

又是「叮」一聲，電梯門開了。

林西第一個走了出去，拿著鑰匙開門。

林明宇在後面和江續糾纏：「說啊，到底答應什麼？你他媽的，不是說好了結婚之前不准……」

江續不想聽他再胡說八道下去，一臉嫌棄，想也沒想地吐出兩個字：「滾開。」

回家後，林明宇像防賊一樣防著江續。

之後的幾個小時，江續走到哪，林明宇就跟到哪，貼身監視。

只要江續和林西接近三公尺範圍內，他就目光炯炯地盯著他，恨不得用視線在他身上燒出兩個洞。

江續對此不甚其煩。

見沒機會和江續單獨說話，林西只能回房睡覺。林西也不知道為什麼，竟然有幾分小激動，翻來覆去的，怎麼樣都睡不著。

很晚很晚，十二點多了，林西突然收到一則簡訊，來自江續。

『睡了嗎？』

林西看到那三個字，一下子從床上跳了起來。抱著手機想了許久，才回覆了一個字：『沒。』

林西用手機抵著下巴，手機一震，她立刻就知道。

『林明宇說以後要在我房裡睡。』

林西對這個結果很詫異：『為什麼？』

『他有病。』

林西看到江續一本正經傳來這三個字，忍不住笑出了聲。

不過傳了幾則簡訊，林西竟然有種甜蜜的感覺。

輕吐了幾口氣，林西從床上爬了起來。輕輕拉開窗簾，明明沒有月光，林西卻有種一切都豁然開朗的感覺。

她抱著手機，正在思索著要回什麼的時候，又收到了江續的簡訊。

『早點睡，以後每天送妳上班。』

林西抿了抿唇，打了幾個字：『不要把同路說得這麼美好。』

呼吸幾口新鮮空氣，林西重新躺回床上。

許久，江續回覆：『以後也一樣，是妳，北極以南，都順路。』

原本是別的同事拿來虧裴玨町的一句話，這時被江續化用在這裡，意義卻完全不同。林西抱著手機，覺得懸著的心好像落了下來，莫名有一種踏實的感覺。半個晚上過去，終於感覺到一絲睏意。

她突然有些慶幸現在是二〇〇七年。智慧型手機還沒有那樣普遍，還沒有那麼多交友的APP，語音訊息也沒有普及。

這種樸實的文字簡訊，讓看的人在螢幕背後猜測著發送的人用著怎樣的心情。而自己回覆的時候，也會因為一兩個字眼反覆斟酌。

這種慎重、鄭重的心情。在很多很多年以後，真的再也沒有了。

想到這裡，林西也帶了很甜蜜的心情，許久，她輸入了『晚安』兩個字。

第二天，三個人照常去上班。直到公司，林明宇才終於放過江續。

可是公司裡那麼多同事，江續又有工作任務，林西也沒什麼機會可以和他單獨說話。

中午的時候，林西原本想和江續一起去吃飯，結果他又被部門老大叫去了。一個人去吃飯，林西沒去公司餐廳，而是去找付小方了。

肉夾饃加羊雜湯的組合，付小方還很大方的幫她加了料。

「昨天我打電話給江續，打了好幾通他才接，這種高冷的人，真的是，我以前也是有點瞎了，居然覺得他是男神。」

林西用勺子舀著湯往嘴裡送，也沒說什麼：「噢。」

「後來他有沒有罵妳啊？」

林西有些心不在焉，腦子裡想著江續的一切，「嗯？」

「妳在想什麼呢？」付小方剛要罵她，門口的擋風簾就被人推開了。

「江……江續？」

林西聽見江續的名字，下意識回頭。

只見江續自冷風裡進店，風塵僕僕的樣子，剛坐下，也不在乎旁人怎麼看，直接拿起林西的那碗湯喝了一口。

「今天怎麼這麼冷？」語氣是那樣自然而然。

林西嘴裡啃著肉夾饃，和站在一旁的付小方大眼瞪小眼。

良久，付小方才反應過來：「你們在一起了？」

江續見付小方這麼意外，問林西：「妳沒和她說？」

林西咽了一口肉夾饃，緩緩站了起來，吞吞吐吐的：「我好像和妳說過，他喜歡我啊？妳不是不信嗎？」

「林西！」

在付小方叔叔的店裡解決了午飯，兩人也沒什麼時間多聊聊，部門老大又打電話給江續了。一下午，林西看見江續在電腦前沒離開。

在公司也沒什麼事做，大冬天的，蒼蠅都沒得打，這實習可真是無聊透了。下午，裴玨町急匆匆給了她一份五十幾頁的文件，讓她影印。拿著文件，林西有點感激，終於有點事做了。

拿著那份文件走進影印室，部門的影印室裡也沒有太多東西，就兩臺機器和兩臺電腦。裡面的機器林西沒用過，走近看看，又全都是日文，這可讓林西有些糾結了。

公司的文件應該都挺重要的，不敢拿來亂嘗試，可是回去問裴玨町又有點廢物，這不是告訴人家，她連影印都做不好嗎？

在機器前糾結了兩分鐘，林西試探性地點開了唯一有英文的那個按鍵「power」。電源打開，卡茲卡茲，機器動了起來。林西回憶著在學校裡列印的經歷，在機器上找到一個可以揭開的地方，把文件放了進去。

按鈕上全是日文，林西也不認識那些字，只是看著有些字好像和中文有點像，又不敢肯定。手指在按鍵上猶豫了一下。突然，背後有一個隻手伸了過來，握著林西的手，直接按了下去。

「就是這個鍵。」

機器在按鍵按下去以後開始印了起來，機械的聲音成為房間裡唯一的聲音。

原本只是握著林西手的那隻大手，緩緩勾住林西的腰。

兩隻長臂將林西圈進懷裡，下巴擱在林西的肩膀上，那種親暱的距離，讓林西的耳朵瞬間紅了。

林西不敢動，許久，咽了一口口水，低聲說：「等一下有人進來。」

「大家都很忙，暫時沒人來。」

江續的呼吸拂掃在林西耳廓，林西覺得全身都燥熱了起來。

「那……那是不是也有點不好啊？」

林西這麼說完，江續的手又抱得更緊了，林西覺得整個後背貼上江續的胸膛。

「讓我抱一下。」江續的臉在她耳側蹭了蹭：「在家有林明宇守著。」

影印的文件一張一張出來，林西低著頭，無聲地盯著那些文件，強迫自己不要動，可是心跳已經徹底失去了章法。

「妳沒事多撮合一下付小方和林明宇。」

「嗯？」

「讓他多去約會，少來煩我們。」

「……」

江續抱了抱林西，在文件快要印完的時候，他終於放開了林西。

「週末帶妳出去玩。」江續嘴角有淡淡的笑意：「想想去哪。」

「……」

晚上回到家，林明宇的防賊模式又上線了。

他對此倒是義正辭嚴得很，這麼守著，是怕他們把持不住，做錯了事。把林西說得面紅耳赤的，也不想和他說話了。

回了房，林西收到一則江續偷偷傳來的簡訊。

『好好想。』

林西看了簡訊，嘴角忍不住含了笑。

打開電腦，林西上了論壇。一點進去，一眼就在後臺看到了自己的歷史發文。

林西偷偷瞅了幾眼，竟然覺得有幾分心虛了。

剛在一起，不好這麼快就開始甩吧？等江續陷得更深，再實施報復計畫。

這樣也沒錯，對吧？

打開情感版，林西又發了一個新文章。

『週末要去約會，剛確定關係的情侶單獨在一起，應該做點什麼？』

不到五分鐘，就有兩個人回覆了。

林西迫不及待地點開。

只見那兩個人都回覆了同樣的四個字母。

『OOXX。』

第二十八章　嘉年華

螢幕上的字母，把林西看得面紅耳赤。

情侶關係，單獨在一起，就只能做這種事麼？汙啊！

現在不是民風淳樸的二〇〇七年嗎？為什麼網友們都一副老司機的樣子？反叫她這個二〇一六年回來的人有種輸了的感覺。

守著留言二十幾分鐘，也沒看到什麼特別好的意見，都是看電影、吃飯、逛街什麼的。之前機緣巧合已經和江續一起去過了，現在再去，感覺好像沒什麼意思。

關於週末去哪裡，林西想了一個晚上還是沒什麼結果，但是偏偏又有幾分興奮，折騰到很晚才睡著。第二天起床，眼下帶了一點青黑，最後不得不又化了個底妝來遮蓋。

睡眠不足讓林西一個早上都有些不能集中精神，咖啡時間，又喊林西去跑腿，平時沒什麼怨言的她，這天倒是有點犯懶了。

拿著錢一個人往咖啡廳走去，剛走出公司，就聽見一陣急促的腳步聲，江續竟然追了下來。

一月底，正是最冷的時候，林西只能裹緊了衣服抵禦刺骨的寒風，原本還有幾分怨氣，看到江續下來，心情也跟著好了起來。

「今天沒有工作嗎？」

「有。」

「老大不會說你嗎？」

江續低頭看了林西一眼，眼角眉梢都是淡淡寵溺笑意，他伸手，圈住林西的肩膀：「工作要勞逸結合。」

林西的手揣在口袋裡，低著頭看著面前的灰色的地磚。江續圈著林西的肩膀，她的臉和半邊身體緊緊貼著他。這種親暱的距離讓林西心跳加速。

她偷偷抬起頭，想看看江續的表情，誰知她一抬頭，江續伺機而動，啪嘰一聲親在她的額頭上，把她親得一愣，臉瞬間就紅了。不等江續再說什麼，她推開他往前跑了。

跑出幾步，身後傳來江續的輕笑聲，帶著幾分捉弄，像國中生一樣，對喜歡的女生惡作劇，看人家害羞了就很高興。

按照同事們的口味選好了咖啡，沒多久店員就把咖啡打包好，放在櫃檯上。林西本來要去拿，還沒走上去，江續已經把所有的咖啡都拎走了。

走出咖啡廳，林西趕緊跟了上去。

江續遞了一杯卡布奇諾給林西，「天冷，暖手。」

林西雙手握了握那杯卡布奇諾，覺得暖意從手心傳到了心裡。

她走在江續身邊，看他拎了那麼多咖啡，把咖啡移到左手上，然後試探性地問他：「全都給你拿了，我怪不好意思的，給我拿一點吧。」

江續拎那些咖啡，本來沒什麼反應，但是聽林西這麼一說，他突然動了動，把所有的咖啡小心翼翼移到右手上。

林西看著江續這一連串舉動，正有些不解，琢磨著他的目的時，他已經把左手伸向林西：「那妳拿最重的吧。」

說著，左手尋到了林西的右手，手指輕輕一扣，兩人的手就交握在了一起。

以那麼理所當然的表情。

林西低頭看了和江續交握在一起的手一眼，又看了看左手拿著的溫暖咖啡，突然有一種幸福感從心底偷偷冒了出來。

兩人牽著手一直走到公司。林西要去按電梯鍵，江續還不肯放手，最後林西只能抬起兩人牽在一起的手去按電梯。

等了許久，左手邊的電梯終於到了一樓，電梯門一開，裡面走出來的人把林西嚇了一跳。

精緻的妝容，秀氣的短髮，一身俐落的職業套裝，高跟鞋上是筆直而修長的美腿，不是蘇悅雯是誰？

林西在看到她的那一刻，本能地甩開了江續的手。

等林西甩開江續的手，才意識到自己做了什麼，她甚至不知道為什麼要甩開江續的手，為什麼在蘇悅雯面前有一種心虛的感覺。等她反應過來時，江續已經一臉意味深長地走進電梯。

林西站在電梯門口，看著走了一半，看見江續進去，又停在門口的蘇悅雯，和已經走進去的江續，表情有些尷尬。

她握了握手中的咖啡，小心翼翼問蘇悅雯：「有事出去啊？」

蘇悅雯回頭看了江續一眼，明明剛出電梯，卻又走了進去。林西見此情此景，只好硬著頭皮，也走了進去。

電梯門關閉，林西和江續中間站著蘇悅雯，林西不好說什麼，只能看著代表著樓層的數字不斷變動。

蘇悅雯低頭看了林西和江續手裡的咖啡一眼，同一個品牌，自是心領神會：「你們一起去買咖啡了？」

林西偷瞟了江續一眼，尷尬回答：「嗯。」

林西話音剛落，一抬頭，就看見江續的視線若有似無的掃了過來。

蘇悅雯聽到林西這一聲「嗯」，眼中閃過一絲失落，但是她還是很快打起了精神，轉而問江續：「有沒有我的？」

「……」

江續沒說話，隨手了撐開咖啡的袋子，讓蘇悅雯自己拿。

蘇悅雯看了一眼，最後拿了一杯摩卡，握在手心轉了轉：「買咖啡還成好事了，都搶著做了。」

回到辦公室，林西一個個分發著咖啡給大家。江續什麼都沒拿就回了座位。

他每天都挺多事的，大概接下來又找不到一起說話的機會了。

林西想想，覺得自己的第一個反應挺差勁的。為什麼要躲？他們明明沒有什麼見不得人的。想主動去找江續說話，卻又有點不敢開口。一下午，林西陷入這種糾結之中。

本來想等江續去上廁所，找機會跟去道個歉，結果江續對著電腦工作了好幾個小時，林西沒見他起來過，這讓林西忍不住心想，他的腎可真好，只喝水都不用排的。

又過了半個多小時，林西終於看見江續從座位上起來了。

整個辦公室的人都很忙，白天做不完的工作，就要晚上加班，誰也不樂意加班，自然在白天爭分奪秒。

江續看了手錶一眼，然後從格子間穿行出來，往廁所的方向走去。

林西突然有些感激，這棟辦公大樓的設計把廁所統一設計在樓層的最西邊，林西偷偷跟去也不會顯得很奇怪。

林西剛準備起身，就看到蘇悅雯突然從影印室出來，跟著江續的方向出去了。

她穿著高跟鞋，嗒嗒嗒踏在地上，旁人不注意，林西卻不能不注意。

林西看了看四周，見沒人注意他們，林西也偷偷走了出去，往廁所的方向跟了過去。

林西本來是躡手躡腳跟過去的，可是去廁所只有一條路，剛過轉角，她就看見了相對佇立，在角落裡說話的江續和蘇悅雯。

林西的腳步聲也沒有多大，但是蘇悅雯耳朵很尖，還是注意到她的存在。

看了林西一眼，原本要和江續說什麼的，都吞了回去。

林西覺得撞見眼前這樣一幕挺尷尬的，只能硬著頭皮往廁所走去，路過他們的時候，林西的腳步頓了頓，偷偷瞥了江續一眼，什麼都沒說就往裡走了。

走了又有些不放心，女廁在最裡面，根本不可能聽見什麼，林西剛到第二個轉角，男廁所的方向，就停了下來，想偷聽江續和蘇悅雯到底在說什麼。

蘇悅雯也是女人，自然比江續細心得多，算好了時間，又往前走了幾步，探頭看了一眼，見轉角沒人，確定林西進廁所了，才又走回去和江續說話。

林西躲在男廁所門後面，從縫裡的光和蘇悅雯的高跟鞋聲，確定蘇悅雯又走了回去，才偷偷從男廁所的門後面走了出來。

好在蘇悅雯穿高跟鞋，她聽見了鞋的聲音，不然她又要以為林西在偷聽了，雖然這一次林西是真的偷聽。

林西靠在男廁所的門邊，一臉做賊心虛的樣子。好在這時廁所裡一個人都沒有，不然公司裡就要傳出廁所癡漢的傳聞了。

轉角另一面的蘇悅雯終於再開口和江續說了下去。

「為什麼對她那麼特殊？」蘇悅雯的聲音溫柔中帶著幾分強硬：「你說的喜歡的人，是她嗎？」

林西等了許久，只聽江續回答了一個字。

「是。」

一個字，讓忐忑不安的林西瞬間心花怒放了起來。

「為什麼？」蘇悅雯只問了這三個字，林西甚至可以想像她問這個問題的表情。多半是那樣的，好看的眉眼裡夾雜著幾分倔強。

江續輕嘆了一口氣，口吻依舊平常。過了一下，他認真地說：「別再我身上浪費時間了。」

蘇悅雯沉默了幾秒，始終有幾分不甘心：「為什麼是她？她連站在你身邊都不敢。」

許久，江續十分鄭重地回答了蘇悅雯，不帶任何猶豫的四個字。

「我可以等。」

蘇悅雯眼中含著不甘又挫敗的濕潤。她躲進女廁，許久都沒有出去，只是打開了水龍頭用涼水洗了個手。

比起被江續拒絕，更讓她難受的是輸給林西這樣平凡的女孩。

看著鏡子裡自己那頭短髮，原本想要重新開始，可是此刻看來，竟覺得那樣諷刺。

她是在模仿林西嗎？

洗過手，蘇悅雯突然想到林西也在廁所裡面，立刻輕吸鼻子，不想讓她看到自己喪家犬的樣子。

她依舊是那個蘇悅雯，那個高嶺之花，不是一般人可以採擷的孤芳。

她往廁所裡走去，想要找林西談談。

一扇一扇地推著廁所隔間的門，令她意外的是，林西根本不在女廁。

只有一條路出廁所，林西沒有出去過，那她去了哪裡？有沒有聽見江續的話？

江續並不是多憐香惜玉的人，也不是多麼紳士溫柔的人，對待蘇悅雯，他的態度實在太決絕。

最後聽見蘇悅雯低聲抽泣著衝進女廁，林西也有些歉歉。

可是，欷歔之外，她更多的是感到慶幸。

慶幸江續並不是那種騎驢找馬、兩面三刀、左右逢源的人。對蘇悅雯來說，他的決絕顯得冰冷，對她，卻是一劑強有力的強心針。

林西躲在男廁所的隔間裡，緊緊閉上了門。

聽到江續進廁所的聲音，她趕緊跳到馬桶上。捂著自己的嘴巴，呼吸都不敢大聲。

江續的腳步聲緩慢而穩重，他一步步向林西所在的那個隔間走來。

林西聽見他一個個推開了廁所的門。

真是瘋了，難道他要蹲大號？蹲就蹲，不能隨便找一個嗎？還要選風水最好的不成？

幾秒後，江續終於推到林西躲藏的這一間。他用手指頂了頂，沒有頂開，隨即在門口停佇，「開門。」

兩個字，讓林西一陣緊張，頭皮發麻，趕緊更加用力捂緊了嘴巴，生怕發出一點聲音露了餡。

見門內沒有反應，江續突然搆著隔板翻了進來，還不等林西反應過來，他已經站在林西面前。

把本就窄小逼仄的隔間擠得滿滿的。

林西蹲在馬桶上，捂著自己的嘴巴，傻傻看向他，半晌，忍不住瞪大了眼睛。

江續居高臨下地看著她，眸光中帶著幾分淩厲。

林西剛站起來，還沒從馬桶上下來，江續已經一把將她抱在身上。

以那種電視劇裡，爸爸抱女兒的姿勢，從腋下支撐，將她舉得高高的。

她在空中難堪地掙扎了兩下，最後不得不以雙腿纏繞在江續腰間。

江續一個用力，將她抵在緊閉的門上。

他強迫林西的手臂環在他頸項之上，雙腿纏在他腰間。

這種姿勢，瞬間讓林西開始想像各種不良電影，香豔劇情，臉不爭氣地紅了。

「幹什麼？」林西忍不住將頭撇向旁邊。

江續用額頭抵著林西的額頭，強迫林西看著她。

那麼近的距離，四目相對，林西想，這一刻，她大概是鬥雞眼的狀態，一定很難看吧？

江續的身上帶著淡淡的鬚後水氣味，兩人的距離太近，他的呼吸有些沉重。

他低頭在林西嘴唇上咬了一口，然後從嘴唇又移到下巴，狼狗一樣，毫不客氣地又咬了一口。

「喂，林小西。」江續擅自幫林西改了名字，有些不悅地一字一頓道：「求個名分，是不是這麼難？」

江續淡淡看著林西的眼神裡有幾分無奈，也有幾分期待。

林西被他咬了下巴，第一個反應不是去回答他的話，也不是計較自己被咬疼的部位，而是關注到別的去了，她擔憂地看著江續，小心翼翼說道：「粉底裡好像含鉛，你會不會中毒啊？」

「死不了。」

江續本來滿腔情緒，瞬間被林西破壞光，不得不說，她真是個破壞氣氛的大王。

隔間實在不是個適合談情說愛的地方，林西戳了戳江續襯衫下的鎖骨，低聲問：「不出去嗎？」

江續睨了她一眼，隨即很傲嬌地指了指自己的嘴。

林西立刻心領神會，低頭親了一下。

兩人正要出去，就聽見門口來人的動靜，這不禁讓林西有些慌了。她見江續嘴唇動了動，以為他要說話，趕緊伸手捂住他的嘴唇。

她無聲用唇語和江續說：「小聲點。」說著，緊張地指了指外面。

剛進來的男人吹著口哨，在小便池上了個廁所，聽見那流暢的水聲，林西尷尬，江續倒是樂不可支的樣子。低著頭，注意著林西因為慌亂的每一寸表情變化。

那人上完廁所，洗了個手就出去了，剛出去，居然被人叫住了。

「裴哥。」來人聲音溫柔和煦，不是蘇悅雯是誰？

裴玨町冷不防被大美女點了名，很榮幸地「喲」了一聲：「廁所門口叫我，是不是在暗示我啊？」

「胡說八道。」蘇悅雯笑了笑，小心翼翼打聽了一下：「你剛剛進男廁所，沒看到什麼人嗎？」

「男廁所能有什麼人？男人啊，難不成還有女的不成？」

「那有沒有女的呢？」

裴玨町聽蘇悅雯這話，突然哈哈大笑：「我倒是希望有女的，我很樂意被偷窺一下。」

蘇悅雯：「……」

也許蘇悅雯還想問他幾句的，但是他完全沒聽懂蘇悅雯的暗示，十分豪爽地拉上蘇悅雯，也不管蘇悅雯是不是要走，就把她帶回辦公室了。

他們一走，林西和江續終於有機會能從廁所出來了。

林西走出男廁所的時候，忍不住心有餘悸，低聲對江續說了一句：「口味不能太重，廁所play

太嚇人了。」

江續倒是很坦然的表情，淡笑著說：「妳應該管住妳自己，別再進男廁所了。」

林西：「……」

之後幾天，忙碌的工作很快就讓林西忘記了那一場烏龍。

週五工作結束，終於可以休息。

晚上在家裡吃飯，江續買的菜，林西親自下廚，兩人商量著，決定週末去遊樂園嘉年華。

本來林西以為只有他們兩個人吃，結果剛炒兩個菜，林明宇就風塵僕僕的回來了。

見林西在做飯，林明宇滿心歡喜：「哎呀，回來的真是時候。」

正在炒菜的林西和正在擺盤的江續無聲對望一眼，心裡都是同一個想法：回來得真不是時候。

林明宇和江續人高馬大，飯量也大，林西又加做了兩道菜。滿滿鋪了一桌。林明宇早就餓了，也沒客氣，直接拿了筷子開始吃，一邊吃一邊感慨：「什麼時候練就這絕技的？在家的時候怎麼從來沒見妳炒過菜？」

林西摘下圍裙，坐在飯桌旁，沒好氣地說：「你不知道的事多了。」

林明宇啃著麻辣雞翅，滿嘴是油，側頭對正在幫林西盛飯的江續說：「就我妹妹這手藝，我覺得你配不上她。」

江續一記冷冷眼刀。

「你也別怪我鐵面無私，我叔叔嬸嬸啊，一直囑咐我，要我看著林西，怕她被男人騙了懷孕，最後被迫流產，憂鬱症跳樓什麼的，他們就這麼一個寶貝女兒……」

林西聽林明宇又開始胡說八道，趕緊夾了一筷子菜到他碗裡。

「吃飯吧，別胡說了。」

林明宇說完江續又來說林西：「女孩要矜持，胳膊不能向外拐。」

林西尷尬地對江續笑了笑：「……別聽他胡說……」

江續低頭吃飯，半晌說了一句：「我不會。」

林西一臉茫然：「什麼不會？」

江續：「始亂終棄。」

「……」

聽說遊樂園嘉年華的夜場更好玩，江續便訂了夜場的票。

週六的白天，林西也沒閒著，付小方約她去買衣服，她想著也沒事，就陪著去了。

回來的時候已經下午四點，江續聽見她回來，剛要過來，林西就鑽進了房裡。

「我換個衣服。」林西火急火燎關上了門，說完開始洗漱，重新整理形象。

化好了妝，吹好了頭髮。為了美，林西大冬天的穿了件短裙，為了顯得腿細點，她只穿了一條加厚的絲襪，為了顯得高挑點，她又作死，換上了今天和付小方一起逛街時買的一雙五公分的高跟短靴……

等她打扮好了，從房間裡出來的時候，林西被眼前的一幕嚇呆了。

林明宇不知道什麼時候回家了，黑著一張臉坐在沙發上，一臉不爽的看著穿得一身花枝招展的林西。

林西尷尬地站在原地沒動，右手邊的人影突然小碎步走了過來。

付小方一把挽住林西的手臂，低聲在她耳邊抱歉地說：「……我不知道妳沒和林明宇說……不小心說漏了嘴……」

林西瞪大眼睛看著付小方，心裡已經用一根小鞭子把她往死裡抽了。

林明宇不知道是哪根筋不對，又把頭髮剃光了，這時坐在沙發上，越發錚亮，完全跟個電燈泡一樣。

江續四下看了看，最後問林明宇：「你想怎麼辦？」

林明宇雙手交叉於胸前，一副誰的帳都不買的表情，冷冷道：「大晚上的帶林西出去玩是什麼居心？大家都是男的，不用我說什麼了吧？」

付小方見林明宇當著大家的面說這些，忍不住皺了皺眉：「你怎麼這麼憤世嫉俗啊？大家都是成年人了，你管人家怎麼談戀愛呢？」

林明宇平時對付小方各種順從狗腿，這時卻極有原則：「大老爺們說話，女人少插嘴。」他直面挑釁江續：「你要帶林西出去也行，我要跟著一起去，我倒是要看看，大晚上的，還能玩出什麼花樣來啊？」

林明宇直男癌的姿態出來，付小方立刻擼起袖子，不甘示弱地說：「行啊，你關心林西，我也關心她，一起去好啦！」

「……」

就這樣，原本的二人約會，變成了四人約會。

這種世界巡迴的高水準遊樂園嘉年華，一輩子可能只有一次機會能來江北。上一世這嘉年華也來了江北，只是林西當時因為校園冷暴力陷入人生低谷，根本沒有心思關注。

這一世人生能重來一次，讓她有機會去看更多上一世錯過的風景，她已經很知足了。

嘉年華的夜場人很多，果然如網路上攻略所寫，夜場更特別一些。

四處都有彩燈裝點，和原本的樹木相得益彰，歡樂的音樂讓人的情緒跟著亢奮，彷彿置身於童話樂園，一下子年輕了起來。

各式攤位、遊樂設施前面都是長長的隊，來玩的多是年輕人，大家臉上帶著輕鬆而歡樂的笑容。

江續怕林西走丟了，進園後一直牽著林西的手。林西第一次當著熟人的面秀恩愛，雖然有些不自在，倒也沒有拒絕他。

兩人走在前面，林明宇和付小方互不理對方，只是緊緊地跟著他們。林明宇那鹵蛋頭實在很好認，電燈泡一樣，林西每一次偷偷回頭他都在那。

隨便逛了一下，不知從哪個開始玩，付小方喜好刺激的設施，林西卻十分膽小，最後大家商量之下，決定從摩天輪開始玩。

能俯瞰夜景的摩天輪，此刻排起了長長的隊，多是談戀愛的情侶來玩。

排了近二十分鐘，終於到他們。付小方對於這個設施興致缺缺，她站在最前面，第一個進去。

付小方身後原本站著的是林西，林西正要進去，就感覺到身後有人用力拉一下她的衣服。

她還沒反應過來的時候，林明宇已經被江續推進了摩天輪。

摩天輪上下人的時候不會停止，只是走得比較緩慢，管理上下人的工作人員動作機械，回頭問了一句：「一起的？」

江續果斷搖頭，工作人員已經卡住了摩天輪鐵門的外栓。

等摩天輪離開地面，林明宇從摩天輪的玻璃窗向下探頭，才發現林西和江續根本沒有、也不打算上下一輛摩天輪。他忍不住捶著摩天輪的鐵壁，大喝一聲：「江續，我X你媽！」

江續被罵了，卻一點也沒有生氣的樣子，牽著林西的手，嘴角帶著溫暖的笑意，仰著頭對著越轉越高、越來越遠的林明宇揮了揮手。

「好好玩啊，哥。」

擺脫了林明宇，江續便帶著林西離開了摩天輪。

「轉一圈二十分鐘，我們要趕緊了。」

林西被他牽著走得很快，隱隱多了幾分驚險的感覺：「趕緊去哪？？」

江續回過頭看著林西，微微挑眉，「趕緊去林明宇找不到的地方。」

這次遊樂園嘉年華的規模很大，一共分四大區，事實上，除非興趣完全一樣，不然在人這麼多的情況下，走散了其實並不容易再聚。

「小方喜歡刺激的，如果走散了，她大概也沒興趣一直找我們的，自己就去玩了。」林西分析了一下，得出了結論。看一下嘉年華的地圖，最後選擇了旋轉木馬，「以小方的性格，肯定不會來玩這種兒童玩的，林明宇肯定也很嫌棄。」

江續低頭看了地圖一眼，皺了皺眉，「我也嫌棄。」

雖然嘴裡說嫌棄，林西想玩，江續還是帶著她來了。

七彩的頂棚，白漆的欄杆，五彩斑斕的彩燈圍繞著圓形的旋轉平臺，大小不一的木馬正緩慢旋轉，彼此追逐，上上下下，像MV的拍攝畫面一樣美好。

這個年代，還沒有那麼多成年人為了自拍去坐旋轉木馬。林西和江續跟在一群小孩子身後，排隊上了旋轉木馬。

歡樂的歌曲，烘托著讓人心情愉悅的氣氛。

林西拿起自己象素並不算多高的諾基亞手機，遞給江續。

「等等幫我拍張照。」

這是這麼多年林西一直沒有實現的願望，想和男朋友一起玩旋轉木馬，好不容易來了，怎麼也要拍張照。

「好蠢。」江續雖然接過手機，還是忍不住說了這麼一句，換來林西一個白眼。

林西選了一匹很漂亮的白色木馬，開心地爬了上去。

來玩的孩子很多，好幾個都是一起的。

原本江續也能上去，但是身後一個孩子因為江續占了一匹馬，不能和同伴一起玩，很失落的要回去，江續便把木馬讓給了孩子。

旋轉木馬慢慢轉了起來，原本不動的彩燈開始閃爍起來，明明滅滅，畫面安然而絢麗。

江續站在旋轉木馬前面等林西，當林西轉過來時，她一直比著同一個姿勢，雙手舉在胸前，大拇指壓在食指第一關節處，笑容燦爛得彷彿夜裡升起了璀璨的豔陽。

十五分鐘結束，林西意猶未盡地從旋轉木馬上下來。

「拍到了嗎？」林西問。

江續沒說話，只是將手機遞給了她。

林西接過手機，第一時間翻著照片。

江續並沒有用什麼技巧，這諾基亞手機的拍照功能也無法和後來的智慧型手機相比，可是很奇怪，江續拍攝的每一張照片都非常漂亮，漂亮得林西自己都有些意外，原來自己還有這麼好看的角度嗎？

「江續，憑你拍照的手藝，能讓女孩排隊找你當你的女朋友了。」

江續聽到林西這麼誇獎他，傲嬌地挑了挑眉。

江續站在林西身旁，低著頭和她一起看向手機螢幕。

「妳這個手勢，是什麼意思？」說著，他自己也學著林西的樣子，將大拇指按壓在食指的第一個關節處。

「你說這個啊？」林西突然想起，這是很後來才流行起來的姿勢，想了想開始解釋：「這是『比心』，你沒發現這樣一做，兩根手指頭看起來像一顆心嗎？」

江續低頭看了兩根手指交疊出來的形狀一眼，還真的是一顆愛心的樣子。

林西欣然笑著，雙眼微微瞇著，帶著幾分感慨。

「電視劇裡，男女主角不是總有一些相認的記號嗎？」她說：「如果有一天，我們被迫分開了，就以這個姿勢相認吧。」

說著，她很開心地對江續比了兩顆愛心。

「因為，這是『我喜歡你』的意思。」

江續低著頭，看著有些傻氣的林西，有一瞬間的滿足和恍惚。她笑得那麼燦爛，圓圓的大眼睛忽閃忽閃，彷彿有星辰墜落其中，讓人移不開眼。

在遇到她之前，他一直是無欲無求的天之驕子。

從小到大，做什麼都能做到最好，正因為得到得輕易，反而不會對什麼事有多大的興趣。除了運動，幾乎沒有什麼不良嗜好，不愛上網，也不喜歡浪費時間各種應酬，以老年人的狀態生活，自律也如老年人一般。

遇到她之後，他才發現這世界有一種人是這樣的。

愚蠢的，教一百遍也能忘記；熱血的，不關她的事也要攬下來；無厘頭的，想問題的腦迴路永遠和別人不一樣；堅強的，遇到多難過的事也能自己站起來；獨立的，明明可以求人的事也習慣了自己來；單純的，只要不傷害她的都能成為朋友；善良的，心願居然真的是世界和平……

她是一個複雜的個體，有很多缺點，也有很多優點。看起來和他完全不是同一個世界的人，而他卻心動了。

看著她傻氣地比出那個手勢，聽她說出那句「因為這是『我喜歡你』的意思」，江續覺得好像有一隻小蟲子，鑽進他的心臟裡，勾得他心頭一陣酥癢。

江續展臂將林西抱進懷裡，許久，他無比鄭重地說：「不會分開，我不准。」

林西被他抱進懷裡，仰著脖子，感受著他的鼻息，許久，她的嘴角勾起淺淺的弧度，無聲地笑了笑。

覺得那個擁抱裡帶著許多力量，也帶著許多感激和清醒。

果然，如林西所想的那樣，那之後，他們再也沒有碰到過林明宇。

嘉年華的夜場熱鬧非凡，到處都是尖叫驚呼聲，興奮熱烈彷彿把這一片天空點燃了。來嘉年華遊玩的，不是成群結隊的朋友，就是年輕的情侶。江續和林西慢慢往前走著，混跡人群之中，也不是那麼顯眼了。

林西懼高，又被害妄想症嚴重，雲霄飛車、自由落體之類的碰都不敢碰，各種幻想安全帶失靈、停電什麼的。旋轉木馬坐完，也沒有幾個可以玩的。

吃了一根冰糖葫蘆，逛著逛著，就走完了一個區。林西衣服穿得少，越走越冷。江續見她瑟瑟發抖，趕緊將外套脫了下來，罩在林西身上。不等林西說什麼，他牽著她就往出口走去。

「不玩了嗎？」林西見江續要走，有些意外，她意識到江續可能是怕她冷才要走，有點怕掃興，趕緊說道：「其實我也不是很冷，我穿得也不少的。這種嘉年華，可能一輩子只來江北一次。」

「不來江北，也會去別的城市。」江續回過頭淡淡凝視著她：「一輩子很長，妳喜歡，只要在地球上，我就帶妳去。」

江續說出這句話的時候，林西的鼻子有些酸。

這傢伙，平時看起來冷冰冰的，說起情話來完全是大神級別。她根本不是對手啊！

兩人很快回家了，林明宇還沒有回來。

林西想到林明宇可能是和付小方約會了，想到他這段時間時間的電燈泡行徑，林西惡作劇的心思也起來了，拿起手機撥了個電話給林明宇。

電話通了，卻沒人說話，再等幾秒，林西耳邊傳來了急促的『嘟嘟嘟』聲音。

『嘟——嘟——嘟——』

他他他……居然掛了！

林西一時氣憤，又打電話給付小方。

付小方的電話倒是有人接，只是接的人居然是林明宇。

「……我打給你，你不接，小方的你倒是接得挺快。」林西忍不住磨刀霍霍。

電話那端的林明宇舌頭有些打結，結結巴巴地說：『林西？是妳啊，早知道不接了……這女的，怎麼給妳備註「大姨媽」？我還真的以為是姨媽。』

「……」林西聽他這麼說，更不爽了：「你在哪呢？」

『在外面吃宵夜。』林明宇話音還沒落，就聽見電話那端傳來付小方醉後的聲音：『來啊！繼續喝！不喝不是男人！』

一聽到吃宵夜，林西立刻口水橫流：「吃什麼呢？燒烤啊？在哪啊，我也去！」

『滾一邊去。』林明宇不想和林西說了，只聽手機聽筒傳來『哐噹』一聲，似乎是手機被砸到地上了，隨後傳來遠遠的一聲咒罵：『付小方妳是女人嗎？怎麼這麼能喝？』

握著被掛斷的電話，林西忍不住想要畫個圈圈詛咒林明宇。

林明宇嗓門大，即便沒有開擴音，江續也知道發生什麼了。

他穿著拖鞋從林西身邊路過，淡淡說了一句：「他不會回來了。」

「啊？」林西趕緊跟上去：「你怎麼知道？」

「一男一女一起喝酒，還各自回家？」

「……」林西這才意識到江續話裡的意思，臉不爭氣的一紅，「不會的，小方不喜歡他。」說完又堅定道：「不，不僅不喜歡，她還討厭他。」

江續淡淡瞥了林西一眼，對此並不感興趣：「可能吧。」

林明宇不回來，倒是讓林西感覺到幾分尷尬了。

平時一人一間房，不覺得這房子大。林明宇又一直黏著江續，兩人沒什麼時間自由交流，一有空檔就格外珍惜，反而目的明確。

這時孤男寡女共處一室，大晚上的，房子裡又安靜，江續有什麼動靜，林西的眼睛就忍不住跟著走。

只有他們兩個人，哪怕是視線相交，都帶著幾分暗示意味，這讓林西不自覺緊張了起來。

江續坐在沙發上，打開電視。電視節目的背景音讓空蕩的房子稍微熱鬧了一些。

他表情正直，認真看著電視，反觀林西，小心思一大堆，反倒顯得齷齪了。

她趕緊掐自己兩下，警告自己不要胡思亂想。

她舔了舔嘴唇，訥訥說道：「那……不早了，我先回房了。」

江續聽見林西的聲音，不置可否。幾秒後，他淡淡回眸，突然問林西：「要不要一起看電影？」

「啊？」林西與他對視，感覺到他視線裡的淡淡期待，也說不出口不要。她攥了攥手心，往沙發的方向走了幾步，「那……看什麼？」

江續家裡有一些ＤＶＤ光碟，都是林明宇買的，不是恐怖片就是情色片，看著那些露骨的圖片，林西老臉一紅，趕緊放下。

林明宇這人真是低俗極了。

林西在一堆光碟裡翻了翻，沒有愛情片，也沒有什麼好萊塢大片，最後林西看到一個恐怖片，叫《三更二之餃子》，是楊千嬅主演的，她沒看過，只記得後來在社群上看到過有人提過，好像還挺嚇人的。

想了想，林西把這張ＤＶＤ放進ＤＶＤ機。

重新坐回沙發，江續自然地把她擁進懷裡。

「你看過這個沒？好像是幾年前的了。」林西問。

「我不怎麼看國產電影。」

「這樣啊。」林西說：「那就這個吧。」

為了營造恐怖的氣氛，林西還特地關掉了客廳的燈。

電影的色調很暗，偏冷，渲染出來的恐怖氣氛讓林西一直有些緊張。

她死死抓住江續胸口的衣服，江續順勢將她抱到懷裡坐著。

林西除了小時候坐在爸爸懷裡，還是第一次和一個成年男子以這樣的姿勢抱坐，有些不自在，忍不住扭了兩下，想要移開，被江續按住。

「看電影。」

林西看著江續專注的眼神，欲言又止，將目光投回電視上。

楊千嬅飾演的是富商梁家輝的妻子，容貌不如年輕時美麗動人，富商周旋於不同的美貌女子身邊，為了留住丈夫，楊千嬅找了白靈飾演的神祕女子，吃了以嬰胎為餡的餃子，以求保住青春美貌。

林西倒是沒有覺得多麼恐怖，只是有點噁心。本來林西挺喜歡吃餃子的，這麼一看，看到粉紅色的肉和白白胖胖的餃子，就有種噁心的感覺。

「要不然……」

林西的「換個電影」還沒說出口，電影情節已經突飛猛進了，恐怖的戲碼之後，居然還有情色的戲碼。

梁家輝的角色和白靈飾演的角色，居然……幹起了男女之間不可描述的那些事……

這讓氣氛突然有些不對。整個客廳裡只有林西和江續兩個人，又是抱在一起的。本來林西想著，恐怖片，看到嚇人的地方在江續懷裡躲一躲挺甜蜜了。

結果這時……

螢幕上那對男女交合得很激情，喘息聲從音響裡傳來，林西覺得自己的身體有些發燥。

幽幽的光映得江續輪廓分明，眼眸深邃。他雙手抱緊，低頭湊近林西耳邊。

「要不然什麼？」他的聲音帶著幾分不正常的喑啞，很明顯，這種情節也撩動了血氣方剛的江續。

到這裡，林西已經澈底醒了，她起身想從江續懷裡抽離，剛要動，已經被江續一個翻身，按倒在沙發上。

「電影是妳選的，沒錯吧？」

林西仰躺在沙發上，感受著江續壓在她身上的重量，有些怕：「是我選的沒錯……但是……我不知道會……」

江續「嗯」了一聲，低頭打量著林西，從臉頰，到皮膚白皙的脖頸，再到跟著呼吸高低起伏的胸口。修長的手指撥弄著林西的頭髮，將頭髮溫柔地別再耳後，然後又從耳後滑向下頜處。

手指所到之處，引得林西一陣震顫。

他突然低頭咬了咬林西的耳垂，很輕的力道，卻充滿了撩撥，林西身上瞬間起了雞皮疙瘩。

他附在林西耳側，一字一頓問她：「妳選這電影，是不是在暗示我？嗯？」

「我沒有……」她怎麼知道一個叫餃子的電影還有這種情節！這不是帶壞了餃子嗎？

電視裡曖昧晃動的影子還在，梁家輝將白靈按倒在四方桌前，白靈嘴中發出讓人骨頭酥掉的聲音，更讓人尷尬到不行。

江續俯身看著林西，聲音中帶著一絲忍耐，又帶著幾分戲謔：「男人的定力，很差的。」

林西覺得這種感覺十分陌生，也沒有做好準備。此刻她心跳加速，雙手頂著江續的胸口，不知道該怎麼才能讓他恢復正常。

「要不……我們做點別的吧……不看電影了」

江續想都沒想地答應：「好。」

林西眨著眼睛：「我是說，我們可以打個牌什麼的……」

第二十九章　進去一下

江續見林西緊張，勾著嘴角笑了笑，「妳怕啊？」

林西是真的怕，沒經歷過的事情，冷不防嘗試，心裡總忍不住有各種顧慮，但是江續這麼一說，她又有點被鄙視的感覺。

她壯著膽子，拿開了擋著江續的手，硬著頭皮說：「我有什麼好怕的，我又不虧。就算以後我們分手了，我也能和我的孫子吹噓，奶奶當年睡過一個大帥哥。」

江續聽到「分手」兩個字，眉頭微微一皺。

原本帶著幾分戲謔的眸子裡倏然就多了幾分肅然，江續突然從林西身上起來，林西見他走了，剛鬆了一口氣，人就毫無防備地被他打橫抱了起來。等她反應過來的時候，江續已經一腳踢開了主臥的房門。

林西勾著江續的脖子，帶著幾分怯懦：「你來真的啊？」

「為了讓妳孫子更尊敬妳。」

「……」

林西第一次覺得，主臥這張大床是那麼軟，她仰躺在床上，覺得自己好像陷得很深很深。

江續撐著手臂看著林西，並沒有急著推進下一步。

他的眼中不是恍惚的欲望，而是像捧著最珍惜的寶貝一樣，溫柔地撫摸。

「妳怕我嗎？」他的聲音帶著幾分暗啞，淡淡的性感。

林西心跳如雷。

很認真地思考著江續的問題，最後，林西抬手，在江續眉毛上細細描繪起來。許久，她很鄭重地回答了他：「我不怕你。」

「你知道嗎，去年，哦不，前年，也不對，就是上上個平安夜，我還活得像條喪家犬一樣。別人都成雙成對，只有我，一無所有。人在沮喪的時候，連童話都不相信了，當時只是覺得什麼耶誕老人都是騙人的。有本事給我一個男朋友，讓我過一次情人節。然後……你就出現了。你說，是不是耶誕老人把你帶來的？」林西說到這裡，突然笑了起來：「有時候感覺一切好像一場夢一樣。」

「不是夢。」江續說。

他引著林西的手，帶著她描摹著他的臉，「我在這裡。」

兩人之間的距離那樣近，彷彿靈魂都靠近著，讓林西有一種踏實感。

「結婚前，我不會做讓妳沒有安全感的事。」江續低頭吻在林西額心：「睡吧。」

明明沒有不願意，可是聽了江續這句話，林西還是覺得感動，忍不住喉頭一哽。她看著江續，許久，才有點不好意思地說：「我還沒卸妝……」

「那我回去。」

林西見他起身要走，又有點捨不得：「要不然你在這陪我吧？」

江續低頭看了她一眼，淡淡一笑：「勾引我？」

「不是。」林西見他想歪，趕緊解釋：「想和你聊聊天。」

洗漱完畢，各自帶著沐浴乳的清香躺在同一床被子裡。

這種感覺實在很奇妙。

兩個人真的聊天了，聊了很多小時候的糗事，多是林西在說，江續只是靜靜地聽。價值千金的大腦，不斷輸入林西那些沒什麼價值的記憶，卻一副很感興趣的樣子，這讓林西覺得心底暖暖的。

很奇怪，在江續的懷抱裡，林西反而很快就入睡了。

林西睡著了，枕在江續的手臂上，發出平穩的呼吸聲，完全不設防。

這是第二次和女孩同房而眠，江續依舊是難以入睡。

林西睡覺不太老實，時不時會翻身，還把腳搭在江續的腿上，像章魚一樣緊緊抱著他。

江續低頭看了懷裡的人一眼，又一次深呼吸，壓抑著體內的燥熱，坐懷不亂的柳下惠，不容易啊……

一夜好眠，林西睡到自然醒。

她醒來的時候，江續已經做好了早飯，坐在餐桌前看報紙。

歲月靜好，有一抹懶洋洋的陽光灑在江續的側臉上，讓林西感覺到心頭一暖。

林西從房間出來，四下打量了一下：「林明宇還沒回來？」

「回了。」江續指了指浴室：「在洗澡。」

林西伸了個懶腰，坐了下來，低聲問道：「什麼時候回來的？」

「沒多久。」

「幸好。」聽到這裡，林西竟有幾分慶幸。要是林明宇回早了，知道他們昨晚睡同一張床，不知道又會鬧成什麼樣。

林明宇洗完澡出來，一副宿醉狗萎靡不振的樣子。

一反常態，平時話多到不行的林明宇，今天卻沉默寡言。見他們在吃早飯，看了一眼說：「我回房睡覺。」

林西見他失魂落魄的進了房間，有些擔心：「他是不是昨晚發現自己不舉，所以現在很挫敗？」

江續原本在喝牛奶，聽了這句，差點噴了出來。

江續瞪了林西一眼：「妳懂得倒是不少。」

「咳咳。」林西心虛地閉上了嘴，吃早飯去了……

睡醒後，林明宇恢復正常了。每天早上很早起床，晚上很早回家。回家和林西江續有說有笑，活潑異常，就是不去找付小方了。

林西想，大概是這次付小方把他拒絕狠了，他死心了吧。

時光飛逝，一轉眼，實習已經進入尾聲。

開會的時候老闆宣布了實習生的放假時間。林西家裡有過小年夜的習慣，所以得知小年夜正好放假，她早早把消息告訴了林爸林媽。

實習一個月，公司發了八百元實習補貼。會計把錢發給林西的時候，林西激動不已，居然比她以前做妝髮師賺到錢還激動。只有八百元，彷彿多大一筆鉅款一樣，剛拿到手，就開始盤算著要買什麼禮物給大家。

快到下班時間，林西的心早就飛了。只是可惡的裴珏町，又給了一份文件要林西影印。已經能熟練操作影印室所有機器的林西，以德報怨，還很細心的幫裴珏町把文件分了類。

裴珏町來拿文件的時候，兩人閒聊了兩句家常，林西才發現原來裴珏町和她是同系的，只是大林西三屆，剛畢業一年多，怪不得林西剛來的那一天，他一直和她聊學校裡的事。

裴珏町意識到林西才發現自己和她是校友，有些傷自尊：「我一直和妳打關係，說C大，妳居然都沒有意識到我們是校友？」

林西有些理虧：「我以為你知道我是C大，就和我聊C大……」

裴珏町無語凝噎：「妳這智商，沒救了。」

林西嘿嘿一笑，想起自己要交的實習報告，又叫住裴珏町：「對了，你有空幫我把這個寫一下吧，寫好一點，多誇誇我啊。這是要交給老師的，靠實習換學分。」

裴珏町本來拿著文件已經要出去了，聽到老師的字眼，他突然折了回來。

「系裡是不是有個留校的行政老師，叫呂佩嬌？」

「呂老師？好像是有，不過不管實習，她好像在團委會吧？」

「嗯。」裴玨町難得露出幾分深沉的表情：「那老師現在過得怎麼樣？」

「不是很清楚啊，我平時比較宅。」林西見裴玨町又關心女人去了，忍不住揶揄他，「從同學到同事，連女老師你都不放過。」

裴玨町愣了一下，隨即露出他一貫的吊兒郎當的表情：「問問都不行啊，又沒有幹什麼。」裴玨町腳還沒邁出影印室，突然又回頭問了一句：「要不要週末陪我回去逛逛校園？順便交實習報告，我當老師的面誇妳？」

「不……用……了……來年交就行了。你是自己想去C大逛逛吧。」林西鄙夷地看他一眼，然後暗示他：「其實，蘇悅雯也是我們學校的。」

林西的意思，是讓他去約蘇悅雯。

「她已經拒絕我了。」

林西：「……原來我不僅是無用陪客，還是備胎……」

「別這麼想，我對妳們都是一視同仁。」

「……」

臨近過年，大家都無心工作，但是偏偏，年底的事又特別多。

林西拿了錢買了禮物給大家，拎著大包小包回家。江續和林明宇都還沒回來。

洗菜、蒸飯，把食材準備好，江續回來的時候，林西才開始做。

廚房的抽油煙機已經是當年的靜音產品，但是風聲還是有些響，再加上鍋裡劈里啪啦的聲音，林西沒有聽見江續走進廚房的聲音。

等她轉身，險些一盤菜潑到他身上。

「進廚房幹什麼？」林西把菜往外拿，自然地問道：「林明宇怎麼還沒回來？」

江續看著林西，眼眸有些深沉，甚至是有幾分微怒。

林西不是完全的粗線條，看江續臉色有些不對，趕緊問他：「怎麼了？出什麼事了？」

「妳十二號回家？」他動了動嘴唇，問道。

「對啊，不是過年嘛，正好回去陪爸媽。」林西說完，故作神祕的一笑：「今天發實習補貼了，八百塊。」

對林西的後話，江續全部不感興趣。他緊皺著眉頭，居高臨下盯著林西：「妳要在情人節之前回家？」

「情人節？」經江續這麼提醒，林西才想起，二月十二日緊跟著後面的二月十四日，不就是情人節。

單身狗當久了，對這種秀恩愛的節日通通是忽視的。

「這……」林西想到，兩人在一起的第一個情人節就不能在一起過，瞬間有點內疚：「可是……我都和我爸媽說了，他們到時候要來接我……」

林西看江續臉色越來越不好看，也覺得理虧了，趕緊舉起了面前的盤子：「要不然……先吃飯？」

回應林西的，是江續明顯生氣，飯都不吃就回房的……背影。

意識到江續生氣了，林西還是想好好哄他的。

她端著飯菜站在門口，道歉也道了，好話也說了，江續只肯把房門開一條小縫。

「十四號之後回家。」江續說。

「這……可是我現在改口，我爸媽就知道我是要跟男朋友過，肯定會想很多。」

江續冷冷俯視林西：「我來跟他們說。」

「你不瞭解我爸媽。他們不准我讀大學的時候談戀愛，你去說，他們更會把我接回家，以後也會嚴防死守……與其打草驚蛇，不如按兵不動。」

「那算了。」說完，江續「砰」一聲，又把房門關上了。

林西：「……」

很晚很晚，大概凌晨的時候。

林明宇被餓醒，半夜爬起來，想去冰箱找點吃的。

迷迷糊糊間，看見廚房裡居然有燈光，一下子被嚇醒了。

好在大老爺們不習慣尖叫，不然林西都要被他吵醒了。

穿著拖鞋走進廚房，偷偷一看，在廚房裡的人，居然是江續。

此刻，廚房流理檯上所有的佐料瓶、林西放在冰箱裡的幾個她最常用的醬料瓶，都被江續排排擺放在桌面上。

每一個他都用衛生紙包著，很大力地擰著。

林明宇揉了揉眼睛，再看看江續擰的方向，不是擰開，而是擰緊，不禁有些困惑。

「大半夜的，要吃宵夜？」林明宇走進廚房，打開冰箱，在裡面翻了翻：「我也餓了，也做一份給我。」

江續沒聽見林明宇進來的聲音，冷冷瞥了他一眼：「有泡麵，自己去弄。」

「弄都弄了，多弄一份啊。」林明宇指了指江續手裡的醬料瓶：「你這是幹什麼？沒發現擰反了啊。」

江續手上一頓，片刻後，他十分淡定冷靜地說：「練臂力，不行？」

林西也不知道這算不算和江續吵架了。

兩人一個晚上沒說話，林西傳簡訊跟江續解釋，江續也沒回。

唉，男人矯情起來，比女人難哄多了。

年底公司事情多到大家話都說得少了，連打雜的林西都忙得腳不沾地。一整天沒找到什麼機會和江續說話。中午本該一起吃飯，結果他在趕工作。

晚上下班，林西想叫江續回家，他又在加班。

不知道他是真的有這麼多事，還是故意避開她。

想著這事是自己的錯，林西下班後去了一趟超市。買了不少好菜。還在讀大學，收入有限，那些進口食材什麼的買一點，基本上她的荷包就寒酸得不能看了。

雖然很肉疼，但是誠意還是要做足的。

拎著大包小包進屋，江續和林明宇都回來了。見林西拿的吃力，江續雖然在和她冷戰，但是還是起身替她把那些食材都拿進廚房。

見江續還會心疼自己，林西趕緊趁熱打鐵，追在江續身後：「我今晚買了很多菜，你想吃什麼？」

江續拎著大包小包，放在廚房的流理檯上。

「那個，還在生氣啊……江續，你是男人，怎麼這麼小氣啊？」

林西抬手，剛要觸到江續的衣角，江續冷冷回頭瞥了一眼，一言不發，出了廚房……

見江續這麼冷冰冰態度對自己，林西哄著哄著也有點不爽了。

不就是第一個情人節不能一起過嗎？她也不是故意的。

三十年沒有談過戀愛，在淒苦吃狗糧的情人節和家裡好吃好喝供著的過年，第一個反應當然是回家過年。

林西嘴也笨，江續又有點難哄。林西把菜洗好放在砧板上，也不知道是氣江續，還是氣自己，發洩一般，把菜切得劈里啪啦的響。

買了那麼多菜，總不能浪費，不管江續哄不哄得好，飯還是要吃的。

做菜的時候，林西才發現，家裡所有的佐料、醬料的瓶子居然都打不開了。

菜已經在鍋裡，林西趕緊抱著好幾瓶常用的佐料、醬料跑出來求助，在冷臉坐在那一臉看好戲的江續和低頭看著報紙的林明宇之間，林西選擇了林明宇。

「喂，林明宇，別看報紙了，快幫我把瓶子打開。不知道是不是我手裡太油了，怎麼都打不開。」

林明宇接過那幾個瓶子，突然有些畫面從腦中一閃而過。

他一邊使著吃奶的力氣開瓶子，一邊埋怨江續：「我說你昨晚幹什麼，原來是做這麼幼稚的事。」

林西聽到林明宇說這些話，眉頭立刻皺了起來：「什麼幼稚的事？你這是什麼意思？」

「你們吵架就吵架，還要著我玩。一個昨天深更半夜在廚房扭瓶子，把我嚇一跳，一個抱一堆找我開，以為是吃了菠菜的大力水手啊？」

林西聽到這裡，總算是明白了林明宇在說什麼。她撇著嘴，瞥了江續一眼，不點名地說：「這樣有意思嗎？以為我會求你啊？」

林明宇見林西真的生氣了，趕緊收起調侃，小聲說：「這不是生活裡的小情趣嗎，妳怎麼這麼不解風情呢？哎呀，都要吃飯了，別吵架啊。」

林西不想理林明宇，直接一掌推開林明宇的臉。

江續聽了林西說的話，微微蹙眉，但是沒有回應。

林明宇意識到自己不小心點燃了火炮，趕緊閉上了嘴，低下頭去開瓶子了。

徒手開不了，林明宇拿了張報紙包著瓶蓋，才好不容易把幾個瓶蓋打開了，林西拿過打開的佐料和醬料回廚房，氣到快成河豚了。

林西「砰」一聲關上廚房的門，剩下林明宇和江續大眼瞪小眼。

「她平時很經逗，一點都不小心眼的，我怎麼知道……」

「誰讓你開的？」

林明宇這才意識到，江續扭緊那些瓶子，是為了讓林西主動求他。也是，整個家裡天天用廚房的，不就只有林西一個人？結果自己不小心搶了江續的風頭，以他小心眼的性格……

「林西要我開的……」林明宇趕緊解釋道。

江續冷冷睨了林明宇一眼，一腳踢在他的凳子腳上。

「她天天要你去死，你怎麼不去？」

「……」

林明宇終於明白，情侶之間的和事佬不能做啊……

花了近兩個小時，林西把所有的新鮮食材都做完了。

林明宇看著桌上豐盛的菜肴，吃驚極了：「妳是要招待誰啊？做這麼多菜？該不會是江續吧？」

林西氣鼓鼓把圍裙解下來，隨手一丟：「餵豬。」

林明宇的筷子剛要伸進菜裡，聽到「餵豬」兩個字，一時間不知道是該下筷子，還是收筷子，

「你們吵吧，我先填肚子了。」

開飯了，林西也不叫江續，不僅不叫，還把滿桌子的菜用三根筷子隔開。

三根筷子的左邊是林西做的美味珍饈，筷子另一邊，是一瓶可憐兮兮的腐乳和一碗白米飯——

江續的晚飯。

對著空氣，林西冷冷地說：「我不像某些人，還是很有人情味的，晚飯也還是有準備。」

江續坐在旁邊不遠，看了那瓶豆腐乳一眼，不屑地「哼」了一聲，「豬吃吧。」

原本準備夾半塊腐乳的林明宇，筷子再一次停在半空。

林明宇有點無奈，「你們吵架歸吵架，能不能別再罵我是豬了？」

「閉嘴！」

「吃你的！」

林明宇閉嘴吃自己的去了。

林西原本想著江續看一陣子，餓了會來吃飯。他低個頭不再計較那些事，她還是很願意接納他的。

剛在一起的情侶，一直吵架也不好啊。

但是江續在旁邊坐了一下就去客廳看電視了，完全沒有要妥協的意思。

過了大約半小時，家裡的門鈴響了。

江續居然點了外送。

兩份大品牌，袋子上的 logo 讓林明宇忍不住驚呼了一聲。

「靠，你點這麼貴的？聽說他家的刺身啊壽司的食材，都是當天從日本空運來的。」

江續也不說話，只是臉上明顯帶了幾分得意。他將拚盤在茶几上鋪開，林明宇和林西都忍不住投去視線。

尤其林明宇，簡直被饞得口水直流。

「我的食材也很貴！」林西說。

「日本料理比較少吃，妳的天天有的吃，哪能一樣。」林明宇拿著筷子，不客氣地過去，魔爪伸向江續的外送裡。

這點吃的就把他收買了，這種人到了戰場，隨便給碗餿飯，連底褲都能抖乾淨。

林西見他那麼容易倒戈，忍不住啐道：「叛徒！」

江續瞥向林西這邊，兩人的視線在空中劈里啪啦地交會。半晌，他「慈愛」地轉向林明宇，得意道：「識時務者，為俊傑。」

林西氣得直扒飯。

本來林西還有心哄江續，花了那麼多錢，又做了那麼久的菜。她是真心誠意的。

只是沒想到，兩人這麼一通胡鬧，反而是將矛盾激化了。現在完全騎虎難下，誰都不肯先讓步。

江續自然是希望林西先低頭，妥協留下來，但是林西偏偏是個反骨的人，江續這麼要他玩，她當然氣不過。

晚上睡在床上的時候，林西突然想到當初和江續在一起的初衷。恍然發現，一開始上了他的套，和他結了點仇，後來居然直接就套在裡面出不來了。

不是說好了在一起以後就狂甩，然後再追，再甩，徹底摧毀他的意志嗎？

怎麼到現在，感覺是她的意志被摧毀了？

什麼分手什麼報仇，林西後來真的想都沒想過了。

一股氣憋在胸口，睡也睡不著。一陣天人交戰，林西拿出手機傳了則簡訊給江續。

『你打算一輩子不理我了？我回去就是十幾天不見了，你確定嗎？』

簡訊傳過去，近十分鐘過去，沒有回覆，和昨晚的情況一樣。

林西想想昨晚到今天的一切，心裡頓時委屈得不行。

以前看社群，看朋友動態，都是男人哄女人，哪有她這麼可憐的？不是他先喜歡她的嗎？為什麼他還這麼強勢？

難道他不知道男女比例失調，以後一個女人可以選六個男人，找老婆多不容易，他居然還不珍惜！

越想越不爽，林西突然腦子一熱，衝動地回了一則簡訊。

『是不是不回？不回那就不要在一起了！』

一直不理她的江續，在收到這則簡訊後，終於被炸了出來，很快回她。

『妳再說一遍？』

林西看到這幾個字，腦中突然閃過江續陰測測的臉，瞬間有點怕了。但是她偏偏又是要面子的人，劈里啪啦在手機上敲個不停。

『你都不和我說話了，也不肯回簡訊，這種冷暴力，我受不了！』

『然後？』

林西看他居然還是滿不在乎的回覆，瞬間也委屈了起來，各種複雜的情緒之下，林西回：『我不喜歡吵架，不適合當初為什麼要在一起？』

『妳要分手？』

看到「分手」兩個字，林西心裡咯噔一跳。

她沒說這話啊？江續這是怎麼理解的？

林西也不知道怎麼回覆了，終於感覺剛才說的話有些太衝動了。可是這時要是退縮，又覺得矮了江續一頭。糾結憤懣之中，她趕緊從床上爬了起來。

沒有戀愛經驗是可怕的，嘴笨不說，還衝動，自己說的話都收不了場。

慌張地坐到書桌前，打開電腦，登錄了論壇。

當初發的文章不知道沉到多少頁了。

林西沒時間一一去找了，只好又重新發了一篇文。

『我是之前那個樓主，我按照你們的方法復仇成功了，但是問題來了，現在這個男人甩不掉，怎麼辦？』

林西還想在後面再打一句話——『冤冤相報何時了？我覺得我還是挺喜歡他的，我要不要就這樣算了？』

結果標題字數有限，不讓她繼續打下去了。

她在幾個按鈕間捉摸著怎麼能以最短的方式發完這句話，結果眼一瘸，不小心把「提交」鍵點了一下。

文居然就發出去了，林西完全日了狗了的心情……

這頭林西還在琢磨怎麼刪文，那頭已經好幾個人開始留言了。

留言裡很快出現了上次看過她文章的人，一邊倒都是罵她的。

網友一：『樓主炫耀，滾出去。』

網友二：『除了讓妳去死，我沒有什麼想說的。』

網友三：『送妳一個字，哥屋恩。』

JX：『來我房裡，我告訴妳怎麼辦。』

林西正在琢磨著「JX」是誰，房門就被人敲響了。

江續的聲音在門口響起，「林西，我給妳三秒鐘，開門。」

聽到江續陰沉中含帶惱怒的聲音，林西終於想通，「JX」不就是「江續」嗎？

靠！他居然逛BBS，關鍵是他居然知道自己的小號？這也太玄幻了吧？

林西在論壇裡並不叫林西，而是叫「林明宇是頭豬」，頭貼也不是自拍什麼的，而是一張皮卡丘的圖片。這帳號是很久以前，剛開學沒多久，林明宇在論壇求友的時候，林西故意申請來嗆他的。那時候也只回過林明宇那個文，應該沒人知道是她才對啊？

林西想到自己之前發的文，旁人看了可能不會想到江續，但是江續自己看了，還能不知道是她發的嗎？他是什麼時候知道這文的？知道以後，他是怎麼看待她這個「女朋友」的？

想到這裡，林西瞬間感覺到頭皮發麻，後背發涼。

林明宇已經睡了，整個房子很安靜。

江續和林西一牆之隔，林西甚至可以聽到江續在門口踱步的聲音。

想想今天她說的話、做的事，以及傳的簡訊，很明顯，這時他就是要來收拾她的吧？以為她傻嗎？怎麼可能開門？

林西假裝自己沒醒，沒發出一丁點的聲音，以為江續站一下就會走。

誰知門外又傳來江續低沉的音色，明明有怒意，聽起來卻依舊從容泰然：「我知道妳在，開門。」

林西心裡咯噔一跳，依舊屏住了呼吸。

見林西沒有反應，江續開始倒數。

「三。」

「二。」

「一。」

林西還沒反應過來，江續已經用鑰匙打開了房門。

哐噹，門一推，安全鎖那道鏈條瞬間繃緊。

隔著那條小縫，林西和江續以極近的距離面面相覷。

江續看著那條礙事的安全鎖，惱火到了極點。這林明宇，盡幹這種讓人想打人的事。

江續的淡然終於被怒氣取代，幽深的眸子裡幾乎要躥出火來，「把門打開。」

他幾乎是咬牙切齒說出這句話。

本來門被打開了，林西還有點害怕，這時看了掛著鏈鎖的房門一眼，叛逆的脾氣一下子發揮到了極限：「我憑本事鎖的門，憑什麼開？」

「我們談談。」江續說。

林西不信任地睨了他一眼：「我怕你進來打我，就在這說吧。」

江續聽到這裡，眉頭皺了皺眉，站在門口，從那條門縫裡冷冷看了林西一眼。

半晌，他動了動嘴唇，只吐出兩個字：「後退。」

林西見他往後退了兩步，意識到他是準備踹門，立刻瞪大了眼睛，趕忙阻止他：「欸欸欸！你要幹什麼！你怎麼這麼暴力！」

怕他真的踹門，林西趕緊把門關上，取下了安全鏈。

再次打開門，林西沒有了方才的囂張。她把門開出一條小縫，整個人靠在門框上，皺著眉頭說：「有什麼話，說吧。」

江續低頭看了林西一眼，氣勢洶洶衝破了房門，進門時，手一橫，直接將林西勾進房裡。

進門後，他倒是記得腳一踢，把門關上了。

房間變成了幽閉狀態，江續像一頭憤怒的獅子，而林西，像一隻瑟瑟發抖的小羊。

因為生氣，江續額前和脖頸上暴起青筋，讓他看起來不如平時的儒雅淡然，林西越加覺得有些害怕。

「你你你……趕緊給我出去！」

江續動了動脖子，嘴角勾起淺淺一笑：「我憑自己本事進來的，憑什麼出去？」

「你……」現學現賣，打嘴仗真是一流。

林西被江續橫著的手臂勾住，他往前走，她卻在往後退。這種毫無安全感的行進讓她覺得害怕。

江續持續往前走，林西看著眼前倒退的房間景象，最後膝蓋窩抵在床沿，林西意識到江續要幹什麼，攢了點蠻力，頂著頭往反方向走，但是她那點力氣，在江續面前完全聊勝於無，他幾乎不費吹灰之力就把她按倒在床上。

頭撞在枕頭上，整個人深陷在柔軟的床裡，手肘想撐著，卻怎麼都借不到力，頭一仰，嘴唇直接擦到江續的下巴。

這突如其來的親密接觸，讓兩個人都愣住了。

江續的手還按在林西的手上，兩人以那麼近的距離對視，連呼吸都交織在一起。

身體的貼合，甚至讓林西感覺到江續身體某一處的變化。

大腿上那種灼熱感，讓林西的臉像蒸了桑拿一樣，瞬間就紅了。

「你想幹什麼？」林西的臉越來越紅，不想和他對視，將臉轉向旁邊：「快點放開我，我們不是在冷戰嗎？」

「不想冷了。」江續的聲音帶了幾分欲望，他說：「想熱。」

林西覺得他的聲音越聽越不對勁，想要弓起膝蓋，又被江續壓了下去。

江續以灼熱的目光打量著林西，最後低頭，舔吻在林西耳垂之上，最後在林西耳邊說：「聽說，妳想分手？」

「我什麼時候這樣說過？」

「『那就不要在一起了』，不是妳說的？」

「我……」林西扭回頭來，正與江續的眸子相對，長長的睫毛，黑如墨石的瞳孔，以及裡面自己的倒影，林西心頭一軟：「別以為只有你會生氣。」

「趕緊給我滾下去，我一點都不想看見你。」越想越覺得難受，明明是理直氣壯要吵架，一開口，聲音中居然帶了幾分哽咽：「不就一個情人節嗎？有什麼了不起的？還說要一輩子什麼的，以後還有那麼多情人節？錯過一個，至於嗎？」

「因為，」江續說：「我訂了去烏魯魯的旅行。」

江續的聲音如同一道咒語，讓原本越來越爆發的林西，瞬間安靜了下來。

「《在世界中心呼喚愛》？」林西有些不確定地念出了這個二〇〇四年，曾經風靡了很久的日本電影。

那時候林西還在讀高三，被故事感動得稀里嘩啦的，也因此對澳大利亞中部那片神祕的紅色沙漠，充滿了憧憬。

電影裡說，烏魯魯那個地方，被澳洲原住民的阿波里吉尼族，視為很重要的神聖之地，他們覺得，那裡就是世界的中心。

二〇〇五年升學考結束，林西最大的願望，是可以去烏魯魯看看。

聽到這裡，林西的眼眶有些紅。

少女時期的夢想，後來早就忘了啊。大概是當年在家裡鬧得太狠，讓林明宇記憶深刻，把這事也告訴了江續。

而江續，他居然放在心上了。

二〇〇七年，才二十歲的江續，居然為了幫林西圓一個她自己都已經忘得沒影子的夢，安排了出國旅行，還是跨越南北半球。

「林明宇說的？」

江續看著她，沒有說話，眼神默認。

「我早就忘記了。」林西吸了吸鼻子：「而且那個電影雖然是初戀故事，但是結局很悲傷，男主角的初戀死掉了，他最後娶了別人。」

「那不去了。」江續突然說。

「傻。」林西見他聽到故事結局悲傷之後的慌亂，忍不住笑了：「要浪漫之前，也問問本尊吧。」

江續沒想到這裡面還有這樣的故事，又被林西這麼嘲弄，臉上的表情有點不好看。他手肘一撐，就要起床離開。

「那就這樣。」江續有種耍帥失敗的尷尬表情：「早點睡。」

見他要走，林西突然勾住江續的脖頸。

她臉上帶著幸福的笑意：「你生氣，是不是因為訂旅行的錢被浪費了？」

江續脖子上掛著個人，自是離不開。聽見林西這麼揣測，眼中不禁帶了幾分怒氣：「妳覺得可能嗎？」

「那你為什麼？」林西還是笑著：「難道，是因為你想跟我一起旅行？」

江續沒有回答，但是臉上瞬間飄過兩朵可疑的紅暈。

林西步步引導著江續，以很溫柔，很鄭重的語氣問他：「為什麼你想要和我一起旅行？」

林西這麼一步一步自問自答，最後卻故意停下來，等著江續的回答。

眼前的男人，他並不是一個擅於表達感情的人，也不擅於說甜言蜜語。

旁人都說他如何冰冷，甚至很久以前的林西也這樣覺得。

很慶幸，不管是耍套路，亦或生氣糾纏，他的一切招式，都只針對她。

就像很久以前他說過的，中學的時期，有些男孩總愛以捉弄喜歡的女孩的方式，來引起女孩的注意。

他心裡覺得自己成熟，與別人不同。

實際上在愛裡，他也和旁人一般，幼稚的如同一個中學生。

會衝動、會生氣、會彆扭、會難堪，甚至會胡攪蠻纏。

正因為這份純粹，這份不加修飾，才讓「愛」這個字，成為眾人都想得到的美好感情。

林西眨著眼睛，抿了抿嘴唇：「不回答？不回答我可是會生氣。」

江續低頭看著她，見她眼中多了幾分狡黠，知道她又開始古靈精怪，立刻奪回了主動權。

他從脖頸上扯下林西的雙臂，然後壓在枕頭上。

眼中閃過一絲狼光，他說：「我以前就告訴過妳，男人定力很差。」

說著，他的嘴唇印在林西的嘴唇上。

從未有過的火熱之吻，他的舌頭與她唇舌交纏，用力吸允，讓她幾乎不能呼吸。

如同燎原之火，從嘴唇又燒到下巴，再從下巴行至耳廓。

江續最後還是回答了林西的問題。

他說：「因為我愛妳。」

禁欲的人，平時有多正經壓抑，釋放天性的時候，就有多狂野不羈。

江續一路吻著林西的脖頸，鎖骨，最後行至那處起伏的曲線。

也不知道是怎麼就從吵架發展到這一步，等林西意識到事情的走向徹底偏離時，她已為砧板上的魚肉。

看著身上的江續，明知在發生什麼，那火燒在身上也感到顫慄，但林西還是感到害怕。

林西身上只著寬鬆睡衣，已被江續解開兩顆鈕釦。

他附在林西身上，兩人貼得那樣近，近到林西覺得他滾燙的體溫幾乎要將她燒灼。

感覺到他的手從腰間上移，林西幾乎是本能地抓住了他的手，眼中還是不爭氣地流露出幾分害怕，「會把林明宇吵醒。」

「他一睡著，打雷都醒不了。」

「可是⋯⋯」

江續知道林西的害怕，一直試圖安撫她。低頭吻了吻林西的鼻尖，溫柔繾綣地說：「我只進去一下，妳要是疼我就出來。」

第三十章　五分鐘

林西聽到這裡，才終於意識到江續這次是不打算放她全身而退了。

原本還覺得有些忐忑不安，可是真的箭到弦上，反倒是淡定了。

她並不反感婚前性行為，也不是多麼古板的女孩，只是她希望發生這件事，是和一個她心甘情願，且不會後悔的人。

林西想想，和江續這麼兜兜轉轉，能走到現在，多麼不易。不管是喜悅亦或悲傷，他總是第一時間出現在她身邊。

不管他毒舌也好，冷漠也好，小心眼也好。是他給了她那麼多安全感。她不願再放手了，哪怕未來會分開，她也不會後悔。

林西粗重喘息，腦中突然回憶起上一世的種種，蘇悅雯、韓森、林明宇，最後是付小方。

青春時代的熱血衝動，成年後都只是一笑置之。

大家都在戀愛，卻都沒有真正的和愛情結合。

蘇悅雯嫁給了愛她的丈夫；韓森無縫接軌的交女友，卻沒有一個善終；林明宇出國後一直飄著，同居了幾個女友，最後都無疾而終；付小方和不愛的人結婚，最後和不愛的人離婚。

當年林西和她原本是一起單身，後來她扛不住家裡的壓力，選擇了和一個各方面看起來很適合的男人結婚，婚後兩人沒有共同語言，聚少離多，相對無言，最後付小方忍無可忍，選擇了放手。

她離婚的那天露出了畢業後很多年來，久違的笑容。

她對林西說：「我佩服妳的勇氣，沒有適合的就不結婚，不管別人怎麼逼都不妥協。如果當年我能這樣，也許……」

後來的話她沒有說下去，林西卻能感受到其中的傷感。

就像林西重生前的失落一樣。

上天讓她的人生重來了一次，她想，她該好好把握才對。

林西這麼想著，突然抬手，摟住江續的腰，這讓一直忍而不發的江續得到了莫大的鼓勵。

兩人溫熱的體溫和失控的心跳交織在一起，分不出你我。

江續微微撐起上半身，懸空看著林西。抬手撥了撥林西的頭髮，淡淡說著：「我以前答應過林明宇，結婚前不做這種事。」

林西沒想到他們居然私下談論過這樣的事，臉紅得像剛煮熟的蝦子。

「你們怎麼還說這種事？」

「看來是要食言了。」江續抿唇笑了笑，最後低頭吻了吻林西，用很久以前林西說過的話，說道：「妳實在太美了，我根本把持不住。」

林西阻止過江續的手，江續就沒有急著進行下去，而是有一下沒一下地吻著林西，濕熱的吻在她眼角眉梢，鼻尖下巴滑過，勾得林西的身體跟著震顫，皮膚上起了一層雞皮疙瘩。

林西被他撩得心頭癢癢的，腦中如進了漿糊，竟一時想不起兩人為什麼在這裡，又為什麼以這樣的距離相擁。

江續溫存地撫摸在林西的肩頭，最後慢慢下滑。

在那起伏周圍打著圈，像是安撫，又更像是撩撥，直到林西整個人柔軟得像水一樣。

引得林西耳朵熱得要炸了。

被他折磨到不行，這種被動的感覺讓林西覺得難受。羞怯讓她忍不住有些惱怒江續這樣的緩慢，他這樣一步一步，把她每一絲細膩的心理感受和生理感受都無限放大，最後林西忍不住一把抓住江續的手，粗魯地附在胸口：「要摸就摸，兜什麼圈子！」

原本曖昧情動的氣氛，瞬間被破壞。

江續也不客氣了，好奇地捏了幾下，最後很認真地評價了一句：「真軟。」

林西：「……」

江續俯身吻了吻林西的嘴唇，笑著說：「妳要是害怕，就閉上眼睛。」

說著，他已經闖破那一層束縛，真正與她合二為一。

正當他準備好好發揮發揮的時候，客廳裡突然傳來一陣陣重重的拍門聲。

林明宇大聲嚎著：「江續！江續！起來了！老子做了個噩夢，睡不著！來玩遊戲！」

「哐噹」一聲，那應該是他推門撞到牆的聲音。江續的門只是虛掩，林明宇很輕鬆就能推開。

他的聲音進了房裡，明顯弱了很多。

「奇怪，怎麼不在家？」林明宇自言自語著又說：「算了，找林西打牌吧。」

聽著林明宇的腳步聲越來越近，林西的心臟都要跳出來了。

「你不是說他打雷都不會醒嗎？」

「我沒說做噩夢不會醒。」

林西：「……」

「林明宇要來了！」林西越來越緊張，只能忍著痛低聲說：「趕緊起來，穿衣服了，你想被他打死嗎？」

這種時候要江續怎麼起來，他皺了皺眉，一把捂住林西的嘴。

「他不會進來」江續隱忍著低聲說：「別說話。」

「叩叩叩——」

林明宇輕輕敲了敲林西的房門：「林西、林西，妳睡了沒有？」

林西被江續捂住了嘴，自然是不能發出任何聲音的。

門是江續進來的時候腳一踢隨便關上的，根本沒有反鎖，如果林明宇擰開門把，就直接可以進來。

林西瞪著眼睛看著身上的江續，再看看兩人此刻這種狀態、這種姿勢。

要是林明宇進來，她就不用活了。

林明宇見輕輕的幾下沒能吵醒林西，又加重力道在門上搥了幾下，「林西！林西！快醒醒！陪老哥打牌！醒了沒有！快點醒醒！」

林西太怕林明宇會進來，腿動了動，掙扎中，反倒讓江續更深入了幾分。

江續的表情一陣不自然。

林西見江續死都不肯起來，氣急敗壞，用力一口咬在江續的手心。手是凹狀桎梏在林西嘴上，林西用力，沒有咬住江續手心的肉，最後是嘴唇在江續的掌心最敏感的部位抿了一下，溫暖而撩人。

江續被林西這麼鬧了一下，表情瞬間變了。

林西見他臉色有點不對，剛有些緊張，就感覺到交會的某處突然放鬆，林西終於明白發生了什麼，「你交代了？」

回應林西的，是江續倔強的沉默。

從開始到現在，林西想想：「五分鐘？」

江續緊皺著眉頭，臉色不鬱，一句話都沒說。

門外的林明宇見門內還是沒有反應，仍是不肯放棄。

「啪啪啪——」林明宇大聲地嚎著：「開門啊林西！怎麼睡得這麼死啊！起來打牌啊！」

江續不悅地嘶吼了一聲。

「滾。」

聽見江續的聲音，林明宇有一瞬間迷糊，沒反應過來的時候，他還大喇喇說了一句：「江續你醒了啊，正好啊，起來一起打牌啦！」

這話一說完，林明宇突然意識到其中的不對，江續不在他房裡，而是在林西的房裡，這說明了什麼？

林明宇像被點了火的炮仗，瞬間就炸了。他一拳搥在門上，力道之大，甚至搥掉了門上的一層漆。他本來想要破門而入，家教讓他多想了幾秒，畢竟是自家的妹妹，怕這門一破，碰上尷尬場面，最後不得不往後退了一步。

拳頭握得咯吱咯吱直響，林明宇咬牙切齒，對門裡的江續說：「我給你兩分鐘，你他媽馬上給我出來！」

林西覺得，這一定是她活了兩世，最尷尬的一場談話。

林明宇正襟危坐，置於上首，彷彿電視劇中那種身著唐裝，花白鬍子的大家長形態。江續和林西並排坐在他對面的沙發上。

林西從自己房裡出來，雖然披了件外套，但是還是有種沒穿衣服一樣的不安全感。她的手放在大腿上，全程低著頭看著自己的手，動都沒有動一下。

江續坐在她旁邊，身上只穿著睡衣，看起來有些單薄。

林西忍不住問了一句：「你冷不冷啊？去加件衣服吧？」

江續頭髮略顯得有些凌亂，臉色一直都是黑的。眼中明顯帶著欲求不滿，看誰都帶著幾分不爽。這時聽見林西的話，緊繃的面部肌肉稍稍放鬆了一些。他搖搖頭：「沒事。」

林明宇聽到林西都到這時候了，說出來的第一句話，居然還在關心江續，一時氣不打一處來。

「林西，妳跟我說說，有沒有妳這樣的妹妹？女孩外向，也不是妳這樣吧？」林明宇倏地站起來，居高臨下指著林西，恨鐵不成鋼：「妳和他談戀愛的事，我還是從付小方那知道的。妳都要跟他去夜遊了，還瞞著我，有把我當哥哥嗎？」

林西小聲嘀咕：「我看你以前老是幫他，以為你是贊成的啊。」

「贊成和不被尊重，是兩回事！」林明宇氣急敗壞，控訴著眼前還在狡辯的妹妹：「妳知不知道，叔叔嬸嬸讓我看著妳，就是怕妳被占便宜，妳倒好！」林明宇越想越生氣：「都被人占大便宜了，還擔心他衣服穿少了！他都獸性大發了，冷個屁啊！」

「你生什麼氣啊？」林西聽到這，原本的羞澀和尷尬，都被林明宇的控訴沖淡了，仰著脖子說：「我都是成年人了，我會為自己的行為負責的。」

「妳能負責就有鬼了！」林明宇和林西說不通，這時林西就跟要和窮小子私奔的閨閣小姐一樣，心裡眼裡都只有愛情。

林明宇懶得和她說了，一把揪住江續的衣領子，「你——你怎麼答應我的，結婚之前不會亂來！這他媽是你說的吧！老子今天不打死你，就把林明宇倒過來寫！」

江續握了握拳頭，對林明宇也是一臉不悅：「動手吧，宇明林。」

「靠！你還挑釁！」

眼看著林明宇要動手，林西一把擋在江續面前，對林明宇吼道：「你幹什麼啊，什麼年代了，現在都二〇〇七年了，學校裡也有好多人出去租房子同居了！」

「我不是為妳好？如果他不負責任妳怎麼辦！男人有幾個好東西？」

「他不會。」林西側頭看向江續，兩人視線相交，眼中滿含篤定。

「江續你也認識那麼多年了，你不清楚嗎？」林西指責著林明宇：「你以前不是老說要我和江續好嗎？怎麼我們好了你又翻臉不認人了？」

「這……」林明宇緊皺著眉頭，覺得林西說得也有道理，又改了口，一臉高高在上的姿態警告江續：「我警告你，你要是敢對林西始亂終棄，老子把你三條腿都打斷。」

說完又不放心，跑到房裡拿了紙和筆出來，遞給江續。

「你，現在，寫張保證書。」

江續微微蹙眉，看著眼前的紙和筆，又看了林明宇一眼，面上不動聲色。

「寫什麼保證書啊？」林西有些詫異。

林明宇拍了拍茶几，推著那張紙說：「你寫上，等你年齡一到，就和林西結婚。」

林西沒想到林明宇要寫這種保證，兩頰一紅，「你幹什麼啊？逼著人家娶我，有毛病啊。」

原本以為江續不會理他，結果江續居然真的拿著筆刷刷寫了起來。

林西紅著臉瞪著眼睛看著江續：「你還真的寫啊，跟他一起發瘋啊！」

林明宇對林西的用詞很不滿：「你懂什麼，女人家的。」

「該寫。」江續是這麼回答的。

林西在那頭阻止，林明宇這頭還在指導江續，繼續寫著保證書：「除了結婚，還要寫上，一輩子不會變心，會一直對林西好，要聽她的話，賺錢都給她，要尊重我們家長輩。」說著，又意有所指地說：「也要尊重平輩，比如大舅哥什麼的。」

林西和江續聽到這裡，一起鄙視地看了他一眼，林明宇挺了挺背。

林西覺得這種保證書完全沒什麼意義，不讓江續寫，江續卻認真地刷刷刷寫完了。

最後落款的時候，他微微抬眸看了林西一眼，意味深長地看著林西說：「妳，過來畫押。」

林西接過那張保證書一看，那上面洋洋灑灑一片，大意卻是，等江續達到法定年齡，林西必須和他結婚，他保證不變心，對她好，聽她的話，賺錢養家，尊重長輩。至於林西，只有一個要求，永遠不會離開他。

看著上面江續認真寫下的文字，眼前竟被水氣模糊。

「神經病，我才不要呢，這什麼狗屁保證書，幼稚。」林西說。

林明宇本來還洋洋得意，以為江續真的按照他的意思寫了保證書，從林西手裡拿過保證書一看，髒話就飆起來了。

「江續，老子要你寫保證書，不是要你寫情書！靠，當著老子面還在泡我妹！@#￥%……&*」

林明宇一個靠枕就砸了過去，江續立刻跳上沙發……

看著眼前雞飛狗跳的場面，林西的目光，一直追著江續那張，漸漸刻入她心底的面孔，心裡忍不住暖暖的。

從那天之後，林明宇把江續看得更緊了。

這次有名正言順的理由了，林西還沒畢業，怕被江續弄出還在讀書就懷孕的事來。

林西這幾天也忙，沒什麼時間去和林明宇解釋。

她的實習報告有點問題，最初交給公司的表格沒有蓋章，趁著學校還沒放假，林西決定回學校補個章，來年就不用特別來一趟了。

部門老大體貼地讓林西放了半天假。

林西下樓的時候，外面下了點雨，在屋簷下站了一下，雨小了一些才走。

剛走出去沒多遠，林西就被叫住了。

一回頭，是裴玨町追了過來。

他知道林西要回學校，放下工作，一路跑著追了過來。這讓林西有些愕然。

「裴哥，你有什麼事啊？」

裴玨町的頭髮被雨淋了以後微微塌著，他也沒有解釋什麼，只是突然遞了一個紙袋給林西：「幫我帶給你們呂老師。」

「啊？」林西不認識那位呂老師，也有點尷尬：「可是……我不認識啊，你自己去吧？」

雨絲紛飛，裴玨町的眼睛被垂下來的瀏海擋住，但是林西還是不難看出他散發出來的幾分落寞。

「妳給她吧。」他苦澀地笑了笑：「她不肯見我，畢竟我是個花花公子嘛。」

說完，他轉身就跑了。

看著他在雨中跑著的背影，林西手上捏著那個紙袋，心裡若有所思。

回學校之前，林西又去找了付小方一趟。中午沒吃飽，先去她那蹭一頓，不然回學校的時間那麼久，有點撐不住。

付小方讓她叔叔煮了一大碗臊子麵給林西，林西大快朵頤地吸著麵。

看著桌上的紙袋，付小方問：「江續送的情人節禮物？」

林西搖搖頭：「不是，一個同事，我們的學長，要我幫忙轉給別人的。」

付小方看著林西，許久，突然問了一句：「妳什麼時候回家？」

林西看了看店裡掛在牆上的日曆，回答她：「十二號晚上吧，我爸媽來接。」

「明天啊？好快。」付小方的眼神有些飄忽，過了一下又問：「妳哥，跟妳一起回去嗎？」

「林明宇啊？回吧，回我爺爺奶奶家吃年夜飯。」林西想起林明宇，不放心地又問了付小方一句：「林明宇現在不來煩妳了吧？我看他最近回家回得很早。」

「沒有了。」

「妳放心，妳不喜歡他，我肯定打死他也不讓他接近妳。」

「嗯。」

付小方突然起身，進了後廚，過了一下，拿了一個紙袋出來。

「看到妳拿來的這個紙袋，我嚇了一跳，居然是一樣的，還以為是江續和林明宇一起去買的。」付小方笑了笑：「這個，妳幫我還給他吧。」

林西嘴裡含著一口麵，有些詫異：「林明宇送的？這是什麼？」

「提前的情人節禮物？」付小方的眼中有幾分複雜：「讓他送給該送的人吧。」

見付小方的表情有點不對，林西放下筷子，關切地問她：「你們是不是發生什麼事了？林明宇欺負妳了？」

「沒事。」付小方又恢復了平時對林明宇的嫌棄吐槽表情：「……妳說有他這樣的嗎？我們一起，從……一出來，遇到他前女友。前女友也是瞎，跟了個男的，當街要打她，林明宇平時沒心沒肺，關鍵時刻還挺爺們，把那男的打得不行不行的。哈哈，然後老娘就他媽被他們晾在一旁了。」

林西聽到這裡，見付小方是真的對林明宇沒意思，也忍不住吐槽：「真受不了林明宇，那個前女友真的挺做作的，不知道怎麼的就是那麼喜歡她。為了她喝那麼多酒，各種瘋。」

「還剃了個光頭？」付小方也跟著林西笑了起來：「真的挺能瘋啊！」

吃完麵，雨已經停了。

剛走出付小方叔叔的店，林西就接到了江續打來的電話。

『在哪？』

「還在公司附近。肚子餓，在小方叔叔店裡吃了碗麵。」拎著兩個紙袋，往公車站的方向走去，一邊走一邊和江續抱怨：「我覺得我有點快遞員的命，以前幫你的愛慕者送禮物送信，現在淪落到幫學長還有林明宇傳遞東西了。」

電話那頭的江續笑笑：『可以考慮一下，物流業大熱。』

林西呸了一聲，問他：「你還在工作啊？」

江續沒說話，只是和林西說：『妳到人行道，別過馬路。』

林西抬頭，看到前面幾公尺的人行橫道正好綠燈了。

「為什麼？怎麼了？」

剛問完這句話，面前突然停了一輛車。

林西還在納悶怎麼突然有輛車的時候，那輛車的車窗降了下來。

江續面帶一絲淡淡笑意，探窗對林西一招：「上車。」

林西坐上車，拉著安全帶扣上，還是對江續的突然出現和開著車出現，很好奇。

「你什麼時候有車的？」

「我舅舅放在公司的。」

林西看了看方向盤上的P開頭的汽車品牌：「這車的牌子看起來有點熟悉啊。」

「保時捷。」

「哦，這車啊！我也有！」林西笑咪咪的：「我搶車位的遊戲裡，也買了一輛，不貴。」

話題本來要岔過去了，林西卻突然聰明了一回。

「你舅舅？」林西愣了愣：「該不會是公司的老闆吧？」

江續笑了笑，意味深長看了林西一眼：「不然，妳覺得有哪個公司會要妳這麼笨的實習生？」

「江續，你的套路真的迂回得可以。怪不得屬兔，狡兔真的不是蓋的，我一個屬虎的都幹不過你。」

對此，江續不以為恥，反以為榮：「套路不深，套不上妳這隻又蠢又遲鈍的母老虎。」

「……」

江續開著車，隨意瞟了林西腿上的紙袋一眼，「這是什麼？付小方給妳的？」

林西嘆息：「快遞員要幹的活唄。」

路過一個路口，九十秒的紅燈，江續剎了車，等待期間，他突然伸手握住林西的手，聲音中帶著幾分勾引，「晚上不回去？」

林西沒聽懂他的暗示，很耿直地問：「不回去去哪？我還要回去收拾行李。」

「我們可以去遠一點的地方。」江續說：「我爸媽出國了。」

「所以呢？」

「……」江續意識到和林西迂回，林西聽不懂，最後直接明示道：「我是說，今晚到我家去睡，我家沒人。」

「為什麼啊？」林西直接拒絕：「我不想去，明天還要上最後一天班。」

江續被拒絕，表情變了變，最後咬著牙說：「妳都要走了，我想單獨和妳一起。」

林西總算聽懂了江續的意思，忍不住揭穿：「我看你不是想單獨一起，是想林明宇不在，好為所欲為吧？」

果然男的就是沒有定力，毫無原則，某些事不能開頭，一開頭就三天兩頭的想。林西忍不住輕嘆了一口氣。

江續見林西嘆氣，繃著臉問她：「嘆氣是什麼意思？」

「不過五分鐘的事，不用來回折騰，眼一睜一閉，就過去了。」林西意有所指地看了江續一眼。

想想這麼久被他壓迫，終於有機會揶揄他了。她故意以失望的語氣說道：「我只是對這種事沒什麼興趣。一切都發生得太快了，快到要不是看到床單上有點紅，我都不能確定是不是破處了。」

江續：「……」

林西搖了搖頭：「唉，金無足赤，人無完人。」

林西剛嘆息完，九十秒的紅燈就結束了，後面等待的車按響了喇叭。

江續重新啟動了汽車，微微撇頭，意味深長地看了林西一眼，那目光之陰森，讓林西忍不住一顫。

林西擔憂地看著直視前面開著車的江續，忐忑問他：「你等一下不會為了報復我，把車直接開進陰溝裡吧？」

江續勾了勾嘴角，淡淡笑了兩聲：「呵呵。」

之後江續倒是沒有耍什麼花招，將林西送到學校。

學校裡除了申請放假留校的人，整體看起來比較蕭條。偶爾來往路過一兩個人，都盯著江續舅舅的車看個不停。

江續停好了車，靠著駕駛座沒動，林西拿著自己需要蓋章的表格下了車，對江續說：「我先進去。」

江續看了她一眼，解開了安全帶：「我跟妳一起去，你們系的老師我認識。」

「不用不用。」江續和很多老師關係都很好，大家把江續當苗子培養，她可不想被老師們調侃。

拿著表格就跑了，屁顛屁顛衝進辦公大樓。

江續沒有追上去，只是斜靠著車門，若有所思。

林西本以為快過年了，學校裡老師應該挺閒的，沒想到系裡辦公室裡居然擠滿了人。

林西敲了敲辦公室的門，裡面的人都忙得焦頭爛額，根本沒人理她。她小心翼翼走進去，從人群最外往裡看了看，發現來的人都是系裡的畢業生，和她一樣為了實習報告，不過她是為了抵選修課，人家是為了畢業。

「林西？」林西正要往裡走，突然被人叫住名字。

林西回頭，走到面前的居然是許久沒見的韓森。

他穿著一身黑夾克，內裡搭配一件灰色連帽衣，頭戴一頂有字母翻邊毛線帽，看起來很休閒的樣子。碰到林西，他還是挺高興的，「妳怎麼來學校了？」

林西揮了揮手上的表格：「找了個地方實習。」

「為了妳那個被當的選修？」韓森濃密的眉毛動了動，想起什麼，突然一把抓住林西的外套帽子：「碰到妳，我倒是要問問了。放假以來，我打電話給妳從來不接，簡訊從來不回，怎麼那麼沒禮貌？」

林西被他拽了帽子，掙扎了兩下，「我為什麼要回你啊？再說了，你每天不是『在嗎』就是『睡了嗎』，有什麼好回的。」說起這些，林西忍不住吐槽起來：「韓森，我出於好心才想提醒你，你這種撩妹方式，真的和騷擾沒差別。」

林西說話的聲音不大，辦公室裡人多，相對比較嘈雜，但還是被最近的幾個人聽見了。有幾個人回過頭來盯著韓森和林西。

韓森被看得有點不好意思，咳咳兩聲：「妳先辦妳的事，我陪朋友來的，在外面等妳。」說完，拍了拍旁邊一個男生的肩膀。

出去前，韓森又對林西叮囑了一句：「等等一起吃飯，敢跑妳就死定了。」

林西：「……」

韓森一個月沒見到林西，沒想到陪朋友回趟學校會碰到她，一時竟有幾分高興。

本來被人拉到學校來還挺不爽，因為林西，那種不爽瞬間消散了。

低頭看了一眼時間，等他們辦完事，大概正好吃晚飯。韓森腦子裡搜尋著適合帶女孩去吃的餐廳。

寒冬臘月，站在外面吹風自然有些冷。韓森從口袋裡拿出菸和打火機，叼著菸，背著風，以手護著火種，剛要點著，韓森就被眼前的保時捷吸引了。

男人誰不喜歡好車？更何況還是尚未出大學校門的年輕男生。

買不起，總能看看吧。

出於對車的喜愛，韓森叼著菸，忍不住往前走了兩步，從車的後面繞到側面。

「這車真不錯。」韓森由衷讚嘆。

黑色的車窗明亮得像鏡子一樣，韓森對著車窗扯了扯自己的帽子。他非常傻氣地說了一句：「林西，等我以後賺大錢了，也開保時捷接送妳。」

話音剛落，車窗降了下來。

黑色的車窗，外面的人看起來像鏡子，除了自己什麼都看不到，裡面的人卻能清楚地看見外面的人做了什麼蠢事。

江續的手擱在車窗上，一臉睥睨眾生的表情，淡笑著對韓森說：「你想接送誰？」

韓森從後面繞過來的時候也沒注意，只以為這車是別人停在路邊的。

卻不想這車裡不僅有人，還是個挺熟悉的人。

——江續。

韓森一句「我靠」脫口而出，口裡叼著的菸都掉到地上去了。

「怎麼是你啊？」韓森皺著眉上下打量著眼前的人和車，「你的車啊？」

「不行？」

「靠。」韓森突然想到在辦公室裡碰到的林西，脫口問出：「你和林西一起來的？」

江續從車裡出來，撣了撣衣服上的小褶皺，低頭看了眼時間，「看時間差不多了，我去接她了。」

「接她去哪？」韓森霸道地攔住江續，「感激你送她來，但是她已經答應和我一起吃晚飯了。」

江續被他攔住去路，也不生氣，探究地看向韓森，語氣篤定：「不可能。」

「憑什麼不可能？」

江續高深莫測一笑，「因為今晚，我們要回家吃飯。」

他刻意加重了「我們」和「回家」兩個字。果然，瞬間激怒了韓森。

「你是什麼意思？你們住一起了？」韓森濃密的眉毛皺成一團，表情看起來十分猙獰憤怒，「老子問你是不是！」

「是又如何，不是又如何？關你什麼事？」

見江續一副無所謂的樣子，韓森澈底被點燃。

「你給老子戴了綠帽子，你說關不關老子的事。」說著，「砰」一拳打在江續的臉上。江續沒想到韓森會突然動粗，結結實實挨了一拳。

吐掉口腔裡淡淡的血腥味，江續深深看了韓森一眼。

「也好，我正好手癢。」江續抿唇笑了笑，眼眸微彎，卻沒了平日的儒雅，多了幾分年輕氣盛的血性：「我忍你很久了。」

林西剛蓋好了章，從老師的辦公大樓出來，還沒走幾步，就聽見有女生尖叫的聲音。

「打架啦！有人打架啦！」

林西本能地跟著人群的方向走去，沒想到一墊腳，看清了兩個正打得昏天黑地、不可開交的男生，不就是江續和韓森嗎！

林西隨手把表格揣進口袋裡，想都不想就擠進了人群。

「別打了！瘋了啊！」林西的第一個反應，是一巴掌打開韓森，衝向江續。

兩人因為這突然的分開，力的反作用，都摔倒在地。

難分難解的戰局這麼戛然而止，江續和韓森喘著粗氣，林西攔著，兩人才沒有再打下去。

見江續有傷，林西忍不住對韓森大吼了一句：「韓森，你這個野蠻人！」

江續臉上輕一塊紫一塊，嘴角也有一絲破皮的血跡，看起來觸目驚心，林西忍不住一陣心疼。

再看韓森，除了累得氣喘吁吁，完全沒有受傷的樣子。

韓森本來就流氓一樣，又愛打架。江續是個紳士，平時說話都不會太大聲，肯定是吃虧了。

韓森下手可真黑，把江續好好一張小白臉打成這樣。

林西想到這裡，忍不住狠狠瞪了韓森一眼，眼裡充滿幽怨。這眼神讓原本想要告狀的韓森，竟一時間什麼都說不出來。

林西轉而扶起江續，關切地問了一句：「江續，你沒事吧？」

江續抬手抹掉嘴角的血跡，還在重重喘息。

江續摟著林西的肩膀，借著她的力量站了起來。抬頭了韓森一眼，見他眼神中還有不服氣，江續更用力摟緊了懷裡的林西。

林西此刻沒心思去關注兩個男人的波濤暗湧，她只是擔心著江續的傷勢，眼眶紅紅地按著江續臉上的青紫：「疼不疼啊？要不要去醫務室啊？」

兩人轉身，向停在路邊的車走去。

圍觀的路人見不打架了，漸漸散去了。

韓森癱坐在地上，耳邊一直能聽到林西含帶哭腔的詢問，一字一句都是實打實的關心。

和韓森同來的朋友在人群散去後，終於能擠進來。

他蹲在韓森身邊，皺著眉問：「怎麼回事？怎麼才一下子就打架了？」

朋友對他無語了，罵了兩句髒話，想要把他從地上扶起來。

手碰到哪，哪就疼。

打得時候挺能耐的，跟不要命似的，打完倒是會知道疼。

「靠，輕點！」

朋友將韓森扶了起來，韓森走了兩步，實在太疼。

「疼死了，扶著老子走。」

「……」

「靠——」韓森一邊走一遍罵：「真他媽失策。」

「怎麼了？」

「老子根本沒打在他身上，都招呼臉了。」再想想江續離開時得意的背影。摟靠著林西，一瘸一拐地走著，好像受了多大的傷似的。

想想自己身上的傷，韓森後悔不已。

明明是他傷的比較重，結果讓江續在林西面前好一頓裝！

陰險，實在是陰險啊！

「靠！」韓森仰天長嘯：「老子這麼帥，居然被甩了！」

在林西的堅持之下，她去買了瓶碘酒，要幫江續上藥。

江續拗不過她，只好順著她的意思辦。

從學校出來，沒多遠就有一片工業園區，園區的路上幾乎沒有人，江續把車停在路邊。

林西用棉花棒沾著碘酒，在江續的傷口上上著藥，一邊上藥一邊教訓他：「你怎麼不知道躲呢？再說了，你招惹韓森那種野蠻人幹什麼？他除了打架還會什麼？」

江續專注地近距離盯著林西，一動也不動，任由她用黃褐色的碘酒藥水在他英俊的臉上塗抹。

林西一直喋喋不休，江續看著她那如櫻桃一般的小嘴，張張合合，眼神幾近沉迷。

林西專注上著藥，沒注意到江續的手已經穿過腋下，將她一把抱住。

林西被他抱住，一隻手拿著碘酒的小瓶子，一隻手舉著棉花棒，生怕藥水灑在車裡。

「喂喂喂，放手，幹什麼？上不上藥了？」

江續的腦袋埋在林西柔軟的胸口，鼻端滿是她身上少女的馨香。

「讓我抱一下。」江續的聲音帶著幾分眷戀不捨，也帶著幾分失而復得一般的慶幸。

「怎麼這樣？」林西嘀咕著：「怎麼突然這麼肉麻？」

嘴上雖在埋怨，林西卻沒有推開江續，只是任由他這麼抱著。

「妳是不是喜歡他？」江續的聲音從胸前傳來，這種感覺真是奇妙。

林西想了想，才意識到江續是在說韓森，「怎麼會突然問這個問題？」

江續的臉挪了挪，將他的耳朵貼在林西的心口，聽著她的心跳：「妳不要說謊，我能聽得出來。」

「怎麼可能，不喜歡他。」林西回答。

心跳如常，沒有任何變化。

「以前喜歡過。」這次，他用了陳述句。

「付小方告訴你的？」

江續抱緊了林西的腰，沒有回答，只是提問：「是不是喜歡過？」

林西撇開頭，不好意思地回答：「年少無知啊。」

撲通、撲通、撲通，林西的心跳慢慢加速。

「我真的不喜歡他。」她的聲音不高不低，很害羞，卻還是勇敢地說了出來：「我只喜歡你。」

說完覺得不好意思，又補了一句：「像你這樣又有錢有好看的小白臉，抓住一個，哪捨得放手。」

本以為江續聽了會有些不爽，結果他居然笑了笑，如雨後彩虹一般清澈，藍天雲月一般純粹。

「以後不准見他。」江續說。

「為什麼？」

「我吃醋。」

林西想想，覺得也要照顧江續的情緒，只是韓森比較特殊：「可是他是我同班同學，抬頭不見低頭見的。」

「閉上眼睛。」

「嗯？」

林西剛抬頭，江續的吻就落了下來。

他嘴角還沾著碘酒，隨著他的吸吮全數進入林西的嘴裡，苦澀的味道讓林西忍不住皺了眉。

江續細細描繪著林西的唇形，每一下都溫柔得讓林西沉溺其中。

吻著吻著，兩人有些喘不過氣。

江續的手有些冰涼，從林西外套的衣擺裡鑽了進去，將林西涼得一驚。

「別鬧了。」林西推了推江續：「你身上還疼不疼啊？」

江續握著林西的小手，一步步往下，最後落在某處蓬勃之上。

聲音充滿了欲望，不管不顧的沙啞。

他說：「疼，憋到疼。」

第三十一章　不再錯過

林西想把手拿開，卻被江續更用力按住。

江續把林西按在副駕駛座上，林西的餘光不安地向擋風玻璃看去。毫無遮擋的擋風玻璃，不論從外到裡，還是從裡到外都可以看得很清楚。

工業園區的大道上雖然此刻沒什麼人，但這是一條主幹道，萬一有人或者有車過來了，多尷尬。

林西掙了掙手臂，掙不開，最後只能佯裝生氣：「再鬧我生氣了。」

「不會有人來。」

「你又知道。」林西剛說完這話，就有一輛貨車由遠處開了過來，這讓林西更慌了，臉憋得通紅，用手肘推打著江續：「趕緊放手。」

江續瞥了遠處的貨車一眼，最後粗喘兩聲，放開了林西。

貨車離開後，林西忍不住瞪了江續一眼：「你就不能克制一下嗎？」

江續理了理外套，咳咳兩聲：「克制幾十年了。」

林西想到上一世，江續到了快三十歲都沒有女朋友。以他這飢渴程度，上一世怎麼忍住的？這麼想著，忍不住問了出來：「……那萬一……你沒有女朋友，你怎麼辦？」

「現在不是有嗎？」

「我是說，如果沒有呢？」林西想到年紀大了以後，聽的那些現實故事。大家都說想要男人管住自己的下半身，比登天還難。那江續是怎麼度過的？

聽到林西這麼問，江續皺了皺眉：「沒有的時候，不會想，有了不想，那不是男人。」

林西狐疑看他一眼：「我覺得你現在這樣子，完全是色中餓鬼。萬一我回去過年，你忍不住了，是不是就去找別的女人了？」

「又不是非要女人。」江續被這麼評價，瞪了林西一眼。他沉默了幾秒，最後撇開頭，不好意思地嘀咕著：「我沒有長手嗎？」

林西安靜了兩秒，想像一下那畫面，忍不住哈哈大笑起來：「哈哈哈哈江續你真的是個好男人，又守時，又獨立！」

江續臉上飄過兩朵紅暈，氣極了也不能打這傻妞。他就猜到林西不會放過任何一個嘲笑他的機會，但是比起她胡思亂想，被她笑一笑也就罷了。

誰叫江續是男人呢？

這話題一開起來，林西就腦洞大開。

「如果，我說如果，你到三十歲都沒有女朋友，難道你就自己來三十年？」

「不然呢？」

林西想了想：「你可以談戀愛啊。」

「我喜歡妳，才會渴望能進一步的接近。」江續轉過頭來，眸光堅定，表情認真：「為了這種事，和不喜歡的人談戀愛，那人和動物又有什麼差別？」

江續說這話的時候，林西的心情由調侃轉為認真的思考。半晌，她收起嘴角那一抹玩笑的笑意。

「我以為只有女人會這麼想。」想到上一世的遭遇，林西有幾分小傷感：「算了，說了你也不明白。你嘴裡說得好聽，還不是每天都在想這種事？」

林西頓了頓，說道：「我認識的人，只有女人會為了愛情守身如玉，沒聽說過有男人會為了愛情守身如玉。」

江續沒有說話，只是默默啟動了汽車，在低噪的引擎聲中開離了工業園區。

車窗外是不斷倒退的風景，安靜而重複。

車廂裡很安靜，也很溫暖。

林西起得早，又折騰了一天，這時有些昏昏欲睡。

許久，在林西睡著以後，江續突然說道：「其實，是有這樣的人，只是妳不知道罷了。」

回到公司，林西剛睡醒，從車上下來，地下停車場的通風口冷風嗖嗖，林西一吹風就發抖，江續脫了外套裹著她。

江續上樓還鑰匙了，林西從地下停車場搭到一樓，在公司大廳等候。

手上拎著隨手從車上拿下來的兩個紙袋，林西這才想起忘記幫裴玨町送禮物了。

兩個紙袋外表完全一樣，林西原本是把裴玨町的禮物放在左邊，付小方還給林明宇的放在右邊，後來江續攪和一通，兩個紙袋就搞混了，這時也分不出來了。

為了防止自己送錯禮物，林西思前想後，把兩個禮物都打開看了看。

林西不打開還好，一打開嚇了一跳。

其中的一份禮物，林西十分熟悉。

因為上一世的時候，林西也替付小方轉交過一份這樣的禮物。

那段時間大家正處於畢業時期，林明宇也是為了那個前女友和人幹了一架，在醫院裡小住了幾天，忙壞了林家人。

因為打架這事，大伯大伯母才決定把林明宇送出國鍛鍊幾年，修身養性。

林明宇要出國的事很多人都知道了，大家都送禮物給林明宇留念，付小方也只是其中一個。禮物堆積成山，林西後來有點忘了。

一件水晶飾品，小小的飛機吊墜。當時林西還覺得奇怪，付小方怎麼會送這麼娘裡娘氣的東西。

林明宇走之前事太多，走前聚會的那天，大家又喝多了，等她想起來有好多禮物沒轉交的時候，林明宇已經飛到大洋彼岸了，她也就一直把禮物堆在家裡沒管了。

從小到大，別人送給林明宇的禮物，一大半都是林西黑掉的，他們兄妹倆也習慣了。

現在冷不防看見這枚吊墜，林西心裡驀地一沉。

林西扒開裝吊墜的禮盒，才發現禮盒的海綿下面有一張小紙條。

付小方的字跡，林西再熟悉不過。

她在紙條上寫著：『如果有一天，你忘記她了，打電話給我，我不換號碼。』

怪不得付小方會送林明宇一個娘裡娘氣的禮物，原來這禮物根本就是林明宇送給付小方的；怪不得林明宇要走的時候，和人喝得跟狗一樣，那時候林西還以為是他捨不得離開國內……

想到兩個人後來的生活，林西忍不住眼眶一紅。

付小方剛畢業的兩年，被公司調到外地，號碼開漫遊也不換號碼，當時林西說她浪費錢，她還笑說自己念舊。好幾年的時間，既不談戀愛，也不結婚，直到家裡逼得沒辦法……林明宇，和那前女友分手好多年了，出國以後就跟死在國外一樣，八年只回來過一兩次，林西只從他的Instagram偶爾看到他更新狀態，他談戀愛了，同居了，分手了，又談了……

一直到付小方給她禮物，她都沒意識到她喜歡上林明宇了。

原來，林西一不小心，竟然改變了自己最親的兩個人的命運。

她是有多粗心，當年居然完全沒有發現他們之間有問題。

江續換好鑰匙下樓的時候，林西還在抹眼淚。

這讓江續忍不住擔心又詫異，趕緊走到林西身邊，「怎麼回事？發生什麼事了？」

林西握著那枚水晶，握得緊緊的：「江續，我要去找林明宇。」

彼時，林明宇已經下班。

以前林明宇一下班就到付小方那裡去了，可是最近，他頂著那大光頭，每天在家裡待著。不是在家看電視，就是在家打遊戲，時不時還要喝點啤酒，頹廢如死狗。

林西只想和江續單獨多待待，還覺得他老是在家，挺討嫌，卻沒注意到他到底為什麼不出門了。

江續看著她，低聲問她：「發生什麼事了？」

「江續，我突然覺得，我這人真的挺蠢的……」

從公司走回家裡的路程並不遠，平時慢慢走不到十分鐘，林西跑得飛快，幾乎要把肺跑出來了。

一回到家，林西粗魯地推開門。

林明宇坐在沙發上喝著啤酒，電視上播著他平時根本不會看的沒營養肥皂劇，他也沒有看，只是聽著聲音，讓家裡顯得熱鬧一點。

見林西和江續回家了，林明宇有些尷尬，起身迎接，「你們回來了？吃飯啊？」

林西兩步衝到林明宇面前，一把將吊墜摀在他胸口。

林明宇下意識接住那枚吊墜。待看清是什麼，他臉上的表情變了變。

「怎麼在妳手裡？」不等林西回答，林明宇眼中流露出幾分失望：「她不要，送妳了？」

林西看著自家哥哥，再想想小方上一世的經歷，忍不住罵他：「你是多喜歡你那個前女友啊？」

林明宇微微皺眉，張口否認：「我早就不喜歡她了。」

「不喜歡人家，你為什麼要為了她去打架啊！你是不是傻啊！」

「……總不能看著她一個女人被打。」

想到小方說起這事時的落寞表情，林西又是兩下重重打在林明宇手臂上：「女孩看了會誤會啊！為自己前女友打架，誰看了不多想啊！你是豬吧！」

林西想想，越想越氣，忍不住拳打腳踢，最後是江續自背後一把將情緒失控的林西抱了起來，讓林西氣憤的拳腳只能在空中揮舞。

「還不出去？」江續在一旁聽了一陣子，大概聽明白了。

林明宇握著那枚吊墜，有些困惑：「去哪？」

「林西說了這麼多你還不懂？」江續對林氏兄妹的情商和智商都十分無奈：「人家女孩子介意你為前女友打架，你說為什麼？」

「她介意我為前女友打架？」林明宇傻愣愣看著江續：「可是她跟我說，不喜歡我，不用我負責。」

「負責？」林西本來好不容易鎮靜下來，聽見「負責」兩個字又炸了：「你他媽的還做了什麼豬狗不如的事？你對我家小方做什麼了！」

江續對林明宇使了使眼色：「趕緊去找你該找的人。」

林明宇安靜地捋了捋思緒，臉上突然有了笑意。

「你們的意思，是她喜歡我？」林明宇想到這個結論，突然爆了一句粗口：「靠！她今天要回老家！」

那一晚，林明宇走後，再也沒有回來。用腳趾頭想就知道他幹什麼去了。

這一次，林西卻沒有鄙視他，反而有一種釋然的感覺。

十年，命運讓她重來了一次，她將當年扭錯的關節都扭轉回來了。

不論是江續，還是林明宇。

這一切，都美好得像假的一樣。

晚上十二點過了，林西終於把明天要回家的行李都收拾完了。

江續一直沉默地在一旁幫她收拾，等她拉上拉鍊，他替她把行李搬到客廳順手的地方放著。

時鐘吧嗒吧嗒地走著，靜謐安然，空蕩蕩的屋子裡只有江續和林西兩個人。

收行李時還沒覺得氣氛微妙，忙完了才覺得這空氣似乎讓人開始胡思亂想起來。

江續放好了行李，站在林西面前沒動。

頂著滿頭滿身整理行李的臭汗，林西有些不好意思。

「他今晚大概不會回來了。」林西囁嚅著說。

「嗯。」江續看了眼時間，嘆了口氣：「豬大不中留。」

五個字，瞬間把林西逗笑了。

林西拍了拍手上的灰塵，小心翼翼地說：「明天我爸媽來接的時候，你別在家。」

江續意味深長看了林西一眼，最後點了點頭：「嗯。」

「那我去洗澡了。」

說完，看了江續兩眼，見江續沒什麼反應，林西才往房裡走。誰知她剛走出兩步，又被江續拉了回來。

「就這樣？」江續看了她一眼：「明天走了，多久不能見。」

「也沒多久，十幾天而已。」

「妳就這麼對男朋友？」江續的眸光沉了沉：「我以為，會有點特別安慰。」

林西知道江續想說什麼，有些羞怯，頭也不抬，只是盯著江續的胸口，用自己髒兮兮的手在他衣服的鈕釦上轉圈。

「這麼髒，不洗澡不好。」

江續不依不饒，勾起她的下巴，迫她與他視線相對：「洗完澡？」

林西轉了轉眼珠子，撇撇嘴說：「家裡沒人，可以打牌。」

一聽到「打牌」兩個字，江續秒懂，馬上放開林西，洗澡去了。

看他那猴急的樣子，林西忍不住吐槽：「果然，男人就是下半身思考的動物。」

林西洗澡的步驟慢，洗頭，上護髮素，洗澡，抹身體乳。

等她弄完一切上床的時候，江續已經在床上躺著，一動也不動。

今天一天他也挺累的，林西好心沒有叫醒他。

關了燈，整個房間進入黑暗狀態，林西躡手躡腳地爬上床，掀被子的動作也很輕，生怕吵醒江續。

人剛進被子，右邊是江續已經睡暖的區域，林西身上涼意未消，稍稍往他身邊湊了湊，想靠一靠他的體溫。

人剛往那邊移，江續一個翻身，撐在林西上方。

假寐的雙眼睜開，哪裡有什麼疲憊，分明是伺機而動的危險光焰。

「妳很慢。」江續說著，低頭在她髮間和脖頸嗅了嗅，「不過，好香。」

「你裝睡啊？」

「只是閉目養神。」

黑暗中，兩人疊在一起，被子裡瞬間升溫，林西不安地動了動，見江續半天沒有什麼動作，羞赧地把臉往一旁的枕頭裡鑽了鑽，「還睡不睡，不早了。」

江續也不說什麼，只是不緊不慢解起了林西睡衣上的鈕釦。

林西舔了舔嘴唇，空氣中滿是曖昧，林西耳朵有點紅，半晌說了一句：「今天你倒是挺有人情味的，還幫我推了林明宇一把。」

「嗯。」江續褪去了兩人之間的阻隔，濕熱的吻落在林西耳垂、脖頸。

「他不走，我沒有福利。」

林西無語凝噎：「你是這麼想的？」

「不然，我為什麼要幫他？」

林西：「……」

林西的表情取悅了江續，他笑了笑，修長的手指在林西身上遊走，最後落在最柔軟之處。

江續俯身，溫柔地吻了吻林西的太陽穴，又吻了吻林西的眉心。

「看著我。」他說。

江續的手扣著林西的手，身體呈斜角壓在她身上，逼迫她的腿勾在他的腰際，方便他的進攻。

林西的聲音被他擠壓得極其破碎，手上不能動，身體也沒有什麼力氣，只能任由他予取予求，嘴裡的話語最後全部化作取悅他的甜膩聲音。

男人在這方面的進步是突飛猛進的，不過幾天的時間，江續已經遠超同起點的林西。

「眼睛一閉一睜，很快就過去了。」江續冷笑了兩聲，一副秋後算帳的表情，以強健的身體壓迫著林西，「我看妳以後，還敢不敢說這麼大逆不道的話。」

過年前最後一天上班日，基本上沒有活幹，大家除了對江續臉上的傷一人問了一句，倒是沒有什麼特別的事。

中午，部門在餐廳裡辦了個小小的歡送會，大家以可樂代酒，喝得很嗨。

部門裡本來來了三個實習生，蘇悅雯不知是不是得知了林西和江續談戀愛的事，後來就不來上班了。

這時送別他們兩個，部門裡的前輩們把他們團團圍住，跟新人結婚的時候場面似的，弄得林西怪不好意思的。

喝了一肚子可樂，林西有點撐。

歡送會結束，林西和江續拿著自己的物品離開了公司，大家一直送到了樓下，林西差點哭了。

江續對此情景似乎並沒有什麼感悟，他把林西的東西拿在手裡，低頭看著林西，半晌，湊在她耳邊說：「我怎麼覺得，妳今天走路的姿勢有點不自然？」

江續溫熱的呼吸帶熱了林西的耳朵，林西想著大庭廣眾的，他居然又耍流氓，忍不住羞惱地瞪了他一眼：「我看你還沒有被林明宇打夠。」

話說完，悄悄低頭看了一眼，最後心虛地併攏雙腿，走起了小碎步，那詼諧的姿態，引得江續一頓賤笑。

父母來之前，江續開著他舅舅的車，送林西回了趟學校，把裴玨町的禮物送給那位呂老師，透過聊天，才知道原來呂老師是裴玨町的同學，也是林西校友，比林西大三屆。兩人學生時代談過戀愛，只是後來不知為什麼分手了。果然如裴玨町說的，人不見，禮物也不收。呂老師挺抗拒他的。

回想起裴玨町的表情，林西想，這大概又是因為什麼誤會分開的，抱著做好事的心情說：「裴哥讓我一定要在情人節之前轉交，要不然您回個電話給他，親自說？」

呂老師拎著那個小袋子，若有所思：「他還沒談戀愛嗎？」

想想裴玨町平時放浪形骸的鬼樣子，林西嫌棄地回答：「沒人看得上他啊。」

呂老師也不為難林西，收下禮物，最後說了句：「謝謝。」

林西本來要走，回頭想起自己上一世和江續的事，又轉了回來，很認真對她說：「呂老師，我覺得感情上的事一定要當面說清楚，不管最後能不能在一起，不會誤不會後悔也不會遺憾，我之前因為誤會了一個人，錯過了十年。雖然也沒有很痛苦，可是真的覺得很可惜。」

林西與年齡不和的語重心長，讓呂老師忍不住笑了笑，她摸了摸林西的頭，笑了笑：「妳才多大，十年前也不過小學，小學的事，和我們之間怎麼會一樣。」她頓了頓，最後說道：「不過還是謝謝妳，我會好好考慮。」

送完禮物，江續把林西送回去。

半路上，江續還是有些不捨，在等候紅燈時，靠著方向盤問她：「情人節以後再回去？」

林西頭搖得像撥浪鼓一樣，苦口婆心地勸著江續：「江續，縱欲過度，對身體真的不好。我以前看過一個新聞，一個年輕男子因為縱欲過度，二十二歲就ＥＤ了！」

江續眼神深邃，嘴角含笑，完全沒有跟著林西的話題，而是反問她：「ＥＤ的全稱什麼？」

「啊？」

「Erectile Dysfunction。」江續用手敲了敲林西的頭，頓了頓聲，篤定地說道：「記住，這是妳老公永遠也得不了的病。」

林西：「……自負。」

晚上林西爸媽來接的時候，家裡已經沒有江續的影子了。

林明宇大概是搞定了付小方，整個人比哮天犬還歡樂，真是喜怒哀樂都寫在臉上的單細胞生物。

大伯和大伯母已經回老家了。林明宇跟著林西一家一起走的。

一個多小時就回了家，一進奶奶家，客廳裡的大圓桌上奶奶早就做好了飯，放寒假以來，這是一家人坐在一起的第一頓飯。

這種家族聚餐，大人的話題都圍繞著孩子。

林明宇這種時候可會裝了，上躥下跳鞍前馬後，給這個添飯那個夾菜，大家都誇他懂事。

反觀林西，實在顯得有些木訥，殷勤有點噁，嘴甜學不會，最後只能抱著碗筷吃自己的，好在都是自家人，也不是很在意。

吃著吃著，林媽眼尖，突然看到了林西手指上戴著的金戒指，當著一桌人的面，問了一句：「妳什麼時候買了戒指？」

林西攥了攥手心，有些緊張了。

這戒指是江續送的。

當時江續要先離開那房子，臨走的時候突然拿出這枚戒指套在她手指上。很樸實的黃金戒環，沒有寶石沒有花樣，古老而簡單。

「好醜啊。」林西幾乎是脫口而出。

江續一記爆栗敲在林西頭上：「這是我們家一代代傳下來的，只傳孫媳婦。不准取。」

林西瞅著戒指看了看，很珍惜地攥了攥手心。

怕被江續笑，林西撇撇嘴說：「你要是騙我你就死定了。」

「妳這麼蠢，騙妳都沒有成就感。」說完，江續嘆了一口氣：「我對不起江家列祖列宗，找了這麼個傻老婆。」

被林西一頓爆K。

後來鬧了一通，林西就忘了取下來了。

這時被自家老媽抓個正著，林西腦子裡飛快轉了起來：「我拿實習補貼買的。黃金保值，投資啊！」

林媽狐疑地看了一眼，突然意有所指地說：「妳啊，別學人家談戀愛，前陣子，我那個牌友老馮，她女兒突然聯絡不上了。我們一起去找孩子，造孽喲，好好的家裡不住，學不上了，學人家和男孩子同居。找到他們那個出租屋去，一進去，垃圾桶裡丟的都是那些個亂七八糟的東西。完全不自愛。」

林西聽到這裡，心裡咯噔一跳。

「這真的是自己買的，哪有談戀愛送這麼土的戒指？」林西趕緊狡辯：「現在的人都是流行戴銀戒的。」說著，指了指林明宇，「喏，就他手上戴的那種。」

一把火一下子引到林明宇身上，林明宇也是剛買情侶戒指，真是防火防盜防妹妹，一個不察就被她坑了。

眾長輩的焦點立刻轉移到林明宇身上去了。

好在林明宇是個男孩，在長輩看來，男孩談戀愛談多少個都不吃虧，大家多是抱著八卦的態度在詢問，把林明宇問得不勝其煩。

飯後林媽和大伯母留下來，幫奶奶準備明天年夜飯的滷菜。

這是林家的傳統，每年小年夜都要吃年夜飯。

林明宇是男孩，可以出去玩了。林西是女孩，被長輩們留了下來，她們的目標是出嫁前要把林西培養成能可以獨立燒年夜飯的賢慧女。

這也是林西練就一手好廚藝的原因之一。

忙到好晚，林西後來幾乎是一黏床就睡著了。

第二天早上，才八點多，林明宇這個沒人性的東西，對著她的門就是一頓搥。

「林西！起床了！起床了！」林明宇在她門口大聲嚎著：「陪我去車站接人啊！」

林西本來就累到很晚才睡，這時被這不長眼的吵醒了，還能有什麼好脾氣，起床氣幾乎要掀天了。

她隨手撿起床邊一本雜誌砸到門上：「滾！」

林明宇被雜誌砸到門的聲音嚇了一跳，短暫停了兩分鐘，又開始搥了起來：「林西，快起來啊！一起去啊，是小方來了。」

「你自己去啊！」

「小方是不是妳姐妹啊？」

「是姐妹，你一個人去也夠了。」

見叫不醒林西，林明宇用力踹了門一腳，撂下一句狠話：「老子看妳等一下後悔！」

林西用被子蓋住了自己的頭，閉上眼睛又睡去了。

這麼冷，又沒暖氣，林明宇一個人去就行了，她只想睡覺！

再次醒來，是因為林媽無情地掀開了被子，把她硬生生凍醒了。

這種天氣，眼看著就要下雪了，真是要有多冷就有多冷，一醒就睡不著了。

「一個兩個的，幹什麼呢！」林西撓著雞窩一樣的頭髮，憤懣地穿著棉睡衣，就是那種大媽穿的，大紅襖一樣款式的睡衣。

林媽俐落地把被子一抖，平鋪在床上。

「趕緊去洗漱，妳哥女朋友來了，還有妳同學。」

林西以為是說付小方，沒好氣地穿著拖鞋出了房門：「早知道不讓林明宇和她談戀愛了，都那麼熟了，還講起嫂子禮儀了，要命。」

頂著一肚子怨氣，剛要往廁所走，林西的餘光就看見客廳裡坐了好幾個人。

高高低低的身影，男男女女的組合，其中一個離林西最近的，林西覺得實在有些眼熟。

林西揉了揉眼睛，再定睛一看。

「江續？」脫口而出叫出江續的名字。

回應林西的，是江續恪守禮儀的笑容，「醒了啊？」

大家都熱情洋溢的，只有林西一臉日了狗的表情。

瞪大了眼睛看著衣著體面的眾人，再看看此刻自己犀利哥一樣的形象，林西差點忍不住要表演胸口碎大石。

捂著臉跑向廁所，臨走還是忍不住哀嚎了一句：「我的形象啊……」

林西從小到大的同學林爸林媽都認識。一直在這座小城裡生活，從幼稚園讀到高中畢業。說起來，這還是第一次有大學同學來家裡，林爸林媽搞得挺客氣的。

洗漱完畢，又換了一身衣服，林西才走進客廳。

四人沙發，江續坐在最右邊，小方坐在最左邊，中間是林明宇。林爸林媽在旁邊的單人沙發上坐著。

這時林西過來，在江續身邊和付小方身邊猶豫了一下，最後坐到了付小方身邊，也因此被江續盯了好久。

大伯和大伯母在幫爺爺奶奶做年夜飯，自家「兒媳婦」沒來得及多看看，就被林明宇領到林西家了。林爸林媽自然是好生招待，倒好了水，又熱情地去拿瓜子糖果、洗水果。

長輩一走，付小方才鬆了一口氣，抱著林西的手臂，低聲在林西耳邊說著：「緊張死我了。」

林明宇靠在付小方肩膀上，一臉興奮的表情：「我本來以為妳不會來的。」

付小方動了動肩膀，嫌棄地把林明宇推開，「別鬧。」

林西看了看廚房的方向，又看了看付小方和江續，「你們怎麼來了？」

尤其江續，瘋了嗎？

江續對於這個問題，似乎早有準備，很淡定地回答：「林明宇說，我們四個可以一起去水庫玩兩天。」

林明宇與江續對視了一眼，立刻接腔：「是我說的！沒錯！」

林西：「……」

話匣子還沒打開，林媽就在廚房喊了一聲：「西子，過來，幫忙拿點東西。」

林西是主，大家是客，自然是她來勞動。沒什麼防備心，就進了廚房。

流理檯上有切了一半的蘋果，爸爸還在洗水晶梨，媽媽看了林西一眼，眼神意味深長。

她拿起砧板上的刀，繼續切著蘋果，每一刀都下得挺狠的，「男朋友？」

還不等林西回答，媽媽又是一刀，乾淨俐落劈開一個新蘋果。那手起刀落的厲害模樣，把林西嚇得一哆嗦。

「……妳怎麼知道？」

林爸噗嗤一笑，林媽鄙夷地瞪了他一眼。

「他和林明宇女朋友什麼關係，就陪人家去男朋友的老家？林明宇還那麼放心，一點都不生氣？」林媽這麼大年紀了，這點貓膩哪還不懂：「一直不說話，妳一出來，眼睛一亮，一看就是肖想我女兒。」

林媽把切好的蘋果裝盤，分放了些牙籤。半晌，很得意地撩了撩頭髮：「妳這孩子，沒別的優點，就是繼承了我的美貌，招蜂引蝶也正常。」

林西：「……妳不是不讓我談戀愛嗎？」

「不讓妳談妳還不是談了？」林媽一個爆栗敲在林西頭上，「就知道妳不會這麼聽話。」

林西揉了揉被媽媽敲疼的額頭，噘著嘴抱怨：「誰家孩子讀大學了還不准談戀愛的？要不是妳老是嘮叨，我也不用撒謊啊。」

林媽偷偷向外看了一眼，似乎對江續還挺滿意的樣子，又問了一句：「家裡幹什麼的啊？」

林西拿牙籤戳了一塊蘋果吃下去，「妳自己去問吧，我和他談戀愛，又不是和他家裡，我哪知道啊？」

「死丫頭，就因為妳心眼淺，我才不讓妳談的。」

本來這麼藏藏掖掖還挺提心吊膽的，老媽火眼金睛把她揭穿了，反而輕鬆了很多。

端著水果重回客廳，直接坐到江續身邊。

江續見林西笑嘻嘻坐過來了，先是一愣，對上林西的眼神，立刻心領神會。

再抬頭，林西的爸媽出來了，他趕緊起身，把林爸林媽手裡的盤子接了過去。

那之後就是人口普查了。

對林明宇和付小方，林爸林媽那只是象徵性問一問，全程目標都是瞄準江續。

和江續談戀愛也有一陣子了，林西居然是透過自家爸媽的查問，才這麼全方位瞭解了江續。

不得不說，薑，還是老的辣。

各地規矩不同，付小方和江續家裡，都沒有小年夜吃年夜飯的習慣，這時在林家湊熱鬧，還覺得挺好玩的。

入席之前，林明宇和林西這兩個第三代，都認真介紹了一下付小方和江續，幾個長輩也不知道是什麼時候準備的，給孩子們都發了紅包。

年夜飯開席，大家其樂融融的。見大家的目標不再指向他們，林西趕緊趁機摸了摸長輩們給江續的紅包，別說，還挺厚，再摸摸自己的，林西忍不住低聲嘀咕：「我才是親生的，怎麼給你的比我還多了？」

江續笑了笑，剝了一隻蝦放在她碗裡，低聲說：「過年去我家拜個年，只賺不賠。」

林西最怕面對長輩，立刻搖頭：「我不是那種為錢折腰的人。」

「我和叔叔阿姨都說好了，到時候來接妳。」

林西：「……」

說好了不准談戀愛的，怎麼說話不算話，江續這樣的「女婿」很討喜嗎？討喜也不能變得這麼快啊，太沒有原則了，林西實在鄙視她爸媽。

飯後，爺爺奶奶家沒什麼玩的，小輩都跑到林西家了。

林西家裡有一臺自動麻將機，大家飯後自然要活動活動筋骨。

在一番商量後，最後上桌的選手分別為，林明宇，林西，江續和林媽。

林西和林明宇揣著還熱著的壓歲錢上桌，彼此對看一眼，那叫一個血雨腥風。

林媽數了數鈔票，笑嘻嘻地說：「和你們打我有點勝之不武，你們多從我手裡贏點，去買衣服。」

林明宇嘿嘿一笑：「那我就不客氣了。」

林西鄙夷看他：「以往都是我一個人大殺四方。」

麻將機啟動，林明宇忍不住開始講林西的輝煌歷史：「江續啊，你簡直不知道林西這丫頭，賭運怎麼那麼好，只要打麻將，逢賭必贏，每年都把我們的壓歲錢贏乾淨。」

江續看著林西，笑了笑：「那你們為什麼還要和她打？」

「不信邪啊，難不成有人運氣真的這麼好嗎？年年贏？」

林西數了數自己的壓歲錢，嘿嘿一笑：「可是我就是年年贏啊。」

江續起了自己的牌，最後別有深意地笑了笑：「是嗎？」

「……」

林西覺得，這是她從小到大，打得最沒有尊嚴的一次麻將。

本來坐在江續下家，是想打打「夫妻」牌，撈一把，結果江續完全跟守門員似的，把林西的牌算得死死的，專門扣她要的牌，跟剋星一樣。

如果只是這樣就算了，關鍵是他害林西無法贏，他自己也不贏，把把放炮，不是給林明宇就是給林媽，百分之八十都給林媽。

十幾年來第一次贏到錢的林明宇，雖然贏得不多，還是高興得合不攏嘴，忍不住調侃起來：「有人拍馬屁，我也跟著雞犬升天了。」

林西氣極了，一張九萬打了出去：「確實雞犬。」

「胡了。」又是江續……

打麻將打到十點多，林爸催促著散場了。

林媽贏了不少錢，作為長輩，自然是沒有收下的，平分了兩份，分別給了江續和付小方，末了，問問林氏兄妹：「沒意見吧？」

林明宇自然沒意見，林西意見大了：「妳給我啊，給他幹什麼啊，他不是我們家的人。」

被林媽又是一個爆栗敲了下去。

江續「靦腆」地笑了笑。

林西的家所在的小城離水庫不遠，打完麻將，時間還沒有很晚，林明宇提出去水庫放煙火。

買了不少煙火爆竹，林明宇騎著好久沒用過的小摩托車載著付小方，江續則騎著林西上學的時候騎過的單車載她。

女式單車坐墊位置很低，江續調整了一下才坐了上去。

林西輸光了壓歲錢，一臉不爽，全程只扶著座位的邊緣。

自行車的速度自然比不上摩托車，沒多久就看不到他們的影子了。

夜風涼涼的，越近水庫就越冷。月亮被雲遮住，看著天氣，許是要下雪了。

「抱緊，我加速追上他們。」江續說。

林西不理他，自顧自抓緊了座位。

見林西還在生氣，江續也不著急，不疾不徐地加起了速度，專找那種不平的路騎，好幾次差點把林西顛下去，林西怕死，最後不得不抱住江續的腰。

江續一隻手扶著自行車龍頭，另一隻手附上了林西的手，溫柔摩挲。

「生氣了？」

「我們是一家的嗎？怎麼每次你打牌都是以贏我為目的？」

江續輕輕笑了笑，扣住林西的手：「妳生氣的樣子，可愛。」

「你變態啊！」林西越想越生氣：「你想看我生氣可以直接和我說。我的壓歲錢……我還準備拿來換手機的！」

江續將林西的手拉了拉，在腰上收緊了些，林西不得不靠在江續背上。

風將江續的聲音修飾得十分溫柔。他說：「我買給妳。」

「切。」

以前林明宇每年暑假回老家，總是和林西一起去水庫玩，小城裡很熱，水庫是比冷氣房還涼快的存在。那時候，他們覺得水庫比遊樂場還好玩。

之後大家各自長大，學業忙碌，漸漸習慣了城市的喧囂。明明不遠，卻再也沒有來水庫看看。那些帶著記憶的草木，最後成了記憶中最美好的一部分，是鋼筋水泥城堡所不能取代的。

他們騎來的摩托車和自行車停在水庫的大橋上。

那麼冷，林明宇卻玩得不亦樂乎。一邊玩著煙火嚇付小方，一邊和付小方講著小時候的趣事，多是林西小時候的糗事。

「我的爺爺」這故事，又被他講了一遍。

天越來越陰，空中突然飄起了雨夾雪。

見林明宇還在爆料，林西惡作劇的心思來了。

她湊近江續，在他耳邊低聲說了幾句，然後兩人開始演起了雙簧。

「林明宇，你帶來的那個小煙火呢，點起來啊？」

江續立刻跟上：「不要在大橋上放，萬一有車來呢？」

林明宇這人熱心又耿直，立刻拎著煙火到了橋下，對著他們大喊著：「沒事，我在這邊放！」

林明宇一走遠，江續立刻搶奪了比較優勢的交通工具——摩托車。

林明宇沒有拔鑰匙，江續很快就啟動了摩托車。

載著林西，江續跑得很快，付小方跟在他們後面攆了十幾公尺：「靠！林明宇，你真是頭豬！」

身後的聲音越來越遠，林西忍不住大笑起來。

豎起了羽絨服的帽子，林西幸災樂禍地說：「現在下起雪了，騎自行車不知道多久才能回家。」

江續笑：「他力氣大，沒事。」

「你們可是真兄弟。」

「你們也是真兄妹。」

「哈哈。」

「下雪了，你騎慢點。」林西囑咐道。

「怕死？」江續說著，突然加了速。

林西輕輕搥了他後背一下：「別鬧，不要命啦？」

摩托車在水庫的路上勻速行駛著。

雪混著小雨落在臉上，手上，十分冰涼，心卻是熱的。

「十二點。」江續說：「情人節到了。」

林西抬手看了眼手錶，笑了笑：「被你得逞了，最後還是一起過情人節了。」

「還有幾十個，沒過完。」

林西抱緊江續的後背，溫存地靠在他的後背上，「嗯。」

這一刻，她不想說太多破壞氣氛的話。

只希望這一路能一直走下去，希望時間能停在這一刻。

愛情是什麼樣子呢？

也許就是這麼烏龍，這麼偏離計畫，這麼不自信，這麼幼稚，這麼無厘頭。

沒有什麼標準，沒有邏輯清晰的理由。

只有慶幸，慶幸這麼優秀的人，在她身邊。

慶幸他們擁有同一段青春。

慶幸他們在最好的時間裡，相愛。

想起上一世的一切，再想想這一世，除了慶倖，林西不知道還能說什麼。

「江續，其實我有一個祕密。」

江續騎著車不能回頭，只有低沉而溫柔地聲音傳來，「什麼？」

「我愛你。」

三個字，讓江續的背微微一僵。

許久，江續都沒有說話。

「林西，其實，我也有一個祕密。」

「嗯？」

還不等江續說話，「噗通」一聲，江續一時不察，摩托車突然駛過一個小水坑，兩個人俱是一震。

摩托車龍頭把手上防凍的紅色布條被江續一扯，掉在了地上。

黑暗中，林西只看到有東西掉在地上，下意識問了一句：「什麼東西掉了？」

江續將龍頭上綁著的另一邊布條扯了下來，「好像是襪子。」

林西抱著江續的手上被塞了另一隻襪子，把林西噁心得不行。

「林明宇也是夠噁心的，居然把襪子綁在把手上！」

江續的後背抖了抖，也笑了起來：「還是紅的。」

「就是，誰把紅襪子……」林西正要吐槽，腦中突然靈光一閃：「紅襪子，摩托車……」

上一世，平安夜當晚所發生的一切，突然像電影的場面一樣一幕幕閃過。

喝醉的林西將髒兮兮的紅襪子扔在地上。

什麼耶誕老人，有本事給她一個男朋友，讓她也過過情人節。她曾經這樣說過。

然後，摩托車飛起來，砸向了她。

因為那不知從哪過來的——遠光燈。

一道讓人睜不開眼的強光照射過來，來不及剎住的貨車撞飛了江續和林西騎著的摩托車。

輪胎摩擦在地面上，發出長長的吱聲。

萬籟俱寂，空氣好像被凝注了。

滴答滴答滴答。

好像是時鐘的聲音，林西有一瞬間恍惚。

她睜開眼睛，只是遠遠看見江續的視線，在空中與她交匯。

帶著那麼多留戀，不捨，以及，遺憾。

他的聲音在風中破碎，他說：「我愛妳，比妳能想到的更久。」

第三十二章　夢醒

滴答滴答滴答。

林西醒來的時候，第一眼看到的是掛得高高的點滴瓶。

綠色的植物，淺藍色的窗簾，米色的牆面裝飾，以及大面積的白。

不過四處看了看，動了動眼睛，林西感覺到無比的疲憊。

視線落向最近處，爆炸自然捲的老媽，也不知多久沒好好打理頭髮，看起來亂糟糟的，整個人顯得又憔悴又蒼老。

她坐在病床旁打著瞌睡，病房牆上的電視裡，播放著林西之前看過預告片的電視劇。

再看一眼電視右下角的廣告，大大的slogan，赫然寫著「二〇一七．XX情人節特賣來襲」。

眨了眨眼，林西竟然覺得一切都很陌生。

是夢嗎？

一場車禍，居然讓她跨越了十年。

「媽？」林西輕輕喊了一聲。

林媽半夢半醒，被叫了，也有些迷糊，先是愣了一下，隨後便是難以控制的欣喜若狂。

「我的天吶，我是不是在做夢？」林媽掐了掐自己的大腿，再看著林西，眼淚幾乎是瞬間噴出來的：「妳終於醒了，我的女兒啊……」

二〇一六年平安夜出車禍，一直昏睡至今，腦袋上的傷已經好了，身體也沒有太大的傷，就是醒不過來，可把林爸林媽都折磨老了。

林西醒來感覺餓，醫生檢查無礙以後，只准許吃清淡的，林媽叫了粥。

林媽在一旁語無倫次，情緒激動地打了電話給家裡所有人。

林西抱著粥碗一口一口舀著，一直沒有說話。

打完電話，林媽還是有些興奮過頭。

林西忍不住皺了皺眉：「媽，冷靜一點。」

林媽眷戀地看著林西：「媽高興不行嗎？還以為妳醒不過來了。」她說著說著就開始流眼淚：「不知道照顧妳一輩子，我能不能上電視臺，評上『最美』母親什麼的。」

「評不上了，我醒了。」

「死丫頭，妳再喝酒在外面亂跑，我直接把妳打死算了，免得半死不活的拖累我。」

「嘿嘿。」

林媽抹著眼淚，說起那場車禍，林媽至今都覺得聞所未聞，也心有餘悸：「真不知道怎麼會有這麼詭異的事，妳站在路旁，居然有輛摩托車把妳砸得傷那麼重。」林媽皺了皺眉說：「關鍵是那輛摩托車也不知哪來的，車上也沒人，一輛沒人開的摩托車，被貨車撞飛，撞到了妳。真是遇到鬼了。」

林西舀著粥的手頓了頓。

想起最後那一刻，她擁著江續的腰，靠在他的後背上，而他騎著那輛摩托車。

那畫面，美得好像偶像劇一樣。

呵，林西想想都不敢相信。

重回二十歲，到底是真的還是假的？

和男朋友一起騎的摩托車，把自己撞回了二十歲？然後和男朋友一起騎著摩托，又回到三十歲？

這個邏輯對嗎？還是她出了車禍，精神都錯亂了？

「媽。」林西的眼神看著潔白的被子，聲音低低的：「我在醫院這段時間，有人來看過我嗎？」她頓了頓，又說道：「我是說，男的。」

林媽貪婪地看著失而復得的女兒，幫她理了理被子，回答她：「倒是有，有個男孩，每天都來看妳，幫妳翻身按摩什麼的。死丫頭，為什麼這麼多年不結婚，人家那孩子，一看就是喜歡妳啊。」

「每天都來？」林西的心砰砰砰跳動了起來：「他是不是叫江……」

林西話還沒說完，病房的門已經被推開了。

「阿姨。」來人禮貌地喊了一聲。

林媽趕緊抹掉眼角的濕潤，激動地跟林西說：「說曹操，曹操就到，西子，就是小韓，天天都來看妳。」說完，頭又轉向門口：「小韓，西子醒了。」

抬頭看見韓森，林西覺得有些恍惚。

不得不承認，她是感覺到失望的。

韓森看起來有些疲憊，身上穿著的黑色大衣上不知在哪裡蹭了一抹灰，手上拎著幫林媽帶的飯，見林西醒來，整個人呆呆的，手上的保溫盒差點砸到地上。

「妳醒了？」聲音裡帶著幾分沙啞。

剛醒來，身體還有些僵硬，力氣也沒有恢復。在林媽的推動之下，韓森用輪椅把林西推出去轉了轉。

醫院的住院部環境還不錯，有一處草坪供人休憩透透氣。

二〇一七年的二月，本城已經開始變暖，和二〇〇七年完全不一樣。

午後溫暖的陽光懶洋洋曬在林西有些蒼白的臉上，彷彿喚醒了皮膚下血液的活力，讓她看起來健康了許多。

無意識睡了近兩個月，人瘦了很多，小肚子不見了，手臂細得好像回到小學時一樣。

林西自嘲地笑了笑：「看來節食是不能減肥的，不吃才能。」

韓森扶著林西坐在長椅上，拿了毛毯蓋在林西腿上，兩人並排，沐浴著溫暖的陽光。

林西抬頭，默默打量著他。

好像隔了很久的時光，看見他就有種十分陌生的感覺。

像表演精神分裂病人的情節，明明前幾天看見他還是個衝動的大塊頭，這時卻跟轉了性子一樣，安安靜靜、規規矩矩坐在她身邊。和學生時代完全不同，現在的他沉穩內斂了許多，不再如從前那般大驚小怪，動不動就打架。

「你下班了嗎？」林西問。

「午休過來的。」

「辛苦你了。」林西有些愧疚感。

韓森看了她一眼，眼中也是失而復得的慶幸：「妳醒了，這就是最好的消息了。」

林西低頭看著自己瘦得皮包骨的手指，緊張地攥了攥。

「知道妳出了車禍，我整個人都是傻的。」韓森的表情帶著幾分滄桑：「有個疑惑，我想著，等妳醒了，我一定要問妳。」

林西抬頭：「什麼？」

韓森笑：「校慶那天晚上，妳是不是和我表白了？」

「……」

回想那一天的情景，林西竟然有種淡淡的尷尬。

看了韓森一眼，思前想後，林西還是點了點頭：「是。」

得到了肯定的答案，韓森的嘴角終於流露出一絲笑意。

「我還以為是我醉糊塗了，出現幻覺。」韓森撓了撓頭，有些懊惱：「真是瘋了，那天我為什麼要喝酒！」

「韓森……」

「給我五分鐘，好嗎？」韓森鼓起勇氣，打斷了林西。

林西想了想，最後還是閉上了嘴。

「妳大概已經不記得了。」說起過去，韓森的眸光帶著讓人動容的閃爍光芒，「大學報到的第一天，我們就見過了。當時妳在我前面報到，報到處所有的筆都被人拿走了，妳填完了資料，把妳的筆借給了我。」

「當時也沒有太特殊的感覺，我對文靜乖巧的那種女孩，沒什麼興趣。」韓森笑了笑：「大二的時候，體育課，我們一起選修了籃球課。都是來混分的，妳成天跟我稱兄道弟的，後來就忍不住開始注意妳，妳當時還老是在我的籃球上畫畫，我擦得累死累活的。」

被韓森提醒，林西才想起這一段。

當時她經常趁別人不注意，就在韓森的籃球上畫顆愛心，寫個「加油」什麼的。

誰沒有中二的年代？

說到這裡，韓森頓了頓聲，忍不住有些激動：「本來想跟妳表白，結果妳他媽的……」說完髒話，韓森意識到說錯了話，又冷靜了下來：「結果妳喜歡江續，追得轟轟烈烈的。我也不好再追了。」

「所以……你當年，以為我喜歡江續？」聽到這裡，林西忍不住插了一句嘴。

韓森詫異回過頭，「難道妳不喜歡江續？」

提到「江續」的名字，林西的胸腔就覺得一陣暖暖的，她愣了兩秒，很篤定地回答：「我喜歡江續。」

韓森明顯有些失望：「對啊，當時妳喜歡江續。」韓森看著遠方，頓了頓聲：「這麼多年，我們都沒有結婚，也許老天真的有安排吧。雖然不知道妳什麼時候開始喜歡我，但是妳喜歡我了，我心裡真的挺高興的。」

韓森轉過頭來，認真而鄭重地對林西說：「做我女朋友吧，十年了，我不想再耽誤了。」

「……」

溫暖的陽光照耀著韓森稜角分明的臉龐，濃密的眉毛，凌厲的五官，一切都沒有變，可是一切都變了。眼角眉梢的那種陌生的溫柔，早已不再是林西熟悉的樣子。

林西微微垂眸，在回答這個問題的時候，腦中心裡都想著那個人的臉。

林西抿唇回答：「韓森，我不知道該怎麼向你解釋，但是我現在已經不喜歡你了。我愛上別人了。」

林西頓了頓聲：「對不起，我愛上江續了。」

韓森走後，林媽是有點不高興的。

林媽是個人精，見韓森走的時候表情失落，大概也猜到林西做了什麼殘忍的事。

「妳爸爸和林明宇馬上就到了，妳別睡午覺了。」

「噢。」林西隨口問了一句：「林明宇回國了？」

「妳都這樣了，他還敢不回國。」

「那……」林西想到他和付小方，忍不住問了一句：「他現在有女朋友嗎？」

「妳還關心別人呢？先管管妳自己吧？」林媽坐在病床旁削著蘋果，一邊削一邊嘮叨：「小韓哪裡不好啊？妳不喜歡？年紀輕輕就是外企的管理了，房子車子都買了，爸媽我也見過，都是很好相處的人。妳沒醒的這段時間，他天天來看妳。妳都三十歲要三十一了，還想怎麼挑啊？」

林西拿著遙控器轉著電視，對這些都不感興趣，只是假裝不動聲色地問老媽：「除了韓森，就沒有別的男的來看過我嗎？」

削完蘋果，林西剛伸手，林媽已經啃到自己嘴裡了。邊吃邊含含糊糊地說：「噢，還有個，當時好像和妳一起出了車禍，不過他沒在這住院，他家裡挺有錢的吧？可能住有錢人的醫院去了。」

「最近一週倒是常來，昨天還來看過妳，不過妳沒醒。」林媽咀嚼著蘋果，認真想著名字：「叫什麼？一到嘴邊就想不起來了。」

「江續。」

「對對對！就是叫這個名字。」

等不到老爸和林明宇來了，也不顧老媽的勸阻，趁她上廁所就溜走了。

請原諒她的任性，她只是太想看看他，看看現在的他好不好。

醫院裡沒有林西的衣服，林西身上穿的還是臨時隨便找了家店買的。穿在身上鬆鬆垮垮的，談不上好看。

江續的酒店她經常來，輕車熟路。

酒店的大廳經理也認識林西，一見她就熱情洋溢地迎了過來：「林姐，最近都沒見妳了，瘦好多啊。」

林西沒空和她寒暄，只是急切問她：「江總呢？」

大廳經理本來準備帶林西去找江續，結果正好有貴賓客人進來，大廳經理去迎接了。臨走前給她一張電梯卡：「要不然您去江總辦公室等吧，我先去忙。」

「……」

江續的辦公室在頂樓。

林西一直知道，但是以前根本不喜歡江續，別提去他辦公室裡，看到他就躲。

老天爺的安排真是奇妙。

明明不喜歡江續的，為什麼要讓她重生一次，愛上江續？又為什麼在她愛上江續以後，又將她送回現實？

那是她一個人的經歷，還是兩個人的神奇際遇？

她根本什麼都不知道就來了。

站在電梯裡，四面的鐵壁是金色的，看起來富麗堂皇，十分高檔，裡面映著林西的身影，瘦削，蒼白，還穿著一身土裡土氣的衣服，一點都不好看。

衝動地來了，才開始有些後悔，至少應該先去化個妝。

電梯到達，林西抬起頭，正好看見一群人走了過來。

有人扛著攝影機，有人掛著記者證，也有長官做派的人緩緩踱步。

江續在人群的中心，一身深灰色西裝，頭髮理得短短的，一絲不苟的商務人士做派。英俊的五官一如當年，又添了幾分成熟韻味。

以往她最討厭的，就是江續這種斯文敗類模樣，如今再看，真是怎麼看怎麼帥。

也許，這就是情人眼裡出西施吧？

江續原本在和身邊的人說話，一抬頭看見林西，先是一愣，隨即皺了皺眉。

眼眸中完全沒有二十歲時那種暖意，這讓林西的滿腔熱血涼了一半。

來酒店檢查和報導的記者，臨走前說要拍幾張照片，尤其是幾個年輕的女記者，看見江續就興奮得不得了，堅持要和江續合影。

江續沒說話，也沒有拒絕，像個人肉背板一樣站在那裡，大家都在掏手機。

想到二十歲時，和他發生的一切，林西還是不敢相信，那只是她一個人的一場夢。

如果江續根本不愛她，為什麼她會有那樣的經歷呢？

腦中一閃而過那時開玩笑對江續說過的話。

「電視劇裡，男女主角不是總有一些相認的記號嗎？如果有一天，我們被迫分開了，就以這個姿勢相認吧。」

林西墊起腳，對著江續的方向揮了揮手，江續的視線投了過來。

林西緊張地咽著口水，雙手正要作出「比心」的姿勢，調好美顏模式的女記者拿起手機走到江續身邊。

靠近的距離，做作的笑容，以及，甜美的「比心」姿勢，一張合影完成。

在她之後，陸陸續續又有人上去和江續合影，十個有五個「比二」，五個「比心」。這樣氾濫。

林西無力地遠遠看了江續一眼，心想早知當初應該和江續一起設計一個難一點的相認記號。比如手繞後頸挖鼻孔什麼的。哭。

完成了檢查和採訪的一行人，都向電梯的方向走來。大家說著客套的告別語，場面還算熱絡。在眾人湧過來的時候，林西整個人還有點茫然，一時沒反應過來，站在電梯旁沒有動。她站的位置正好擋住了電梯的按鈕，別人要越過她才能按下電梯鈕。

「不好意思，麻煩讓一下可以嗎？」

一個人年輕女孩說出這話時，林西才意識到自己站的位置有多尷尬。像火燒了屁股一樣往旁邊一跳，趕緊把位置讓了出來：「不好意思，不好意思。」林西一連說了兩句抱歉。

眾人對這一幕並沒有太放在心上，完成工作，便分別進了兩部電梯。

所有人都離開了，頂樓終於重新回到平時的辦公氣氛，安靜得有些肅殺。

送走了客人，一直跟在江續身邊的祕書辦的Zoe，才笑呵呵對林西揮了揮手：「林姐，妳來啦？找江總有事？」

整個酒店的人都知道林西和江續的同學關係，對林西的到來不會意外。

「江總等一下記得去複查，我預約好了。」提醒完江續，和林西打完招呼。她對江續鞠了個躬就要去工作了：「那你們慢聊，我先走了。」

江續沒有看她，只是微微頷首，視線一直落在林西這邊。Zoe走後，整個走廊上只剩下他們兩個人了。

他和林西隔著不遠不近的距離，林西不動，他也不動。

林西其實有很多話想問，但是眼下卻不知道該從哪裡開始，最後只能尷尬地對他揮了揮手，「嗨，江續。」

江續瞥了她一眼，抿了抿唇，沒有說話。

就在林西考慮著要不要走的時候，江續卻突然邁著腳步走了過來。白淨的手背，因為瘦了一些，青筋隆起，更顯有力而修長。他按下電梯的向下鍵，電梯門開，不等林西反應，他已經將林西拉進了電梯。

「為什麼跑出醫院？」江續目不斜視，看著前方：「伯父伯母知道妳出來了嗎？」

胸口有一團火，急欲衝口而出。

可是林西還是忍住了。

眼前這個江續，是否是那個愛著她的江續，林西看不出來，也沒有把握。

思索了幾秒，林西才小心翼翼地回答：「做了個很長的夢，夢到你了，所以醒了就想來看看你。」

「噢。」江續的反應並沒有林西想像的熱情。

這讓林西更失落了。

她抬頭看了江續一眼，見他額頭上還有傷口癒合的點點痕跡，被瀏海微微擋住。還是不肯放棄，又問了一句：「聽說你當時和我一起出車禍了，是嗎？」

江續這次終於側頭過來，視線放低。

「本來想要救妳，還是沒來得及。」江續點了點自己的額頭：「和妳一樣，昏迷很久。上週才醒過來。」

聽到這答案，林西的心又鮮活地跳動了起來。

她斟酌著用詞，試探性地問他：「那你昏迷的時候，有沒有夢到過比較特別的事情？」

江續臉上的表情沒什麼特別的變化，只是淡淡看著她：「比如？」

不等林西回答，電梯已經到達B2，電梯門開了。

「先出去。」江續說。

林西尷尬地看了江續一眼：「出去以後，要去哪？」

「醫院。」

「……」

三十歲，噢不，應該是兩十九歲半的江續。成熟穩重，事業有成，就像付小方當初說的，是本城都有名的鑽石王老五，誰能採訪到他，都要合個影上傳社群動態，是面子裡子的象徵。

而林西，在圈子裡還有點名氣，靠著手藝吃飯，都是口耳相傳的活。要不是同學關係，兩人的圈子其實並不對等。

以前的林西沒有思考過這樣的問題，不愛這個人，就算他是阿聯酋的王子，也與她無關，可如今卻不同，她站在她身邊，卻不似二十歲時那般自在。

他那麼好，如果這一切真的只是她的一場夢，她又該如何自處？

坐在江續的車裡，林西自顧自扣著安全帶。

車平穩地開離停車場，鱗次櫛比的高樓大廈，鋼筋水泥的城市森林，是擋風玻璃外，又陌生又熟悉的風景。

對江續沒有戒心，對於他要開去哪裡，也沒有過多關注。

江續開著車將林西帶到一處環境幽靜的高檔私人醫院。

醫院的環境舒適，寬敞得像C大的校園，綠化條件也遠遠優於一般的醫院。一路走來，道路兩邊盡是高聳的樹木。二月，農曆已立春。陽光下，枯萎的樹好似正在醞釀春枝，禿頽帶著點點生機。

穿過綠化區，進入了隱私性極好的一棟矮樓。

三面都被高樹擋著，門口守衛森嚴。

林西想起Zoe說的話，以為他是來複查的，便老實跟著他往裡走去。

「你的身體已經沒什麼大礙了吧？」林西問

「沒事。」江續說：「太累的話，會有點頭疼。」

「那你還這麼拚命工作？」

「昏迷的這一個多月，丟了太多事。」江續輕輕動了動嘴唇：「人不能脫離自己的崗位，會給別人帶來很多麻煩。」

「你太拚了。」

長長的走廊，除了他們，沒有旁人。林西低著頭，看著兩人的腳步，心底忍不住柔軟，「聽我媽說，你這一週總來看我？」

江續看著前方，舉止有禮，表情始終淡定自若：「嗯。」

「為什麼會來看我？」

江續的嘴角勾起了淺淺的笑意，「看妳，不需要為什麼。」

這種答案讓林西鬱悶，林西想了想，決定不再迂回，於是換了一種問法。

「江續，你相信，人會重生嗎？」

「嗯？」

林西見他沒有大罵她是瘋子，趕緊說道：「你相信嗎？我做了一個很真實的夢，夢到我重生了，你知道嗎？你其實特別特別愛我，為了追我使盡套路，為了趕走『情敵』不擇手段，最後我終於沒辦法，從了你。」她說著，好似怕江續不相信似的，又追加了一個重磅細節：「還有還有，你初夜才五分鐘……」

聽到這裡，江續的眉頭微微一蹙。

林西剛要繼續說下去，一個穿著醫生袍的男人就從走廊盡頭的診室裡探頭出來，「江續，果然是你，我就說聽聲音沒錯。」

兩人的話題因為這人的出現戛然而止。走進那年輕醫生的診室，燈火明亮，鼻端都是消毒水的味道。林西有些不太適應。

「叫你複個診是要打多少次電話，對你簡直無語。」

江續將林西按在醫生對面的患者沙發上，對那個醫生說：「檢查。」

那年輕的醫生剛拿出筆，還沒開始做記錄，就是一愣，「檢查她？」

江續點了點頭，是的。

林西本來是想找江續，想知道他是不是也重生了，或者說，如果是一場夢，他們是不是做了同一場夢。結果，答案沒得到，還被江續弄來檢查了。

林西對那些檢查的儀器有些害怕，但人已經被捉進來了，哪裡輪得到她反抗。

一連串檢查下來，那個男醫生笑呵呵地對林西說，「妳先躺一下。」

檢查室裡除了操作儀器的醫生，沒有旁人。

檢查已經結束，門開開闔闔。

過了一陣子，一個護士過來喊林西，她才糊裡糊塗地爬起來。

重新走回診室，診室的門虛掩著，林西還沒進門，就聽見裡面傳來兩個男人對話的聲音。

那年輕醫生按了按原子筆的筆頭，問道：「之前你說想轉到我這裡來的病人，是她？」

「嗯。」江續頓了頓聲：「一直不醒，我怕醒不了。」

男醫生笑了笑：「喲，你在這世界上還有怕的事吶？」

江續被揶揄了，陰森森叫出男醫生的名字：「費南逐。」

「行了行了，看在你在學校的時候總是幫我們調儀器修儀器，我肯定好好檢查，保證還你一個健康的女孩。」男醫生說：「別再這傻待著了，去把她接過來吧，還在檢查室裡躺著呢。」

窸窸窣窣，是江續起身的聲音。

「這個叫林西的女生，是你女朋友啊？」

林西聽到這句，後背僵了一下。

許久，江續淡淡回答了一句：「是愛人。」

那是林西熟悉的、溫柔的，充滿了得意和套路的聲音。

醫生忍無可忍回了一句：「滾。」

林西懸著的心掉下來，又飛上去，手心的汗黏糊糊的，讓她有些恍惚。

腳步聲越來越近，林西趕緊後退，但已經來不及，江續拉開了門。

兩人就這麼在診室門口相對佇立，面面相覷。

江續的臉上出現短暫的奸計暴露的表情，但是很快就恢復鎮定，立刻轉移了話題：「妳怎麼自己過來了？」

「因為我想打你！」

此刻他那深邃的眸子裡盡是算計和精明，分明是她熟悉的那個套路王。

那麼他之前的重重沉默和舉動，又是什麼意思？

提心吊膽，猜疑了一路，失落了一路。

到這一刻，林西才知道自己又被耍了。

她忍不住氣鼓鼓皺眉，「江續，我們談談。」

四下無人的消防通道，牆壁上都是塗防火金屬漆，與一般大樓消防通道並不相同。水泥原色的樓梯、紅色的鐵扶手，和這個裝潢高檔如療養院的醫院，風格很是迥異。

消防通道不算通風，有些灰塵的氣味，但這些林西都顧不上了。

眼前的江續站在原地沒動，似乎理直氣壯得很，也不說話，只是沉默地低著頭看著林西。

林西越想越氣，來回踱步。

江續怕她一直轉圈會暈，抓著她的肩膀不准她動。

「放開我。」林西抬起頭，凶巴巴地等著江續：「有意思嗎？你知道我多害怕嗎？」

江續深深看了林西一眼，半晌，一字一頓回答：「不會比我更害怕。」

「你害怕什麼？」

「害怕妳醒不過來，害怕妳不記得我。」

「……」林西緊咬著嘴唇：「我醒來第一時間就去找你，你為什麼還裝作什麼都不記得的樣子？」

「想看妳緊張我。」江續的嘴角掛著一絲遺憾的笑意：「本以為再裝下去，妳會為了勾引我，投懷送抱。」

「……滾吧。」林西越聽越受不了，最後乾脆懶得和他說下去了：「我回去了，我爸媽，林明宇都在醫院等我呢！我真是瘋了才來找你！」

見林西要走，江續準確地抓住了她的手臂，並且一個轉身，將她壓在牆上。

江續的手臂撐在林西耳側，強迫她與他對視，「我問妳，我是誰？」

林西瞪著他，惡狠狠回答：「狗王八。」

說完，一拳搥在他手臂上，他跟狗肉一樣，挨了打，一動也不動。

他笑著問：「怕我不記得妳？」

「我才不怕。」林西嘴硬極了：「你最好不記得我！我就當做了場夢。反正才五分鐘，記憶一點都不好！」

江續微微斂眉，眸光漸漸深沉：「我看妳腦子裡可能還有瘀血，盡記得一些亂七八糟的事。」

「和你有關的，都是亂七八糟的事。」

江續不急著和林西打嘴仗，他一隻手向下，尋到林西的腰間，然後向自己的方向收了收。

「瘦了。」他說。

「廢話，躺幾個月，能不瘦嗎？」林西態度依然很差。

江續又在林西頸間嗅了嗅，「味道還是一樣。」

林西耳朵一紅：「神經病。」

江續的聲音低啞中帶著幾分喜悅：「看到妳的時候，覺得像在做夢。」

「切，我看你一點都不高興。」

「我演技好。」

江續抿唇，笑了笑，「眼保健操的音樂，開始前，說了什麼？」

「怎麼突然問這個？」林西皺眉，本能回答了記憶中滾瓜爛熟的開頭：「保護視力，預防近視，眼保健操，開始？」

「後面一句。」

林西又皺了皺眉：「閉眼？」

「嗯。」江續的聲音，溫存中帶著蠱惑：「閉上眼睛。」

說著，江續低下頭，在林西還沒反應過來的時候，吻住她的嘴唇。

有力的手臂環在林西腰間，如一道桎梏，讓她動彈不得。

背後是冰涼的牆壁，身前是如火的男人，林西彷彿置身冰火兩重天。

腦子暈暈的，記憶十分錯亂。

最後只能認命地閉上了眼睛。

誰叫他套路多呢……

一路上七上八下的小心臟，終於因為江續的坦白而歸於原位。

江續的懷抱很溫暖，帶著淡淡的男士香水味道，林西靠在他胸懷裡，忍不住嘀咕，「你居然噴香水？」

江續收緊了環住林西腰間的手臂，淡淡一笑：「男人容易出汗。」

「二月出什麼汗啊？」林西抬頭冷冷瞥他一眼：「你是不是想招蜂引蝶？」

「我想招，還要噴香水嗎？」

林西想想，覺得也是。又兇神惡煞地抬起頭對江續說：「不准招蜂引蝶。」

江續低頭，用下巴在林西頭上蹭了蹭，語氣親暱地說：「只招妳。」

「哼。」

檢查結果，林西除了稍微有點營養不良，一切都還算不錯。

費南逐按著原子筆，在記錄上寫了幾個字，囑咐了一句：「不要過度鍛鍊。」說完，又看了江續一眼，很認真地說：「近期也不適合性生活。」

江續輕輕哂笑，眼神陰冷：「單身狗的怨念，不行嗎？」

費南逐哈哈大笑：「你想死嗎？」

「……」兩人你來我往，把林西鬧了個大紅臉。

拿著報告離開，林西還沒看完，就被江續拿過去了。他邊走邊認真在看，兩人在空曠的走廊裡走著，林西好奇地問他：「這個費醫生，是你朋友啊？」

「我們的大學校友。」

「啊？」

江續專心致志看著報告上的結果，頭也不抬。

「那天妳被那個喜歡韓森的變態抓了，我就是去幫他調儀器，才想到妳可能在慶恩樓。」

林西經他提醒，猛然想起那個叫石懷仁的男的。

「你不說我都忘了，那他也算我半個救命恩人了。」林西心有餘悸地，又問了一句：「所以你清醒以前，一直在這？」

聽到這裡，江續才回頭看了她一眼：「當時我也沒醒，不能控制自己的身體。」

「噢。」怪不得很後來才到醫院裡看她，也是有他的苦衷。林西聽到這裡，終於不再揣測，放下心來。

解除了心中的疑問，林西心情好了很多。

見江續還在看報告，話題便也轉了過去。

「我現在身體狀況挺好的，你不用太擔心了。」雖然只看了身體檢查報告的前半段，林西還有點小高興。

體重輕了，尤其體脂，降到了林西以前拚命節食的時候都不敢想的數字。

「我以前有小肚子，怎麼減都減不下去，沒想到昏個迷就瘦了。」

江續一項項看完林西的體檢報告，最後拿報告在林西頭上輕輕敲了一下。

「好好吃飯，長胖點。」

「我才不要呢。」林西說：「好不容易瘦下來，誰還吃回去啊。我們這種年紀，又不比二十歲，新陳代謝慢多了。我要保持，等身體好了，練練馬甲線。」

江續低頭瞥了林西的前胸一眼：「馬甲線沒有事業線好看。」

被林西粉拳暴揍。

離開費南逐處，江續開著車送林西回醫院，林媽幾個電話催過來，林西不敢再耽誤了。畢竟家有老媽，如有一虎。

「等一下你看到我媽，別胡說八道。」林西囑咐。

江續目視前方，專注地開著車，「妳媽對我很滿意。」

「切，那是二十歲的時候。」

江續瞪了林西一眼：「我辛苦把妳追到手，可不是為了偷偷摸摸。」

「……怎麼就偷偷摸摸了？只是要給我媽一點時間緩衝一下。畢竟我才剛醒啊。」

林西想到老媽最近對韓森還遺憾著，一時間應該接受不了江續。再說回江續，他要是知道老媽站韓森那邊去了，不知道會怎麼吃醋。

「反正你別耍心機。」

江續冷哼了一聲。

林西交代完江續，一身輕鬆，往後靠了靠，看著前方，想想又覺得不對：「簡直是奇遇，都不知道怎麼解釋這經歷。你說，是真的有重生，還是一場夢呢？」林西的手握著安全帶，想著車禍後發生的一切離奇遭遇，林西說：「其實我挺喜歡留在二十歲，覺得一切都很美好。所有的錯過，錯誤，都沒有發生。」

想到現實，林西輕嘆了一口氣：「而現在，我們錯過了十年。」

江續嘴角微微一勾：「很重要嗎？」他頓了頓，說道：「不管是二十歲，還是三十歲，我愛著妳，只因為是妳。」

「如果你愛我，為什麼這麼多年都沒有表白過？」林西想想這蹉跎的十年，就很鬱悶。

說到這個話題，江續的臉上才露出一絲人的情緒，忐忑。

「人無完人。」江續自嘲苦笑：「我也有我的軟肋。」

「說到底，你也不夠努力啊。」

「是。」江續的手緊緊握著方向盤，「這十年，每一天我都在後悔中度過，如果當年我主動，也許妳不會一直喜歡韓森。」

冷不防提到韓森，林西撇過頭來，死死盯著江續：「你別和我說，這十年你一直按兵不動，是因為覺得我喜歡韓森？」

「難道不是嗎？」

這對話，林西覺得實在有些熟悉。

原來是今天中午，才和韓森進行過一次。

命運，真的在和她開玩笑。也和中午的時候一樣，面對這個問題，林西卻只能回答「是」。

車緩緩停了下來，人行橫道的綠燈亮起。穿來過往的人有年輕的情侶，精神矍鑠的老人，步履匆匆的白領。

不夢幻，不離奇，不完美，普通得乏善可陳，這就是人世間最平常的百態人生。

「我小時候，一直糾結我要讀清華還是北大，後來我靠著林明宇幫我突擊，才勉強考上C大。我二十歲的時候，覺得三十歲不結婚的女人都是怪物，後來我成了這樣的怪物。」林西想想，忍不住笑了：「命運真奇怪，讓我回到過去，放下了韓森，喜歡上你，可是一回來，卻讓我發現，原來韓森他喜歡我。我在過去喜歡著韓森，本來一夜酒醒我們可能就成了，結果命運把我送回去。等我變心了，才把我送回來，和韓森就不可能了。你說，神奇嗎？」

江續靜靜聽著林西說著話，表情沉靜，眼神安然。

紅綠燈的數字不斷變動著。

二九、二八、二七……

「不神奇。」江續說。

「為什麼？」林西疑惑。

江續靠著方向盤，動了動嘴唇，「因為命中註定，妳是我的。」

林西與他對視，良久，她會心一笑。

是啊，江續此刻在她身邊，記得她，愛著她，這已經是最好的命運。

回到林西住著的醫院，停好了車，兩人從停車場走到電梯前。

林西不放心，一路又囑咐了好幾次。

「等一下見到我爸媽，你可千萬別亂說話。」林西說：「我會好好介紹你的，我保證。」

「嗯。」

沉默地按下林西所在病房的樓層，對那個數字早已熟悉。電梯裡來探病的人很多，兩人被擠在角落。

江續用背隔絕著電梯裡其他的人。

兩人這麼面對面站著，林西抬起頭就能對上江續的眸子，幾乎是本能地，手抬了起來，尋到了江續腰側，抓著他外套的兩側，像個無措而依賴的孩子。

江續忍不住笑了笑。

叮——

電梯門開。

周邊的人要出去，人流交換之際，江續怕林西被撞，一直護著她，等人出完了，兩人轉身準備出去時，被眼前的一幕驚到了。

面對面的，林爸、林媽、林明宇，彷彿三座石像。

「林西？」這是林西爸媽的聲音。

「江續？」這是林明宇的聲音。

林西被嚇了一跳，趕緊放開江續，訕訕從電梯裡出來。

笑嘻嘻的一張臉，假裝什麼事都沒發生一樣，和大家揮了揮手：「嗨，我回來了。」

林媽臉黑如碳：「你們，跟我來。」

獨立的病房裡，林媽坐在中間的病床上，林明宇和林爸一左一右站著，跟護法一樣。

而林西和江續，則站在林媽面前。

這畫面，讓林西想起學生時代去辦公室交作業，老師也是這樣教育早戀的男女。

萬萬沒想到，盼星星盼月亮要把林西嫁出去的林爸林媽，看到江續，卻沒有想像中的興奮。

林媽緊皺著眉頭，看著林西，半晌，低聲問她：「妳之前說的，等著離婚的，是不是他？」

林西戰戰兢兢站著，腦子裡想了很多種可能，卻怎麼也猜到，林媽居然能聯想到那裡去。

「怎麼可能啊！」林西趕緊解釋：「我是唬妳的，那時候妳逼我相親不是嗎？」

林媽狐疑地掃了掃林西，又掃了掃江續，「什麼時候在一起的？」

這次，江續搶在林西前面回答，「二十歲的時候。」

林媽瞪大了眼睛：「十年了！為什麼不說實話？」

林西幽怨地瞪了江續一眼，又看著林媽，心想，說實話，這不是怕嚇到妳嗎？

「媽，不是他說的這樣，我們剛確定關係。」她偷偷掐了江續一把：「他沒結婚，真的沒結婚，但是特別喜歡我，對我特別好。我以前不喜歡他，他就一直等著我。」

林媽對江續也是有點印象，沉默了一下，問道：「聽說他家裡父母做生意的，他自己開了間大酒店？」

「對的對的。」

「這樣的條件，一直等著妳？」林媽想想都不相信：「他瞎了嗎？」

林西：「……」

第三十三章　嫁給我

林媽對林西說的話有些將信將疑，在沉思一番之後，她使用太后權威，把林明宇和林西趕出了病房。

那天，林爸林媽和江續談了許久，也不知道他們到底說了什麼，反正之後林西爸媽就接受了林西和江續談戀愛的事實。

在本城修養了幾天，終於可以出院，林家人一起回老家，自然也帶上了江續。

林西家所在的城市並沒有多大，一個社區裡多是認識的人。這次林西帶男朋友回來了，一時成了奇聞，親戚鄰里來了不少，大家都好奇地圍觀著「老姑娘」林西的男朋友。

這人終於有人要了，大家看著江續的眼神，讓林西覺得，江續好像偉人一樣。

在奶奶家吃過飯，林西爸媽還要幫奶奶家收拾，林明宇被他們留下，卻把林西和江續趕回了家，各種眼神暗示，林西簡直無語。

想想她以前防賊一樣防林西談戀愛，現在卻是放心得狠，巴不得他們今晚趕緊幹點什麼，懷個孩子，江續就跑不了了。

「那天，你都和我爸媽說什麼了？怎麼我爸媽突然那麼喜歡你了？」

江續抱著一個從奶奶家拿回去的醬菜罎子，那種漫步的畫面，充滿了生活氣息。

他微笑著走著，不緊不慢地回答：「和他們商量了一下婚期。」

「婚期？」林西嘖了：「這種事是不是應該先和我商量？」

「嗯。」江續對此並不反對：「所以，妳覺得什麼時候嫁給我比較合適？」

林西看了江續和醬菜罎子一眼，忍無可忍說了一句：「沒有鮮花和戒指我就忍了，但是你一定要抱著醬菜罎子和我說這些嗎？」

江續低頭看了一眼，被自己的裝備逗笑：「嗯，那等一下抱著妳再說。」

林西：「呸。」

到了家，林西也累了，直接回了房間。

十年，林西的房間幾乎沒什麼變化。畢業後一直留在大城市，也沒怎麼回來。唯一大變的，是林西那張床，從單人變成雙人的了。

江續重生後，見過林西二十歲時的閨房，這時看到改變，有些好奇：「妳長胖睡不下，所以換了？」

林西白了江續一眼：「我媽說，怕我把男朋友帶回家會睡不下，才換的。」

「這樣啊。」江續坐在床上，撫摸一下床頭：「看來是沒派上過用場。」

林西被他揶揄了，一臉不爽：「以後也派不上，你去睡酒店吧。」

江續別有深意看了林西一眼，手臂一伸，就把她摟進懷裡：「不能浪費了丈母娘的好意。」

林西的手拍在江續額頭上：「想得美！」

江續在這方面可完全沒什麼紳士風度，林西不從，他就耍賴，各種抱著林西不准動。

兩人在床上滾在一起，最後江續翻身，直接將林西壓在身下。

林西的呼吸加快了許多，手抵在江續胸前。江續吻了吻林西的額頭，低聲說：「一晃十年，也該讓我解禁了。」

「哪來的十年，一夢一醒而已！」

「我的身體，確實等了十年。」

林西見他理直氣壯，忍不住吐槽：「你怎麼能這麼不要臉？」

兩人抱成一團，箭在弦上的時候，大門突然被人一頓粗魯的搥，林明宇急切的聲音自門外傳來：「林西，開門啊！我有事問妳！」

江續興致正高，這麼被人打斷，自然是一臉鬱色。

「我怎麼覺得，林明宇是專門剋我的？」江續不滿地說。

林西才不理他，得救了，就趕緊去開門。

林明宇情緒激動，抓著林西問：「我聽嬸嬸說，付小方離婚了？為什麼？」

被林明宇這麼問了一句，這才想起林明宇和付小方，林西一下子內疚起來。

從二十歲回來以後就只注意自己的事去了，完全忘了曾經犯下的錯。

「她離了有幾年了，這事說來話長。」林西說完，轉身火急火燎在家裡翻了半天，還真的被林西翻到了，當年小方要林西給林明宇的禮物。

裡面，也真的有一張紙條，寫著：『如果有一天，你忘記她了，打電話給我，我不換號碼。』和林西重生時一模一樣。

林西抱歉地把紙條遞給林明宇：「當年你瞞我瞞得太緊了，我完全沒想到你們有這層關係，我要是知道，我追到天涯海角也要把東西傳到。」

林明宇看著那張紙條，許久許久，都沒有說一句話，再開口，聲音有些沙啞。

「不怪妳，如果當年我勇敢一點，也許一切都會不一樣了。」林明宇的手微微顫抖，最後，他攥緊了那張紙條。

「你們早點休息，我先走了。」

林西見他要走，一把將他拉住：「就這樣？」

林明宇的眼神有些落寞：「能怎樣？這麼多年過去了，她大概早就忘了。」

林西微微皺著眉頭，看著林明宇：「你是不是嫌小方離過婚？」

「妳不懂，現實沒有那麼簡單。」

林西拿出手機，打開社群動態給他看：「她現在在拉斯維加斯出差，昨天才打過電話給我，一週後回來。」林西頓了頓說：「你有一週時間考慮。」

林明宇的眼神十分複雜，許久，他才說：「如果一切都沒有發生，該有多好。」

「當事情發生的時候，我們都想著，如果什麼都沒有發生就好了，可是發生的事不可能再變成沒有發生。」林西看著他，認真地說道：「林明宇，我們唯一可以做的，是讓事情往更好的方向發展。」

說著，將那枚吊墜放進他的手心。

「命運在你自己手裡，你自己決定吧。」

林明宇走後，林西爸媽回來了，壞事自然是幹不成了。

林爸對江續和林西睡在同個房間有些障礙，讓林媽在書房裡多鋪了一張床給江續。

同在一個屋簷下，卻要靠訊息聯絡。

林西想到林明宇和付小方的事，有些感慨：『你說，他們還有未來嗎？』

『我比較關心，我什麼時候能睡上丈母娘準備的雙人床？』

林西：「……」

第二天，林西循著生物鐘醒來，家裡已經沒有人了。

到了奶奶家，林西才知道江續早就起來了，跟著林爸和爺爺出去了。

奶奶新養了一條土狗，據說是林西車禍以後突然跑到家裡來的，奶奶迷信，說狗在這個時間來，一定是老天的提示，於是就養了下來。

如今林西醒了，土狗也從兩三個月大的奶狗，長成四五個月半大不大的樣子。

林西在那逗狗，奶奶則去煮兩碗麵。林西洗了洗手，直接在廚房抱著麵開始吃。期間土狗一直跳啊跳的找林西要吃的，林西惡趣味來了，就是不給，土狗一頓哀怨。

奶奶還在忙碌，指了指流理檯上另一碗麵說道：「小江也差不多要回來了，妳一起端出去吧，他還沒吃早飯呢。」

「噢。」林西吃完自己那碗，把江續的端了出去。

不過是回廚房去拿了雙筷子的工夫，奶奶幫江續煮的那碗麵，就被那條狗吃出了一個小洞，林西剛舉起筷子，狗已經從椅子上跳下去，跑了。

林西把筷子隨手放在桌上，轉身追去捉狗。那土狗淘氣得厲害，林西在整個房裡竄，沒注意到江續回來。

江續先於林家人回來，手上拎著林家的菜籃，裡面裝得滿滿的。大概是有些餓了，一回來，看見桌上有碗麵，問了一句：「桌上的麵是給我的嗎？」

林奶奶聽見是江續的聲音，趕緊從廚房出來，熱情地說：「是的是的，趕緊趁熱吃。」

林西費勁九牛二虎之力，終於捉到了狗，再回到飯廳。

只見江續正拿著筷子，坐在飯桌前，斯文地吃著麵條。

林西抓著那條土狗，表情有些尷尬。

她結結巴巴問江續：「好吃嗎？」

江續又挑了一筷子麵條：「好吃啊，怎麼了？」

「沒……沒怎麼，就，你看過，《爸爸去哪裡》嗎？」

江續不太懂林西的意思，反問一句：「電視節目？怎麼？想跟我生孩子？」

林西沒想到江續的思維那麼跳脫，只好膽戰心驚解釋：「就……明星沙溢的兩個兒子，拿了碗麵給沙溢，是狗吃過的……」

話音一落，江續的臉就黑了。

命運這個東西，有時候是會突然反轉的。

比如幾天前，林明宇突然回美國了。

所有的長輩都覺得很莫名，但是林西卻知道他是為什麼。

不管他和付小方最後是什麼結果，至少，他們都曾經試圖去改變錯過的緣分。

再比如幾天前，林西誤讓江續吃了一碗土狗吃過的麵，江續居然好幾天都對她愛理不理。

這讓林西忍不住有些擔心，難不成因為一碗狗吃過的麵條，他們就要分手了？這怎麼能怪她？要怪狗把持不住啊！

回城後，思來想去，林西決定要哄一哄江續。回自己家換了身好看的衣裳，穿上了久違的高跟靴，為自己化了一個很簡單但是好看的妝容，確定自己戰鬥值嘩嘩上升，林西才出了門。

江續的酒店今晚似乎承接了活動，林西找了許久，才找到在大宴會廳巡視的江續。很難得沒有大群人跟著，這倒方便了林西。

江續見林西來了，沒有裝作不認識的樣子，只是上下打量著林西，最後問了一句：「怎麼突然來了？」

林西用盡畢生所學之嗲，抱著江續的手臂，不顧周圍圍觀群眾的眼光，用撒嬌的語氣說：「你不理人家嘛，所以人家只好來找你了。」

「人家是誰？」

江續這明知故問，分明是不給林西臺階下，林西面上有些尷尬，輕搥他的手臂：「討厭——就喜歡逗我——」

江續微微挑了挑眉。

林西見他沒有那麼堅決了，又增加了火力，用很委屈的語氣說：「親愛的，你還在為那碗麵生氣啊？」

「沒有。」

「那你怎麼都不找我了？」林西一噘嘴：「你是不是不愛我了？嗯？」

林西噁心的語氣，成功讓自己起了一身雞皮疙瘩。

她自己都快被噁心死了，江續卻不為所動的樣子。

他認真看了宴會廳布置一眼：「最近比較忙，有幾場大型活動。」

「比我重要啊？」

他終於轉過頭來，看了林西一眼，回答了四個字：「妳最重要。」

林西的心跳砰砰加速，終於陣亡。

「算了，發嗲技術太難，放棄了。」林西摳了摳手指，忸忸怩怩問他：「馬上要情人節了，你也工作啊？」

江續瞥了一眼：「那要看情人節有什麼活動。」

林西聽懂他的暗示，紅著臉回答：「去我家吃飯吧，我買點好菜。」

「就吃飯？」

「吃飯完，可以考慮打打牌。」

面癱臉江續嘴角終於現出一絲笑意。西裝革履，髮型俐落，禁欲高冷的氣質，卻帶著一雙灼熱的眸子。

他凝視著林西，最後低頭，附在林西耳邊說道：「我喜歡妳發嗲。」

林西耳朵一紅。

江續繼續說著：「要是能在對的地方，就更好了。」

林西忍不住打了他一下，他壞壞一笑，眼中分明是狎弄，咳咳兩聲，他說：「畢竟是第一次，好好準備。」

知道自己又被套路了，林西是個睚眥必報的人，她舉起手，張開手掌，比了個數字，意味深長地說：「怎麼是第一次呢？你忘了？」

江續眸子瞬間冷卻下次，冷冷一笑：「情人節，我好好幫妳洗洗腦。」

情人節很快就來了。

入春後本城漸漸暖和起來，林西白天去買菜的時候，滿街都是情人節的活動。四處都是絢麗的花環，或者玫瑰主題的廣告背板。沒有什麼新意，卻有著獨特的情人節風格。

以前林西從來不過情人節，都是宅在家裡，或者和同樣失意的付小方一起買個醉。明明單身沒有什麼罪過，可是這種日子出門，總會有種找虐的感覺，看到別人都成雙成對，還有點淡淡的自卑。

如今雖然也是一個人出來買菜，為晚餐準備，但是想到有江續的存在，就覺得有了底氣一般。

這感覺真奇怪。

江續的酒店情人節也有大型活動，但他還是很早就到林西家來了，這讓林西心底更添甜蜜。

林西的小戶型房子，廚房更小，兩個人站在裡面，稍微挪動一下，都會彼此碰到。此刻，江續的白色襯衫袖子被他捲起到手肘處，他正低著頭專注地洗著菜。林西則從玻璃盤裡，拿出了醃漬好的牛排，準備烹製。

這種畫面，多看幾眼，還是覺得挺溫馨的。

洗完了菜，江續從櫥櫃裡拿出碗碟開始清洗，「我帶了瓶酒過來，放在茶几上了。」

林西剛將奶油放進平底鍋，微微抬頭：「不會是八二年的拉菲吧？」

「法國的勃艮第。」

「切。一點都沒有偶像劇的感覺。」

江續看了她一眼，也不解釋，只是笑了笑。

洗好碗碟，江續用廚房紙擦淨後，放置在一旁，一抬手肘，兩人撞了一下。

「妳這房子真小。」江續忍不住吐槽了一句。

「嫌棄你別來。」

江續擦乾淨雙手，慢慢踱步到林西身後。

長長的手臂滑到林西腰間，將她抱進懷裡，下巴擱在她肩窩處，那種親暱的距離，讓林西煎個牛排都不能專心了。

「別鬧。」林西動了動肩膀，想把江續抖開。

江續還是黏得緊緊的，臉在林西耳側摩挲了一下，半晌，認真地說：「搬到我那去吧。」

「嗯？」林西正在幫牛排翻面，想了兩秒才反應過來，耳朵一紅：「再議，先吃飯吧。」

說完，將煎好的牛排裝盤，然後放上蔬菜，用勺子蓋上一勺馬鈴薯泥。

「醬汁在那個小漏壺裡。」林西遞了一盤給江續：「不知道味道是不是和我們吃過的一樣。」

林西說的，是他們有次單獨去豪客來吃飯，之後又單獨看了電影的那一次。

說起來，也算是那時候開始結緣的吧。

江續將擺盤好的牛排端了出去，林西則端了另一盤出來。

沒有做太複雜的料理，西式牛排就剛剛好。江續來之前，林西還認真布置了一下餐桌，放置了嬌豔欲滴的玫瑰，中間放著漂亮的西式燭臺，有燭光晚餐的樣子將江續帶來的酒放在桌上，他便默契地接了過去，俐落地開瓶，將暗紅的酒液倒進了醒酒瓶。林西點燃了蠟燭，精心布置的飯桌，瞬間讓整個房子變得浪漫了起來

起身走向飯廳電燈開關的方向，手指按下去，林西嘴角不覺露出一絲微笑。轉身，一個不察，直接撞進江續懷裡，把林西嚇了一跳，她驚魂未定，最後忍不住在他身上搥了兩下：「有毛病啊，嚇我幹什麼？」

江續突然抱住林西，將她抵在牆上：「酒還沒醒好。」

林西被她桎梏在一個小範圍裡，一抬頭，鼻端全是江續的呼吸，和他身上淡淡的古龍水味道。

「別鬧了，酒沒醒就先吃別的，你難道不餓嗎？」

江續低頭，溫柔地在林西嘴唇上咬了一口，然後以勾引的暗啞聲音說：「是餓了。」

說著，他解開脖頸處兩顆鈕釦，專注深情地看著林西。然後，林西就看見象徵著男性特徵的喉結，上下滾動了一下。

她臉頰脹紅，頭微微低了下去：「醒酒多長時間？」

「一個小時？」江續對這種問題根本心不在焉，視線一直落在林西脖頸處，他低頭自她耳垂和脖頸處一路吻了下去，最後，他有力的大手拉開了林西連衣裙的側面拉鍊，從那曖昧縫隙中輕輕摩挲進去。

林西被他帶得急切幾分，小手悄悄解著江續的襯衫鈕釦，沒多久就全解開了。

襯衫下，是江續三十歲的身體，比二十歲時更為結實、精壯，也比那時黑了一些，卻更有男人味了。

林西摟著江續的脖子，江續將她一把抱起來。

「左邊口袋裡的東西，拿出來。」江續說。

林西趴在他肩上，用力往下，才艱難從他口袋裡掏出一個鋁箔紙材質的小方塊——保險套。

林西本以為會有什麼驚喜之類的，誰知是這東西，氣得拿起保險套在他臉上打了一下。

江續猛地將她抵在門上，她的手一鬆，保險套在地上。江續剛要「報復」，門鈴突然響了。

叮咚，叮咚。

兩人俱是一愣。

「別管了。」

江續要繼續，卻被林西按住了臉：「我先去看看。」

林西從江續身上下來，剛要走，又被江續拉了回來。他強行把林西的手按著他的火熱：「妳確定不先管我？」

林西耳朵紅得發燙，啐了他一下：「別鬧！」

林西赤著腳走到玄關處，自貓眼往外一看，被外面的人嚇了一跳。

聽見了門內的聲音，醉醺醺的付小方又敲了敲門，在門口喊了兩聲：「林西，是我，快開門！我陪妳過節啦！」

林西見此情景，趕緊把身側的連身裙拉鍊拉了上去，拉得太急，還不小心夾到自己的肉。疼得直抽涼氣。

「來了來了！」林西回了兩聲。

她皺著眉看了家裡的狀況一眼，再看看衣衫不整的江續，趕緊又回來。她像偷情被抓的妻子一樣，手忙腳亂地幫「姦夫」江續扣著襯衫鈕釦和皮帶，越急越亂，還扣錯了。

門外的付小方又催了起來：「怎麼回事？不開門啊！是不是姐妹啊？」

這頭林西重新解開江續的鈕釦，見江續動都不動，一時有些生氣了：「你怎麼回事啊，自己扣啊！」

江續居高臨下盯著林西，眼神意味深長：「妳確定要把她放進來？」

「不然呢？」林西這人還是挺講義氣：「前面十年沒有你，都是小方陪我，我不能重色輕友啊。」

門外付小方又催了，林西乾脆不幫他扣了，直接把一動也不動、毫不配合的江續推進房裡。

「我會想辦法把她送回去，你在房裡別出來。」

說著「啪」一聲關上了門。

江續皺著眉看著那緊閉的門，正要發作，門又被林西打開了，本來沉下去的心臟浮了起來。

「林……」

「西」字還沒說出來，林西直接手忙腳亂的將一個保險套砸在江續臉上。

「千萬別出來啊！你這衣冠不整的樣子，要是被小方看到了，我們會被笑一輩子！」

「啪——」門又關上了。

江續的臉終於澈底垮了下去。

付小方對林西的家自然是十分熟悉的。

一進門就和自己家似的，直接找到拖鞋。

「妳怎麼不開燈啊，黑漆漆的。」

聽付小方這麼嘀咕，林西趕緊打開了客廳的大燈，尷尬地笑笑：「節約慣了，嘿嘿。」

付小方不知在哪裡喝了酒，一身酒氣，眼睛也是紅紅的，走路有點搖晃。

她一進屋子，見桌上都是好吃好喝的，一屁股坐了下去。

「嗝——」她毫無形象地打了個酒嗝，手又伸向桌上的紅酒瓶，驚嘆道：「勃艮第，妳發財了？」

她也不管醒不醒酒，直接倒了一杯給自己。

林西尷尬地坐在對面，眼睛時不時瞟向房間那邊，心裡還在擔心江續會不會被發現，衣服有沒有穿整齊。

付小方進門，就沒有要走的意思，開始和林西聊：「妳是不是知道我要來啊，準備這麼多？哈哈哈。」不等林西回答，付小方又說：「我今天就在妳這，陪妳，我不走了！哈哈。」

「……呃。」

「對了，妳知道嗎？」付小方話匣子一開就收不住：「上次校慶，我不是和妳說我們那些單身校友嗎？神奇啦！他們大多都脫單了！陸仁珈這年紀了，居然考上翻譯官了，還和他高中同學閃婚了；那個薛笙逸，我後來才知道他學生時得了骨癌截肢了，後來去跑馬拉松了，馬上要來的殘奧會，他好像是國家隊的，教練就是他女朋友；還有那個龍濤炳，以前幫妳做證過的那個，他從國外回來，居然和我們學校學生餐廳負責的那個大姐結婚了；裴玨町，我們學長，他和我們學校搞行政的呂老師冰釋前嫌，和好了……現在只剩個費南逐了，當醫生那個，妳要不要考慮考慮？」

付小方嗓門大，林西滿臉黑線，這音量，江續聽不見才怪了。

林西小心翼翼地說：「妳一直在外出差，我想著等妳回來當面說，比較正式。」

付小方牛飲一般，一下子半杯就喝完了：「蛤？」

「其實……我已經脫單了。」

「真的假的？」付小方醉眼迷蒙的雙眸中突然射出一道光：「妳一脫單，那些萬年單身漢全脫單，妳他媽是錦鯉嗎？」

林西尷尬一笑，趕緊轉移話題：「妳不是出差了嗎？怎麼提前回來了？」

「嗯，再也不去了。」

想到林明宇，林西擔心地問道：「沒碰到林明宇嗎？」

付小方拿著酒杯的手頓了頓，半晌竟然突然平靜了下來。

「碰到了，在賭場賭上頭了，輸紅了眼，做了點蠢事。」

「嗯？妳不會借高利貸了吧？」

「算是吧。」付小方痛苦地抓了抓頭髮：「和他賭了最後一個籌碼，我輸了，然後就登記了。」

「登記什麼？」

「結婚。」

「……」林西用了十秒鐘才消化了這個消息，最後恭恭敬敬喊了一聲：「嫂子。」

付小方瞪大眼睛：「別亂喊好嗎？」她懊惱地放下酒杯，一臉擔心的表情：「美國登記的，國內不會認吧？只要我不再去美國就沒事，對吧？」

林西嘿嘿一笑：「林明宇肯定不可能不認。」

「嗚——」

林西又幫付小方倒了一杯酒，遞了過去：「我打個電話給林明宇，讓他來接妳吧？今天情人節，還是去該去的地方吧？」

付小方看了面前的酒和燭光晚餐一眼，突然靈光一閃：「妳是在等男朋友？」她半醉半醒地問了一句：「對了，妳男朋友是誰啊？妳還沒說呢？我認識嗎？見過嗎？怎麼這麼晚還沒來啊？」

就在付小方問出一連串問題之後，房間的門突然「嘎吱——」一聲，被人從裡面打開了。

一臉鬱色的江續已經穿戴整齊，從房間裡走了出來。

付小方正喝著酒，看到江續，一口酒險些噴了出來，「江續？」

林西縮了縮脖子，介紹道：「我男朋友。」

江續皺著眉頭，一臉趕客表情盯著付小方：「見到了嗎？見完趕緊走。」

付小方拿著面前的酒瓶，咽下最後一口酒，胡言亂語地嘀咕著：「這酒是八二年的吧？好醉人啊，我醉了……」

說完，直接趴到桌上，也不知是真醉假醉，反正一動也不動了。

林西看了江續一眼，正想著把她扶進房裡，就見江續陰冷地擼了袖子，咬牙切齒地說道：「我送她走。」

林明宇在本市的「婚房」，N年都沒用過，他常年在國外，也鮮少去住，但是近幾個月一直是住在那的，因為住家裡長輩會嘮叨。

江續把付小方送去他那了，真是夠狠。江續黑著那麼張臉，一副被人打斷的欲求不滿模樣，付小方後來就算想醒也不敢醒了。

林明宇自然是對他們這種「見義勇為」很是感激，不等付小方反對，已經把老婆扛回去了。

回程路上，江續都不怎麼說話。兩人一路進電梯，林西還沉浸在那種看人笑話的歡樂氣氛裡。

想想那畫面，還是忍不住感慨：「你也太狠了。」

江續微微抬眸，「他們夫妻倆，剋我。」

從電梯出來，林西走在前，江續走在後。

剛打開大門，江續頭也不回的走了進去。

林西這才發現，江續還不爽著呢。

人生第一次實實在在的情人節，林西可不想吵架度過，趕緊一隻手臂橫了過去。

她用道明寺的霸氣姿勢，壁咚了江續。

兩人身高差在那，林西向上伸了伸手臂，才咚在江續肩膀的高度。

「男人。」林西用霸道總裁的方式說：「你成功引起了我的注意。」

江續也沒走，只是閒適地靠著牆，低著頭看著她。

林西一秒破功，咳咳兩聲：「別生氣了。」

「不是這樣。」江續英俊的臉上，流露出淡淡的溫柔。

「嗯？」

江續的手扶著林西的手，將她的手自牆上移到他腰後，引導她抱著他。

然後，一個不察，江續已經帶著她一轉，林西的後背瞬間貼到牆上，下意識墊腳往後縮了縮。

「咚」，是江續的手掌與牆面接觸發出的聲音。

林西就這麼被圈在他的懷抱範圍裡了。

這才是真正的壁咚。

林西的心跳像失控的機器，幾乎要跳出胸膛。

「酒醒好了，喝嗎？」林西問。

「不喝了。」

江續說著，低頭吻了下來。那一吻如同星星之火，以微小之勢燃起，引起了難以撲滅的熊熊大火。

他抱著林西沒幾步就從客廳走進了房裡。

腳一勾，將門帶上。

把林西放倒在床上，他嘴角帶著一絲戲謔的笑容：「房子小，也有好處。」

一整晚的折騰，江續再也不想等下去。

手上的動作甚至有些粗魯，林西的外套被他丟在地上。

「關燈。」林西提醒他。

江續低頭，目光灼熱，「不關。」

早上林西是被廚房做早飯的香味勾醒的，江續正在用平底鍋煎著雞蛋和培根。

飯桌上的東西都已經被江續收拾完了，也不知道他多久前醒的。

林西大概是累狠了，竟然一點都沒察覺到江續起來了。

刷牙的時候發現自己的刷牙杯裡多了一支黑色的牙刷，包裝被江續扔在垃圾桶裡。

林西粉色的牙刷和那支黑色的牙刷頭對頭，看起來無比親密，林西心裡暖暖的。

刷完牙坐在飯桌上，江續正好把早餐端了出來。

兩人相對而坐，無比自然。

「看來妳早就準備好我會過夜了？」江續嘴角帶著得逞的笑意：「櫃子裡有新的毛巾和牙刷，唔……還買了條內褲給我？」

林西臉一紅，趕緊反駁：「你別自戀，我那是早就買好的，買給男朋友的，只是你恰好成了第一任用戶。」

江續也不揭穿她，只是不緊不慢地切著煎蛋：「我不穿CK。」

「為什麼？」

江續故意壓低聲音，一種很挑逗的聲音說：「太緊。」

「……」

林西知道他是故意的，不理他，自顧自開始吃早飯。

見林西拿起刀叉，江續又意味深長地問她：「分清左右了？」
這話一說，林西瞬間囧了。
「咳咳。」林西說：「我們是對著的，我的左邊確實是你的右邊，沒錯。」
「是嗎？」江續笑：「妳確定妳不是太緊張了，左右不分了？」
林西看了左手無名指上的樸實金戒指一眼，沒有再說什麼，心裡甜甜的。
原來，昨天江續左邊的口袋裡是戒指，右邊才是衛生用品。
他說左邊口袋，林西卻去掏了右邊。
至於對面這個壞人，見她拿出那東西，將錯就錯了，還言之鑿鑿地說：「我以為妳想先做少兒不宜的事。」
被林西一頓揍。
林西轉了轉手上的戒指，故意不滿地說：「又是這枚什麼媽媽那傳下來的戒指，有你這麼摳的嗎？我想要鴿子蛋。」說完，手上比了比大鑽戒的樣子。
江續對此倒是淡定得狠，「嗯」，他說：「先買幾隻鴿子在家裡養著，等著下蛋。」
「呸。」
情人節的第二天，林明宇請林西和江續吃飯，在江續的酒店。
林西出門的時候，看到自己胸前的點點痕跡，忍不住怪江續。
好在二月的天氣還能穿穿高領衣，不然真是能丟死人了。

傍晚，華燈初上，各主幹道開始塞車，林西和江續到的時候，林明宇和付小方已經等候多時。

林明宇訂的是最頂級的宴會廳，自然透過江續。平日裡這樣的私宴宴會廳，都是給高端人士商務會談用的，裝潢豪華，寬敞安靜，會議廳連著吃飯的宴會廳。四處可見養得十分精心的花草，讓宴會廳多了幾分生機，角落裡的裝飾物，是江續不知從哪找來的根雕作品，更顯大氣。

剛落座，林西就忍不住吐槽林明宇：「這到底是你請客，還是江續請客？他還會收你錢啊？」

林明宇嘿嘿笑著，大大咧咧摟著付小方的肩膀，被付小方嫌棄地推開。大家就這麼看著他，他也不覺得丟人，還是嬉皮笑臉的，完全沒有三十歲的樣子。

被林西吐槽了，他還理直氣壯地回應：「怎麼和老哥說話呢？江續這邊環境好嘛？我又不是為了省錢，我是這種人嗎？」

林西切了他一聲。

大圓桌，林明宇和付小方坐了主人位，江續和林西不想說話太累，坐在旁邊不遠。

林明宇這話一說，江續輕描淡寫接了一句：「你的錢，我肯定要收，這個面子要給。」

「哈哈。」林西幸災樂禍：「必須收！我們還要點最貴的！」

林明宇搬起石頭砸了自己的，雖然有點肉疼，但是付小方在旁邊，風度還是要保持，趕緊大方揮手，「吃，隨便吃，算哥的。」說完，又要去摟付小方：「是吧，老婆？」

付小方對著他胸前就是一拐子，瞪著眼睛壓低聲音警告他：「你再動手動腳試試？」

林明宇也不生氣，笑哈哈就去布菜了。

林西吃著粥，看著林明宇像二十歲的毛頭小夥子一樣，一刻也不得閒，圍著小方鬧，心裡卻沒有一絲鄙視。

成熟其實是一個很悲傷的詞，大部分的成熟都伴隨著挫折和無奈，人不是自願磨掉了稜角，而是因為，如果有稜角，日子會更難過，所以大部分的人為了更好的生活下去，選擇了讓自己「成熟」。

林明宇出國後，林西也一度覺得他變了，如今再看他，其實他從來都沒有變過啊。

吃了兩個多小時，十年過去，這其中的心酸和痛苦，都被他們默契略過。兜兜轉轉，他們最後都留住了那個想要留住的人，這已經足夠。

命運的安排，必然是有深意的吧？

回家的路上，林西扯著安全帶，一路都在感慨。

「看到大家都修成正果，仔細想想，命運的安排，還是很棒的。」

江續開著車，趁紅綠燈等候時，溫柔深情地看著林西，一語雙關：「命運確實安排得不錯。」

林西嘴角含著笑，一雙杏核眼彎成月亮的形狀，不帶任何質疑的情緒，只是好奇地問江續：「如果，我說如果，沒有重生，沒有那一段特殊的經歷，我依然喜歡韓森，逃避你，你有什麼打算？」

江續的手扶著方向盤，往右打了打，半晌才回答：「把妳擄回家，關起來。」

「我說認真的！」

江續想了想又說：「多介紹女朋友給那個姓韓的，讓他停不下來，總有一天，妳會死心的。」

「切。」林西噘著嘴說：「你怎麼總是那麼迂回？就不能直接一點嗎？」

江續挑眉：「比如？」

林西笑：「比如，把我擄回家，關起來。」

被林西帶著轉了一圈，江續倒是沒有生氣，他只是溫柔地看了林西一眼。

「在妳車禍以前，我曾考慮過，直接從妳這裡進攻。」

「嗯？」林西詫異，之前一直逃避和江續的接觸，他哪裡有機會？便好奇地問：「什麼時候？」

「去年，夏天的時候。」回憶起那時候，江續自嘲地笑了笑：「畢業後妳幾乎不肯坐我的車，然後那次，妳喝醉了，讓我送妳了，還帶我上妳家。當時就想，要不然在妳家旁邊買套房子，近水樓臺，妳總不能趕我走。」

經江續提醒，林西突然有了點印象：「好像是有這事，你當時和我打聽我們社區的房仲？所以你當時是在試探我？」

「嗯。」江續笑：「然後妳就把房子掛出去了，很生氣的和我說，妳要賣房子了。我當時就在想，原來妳這麼討厭我。」

「……」這事說起來，真是烏龍極了，林西趕緊解釋道：「其實不是這樣的，當時我媽逼我結婚，我和他們吵翻天，就想著把房子賣了，我要去流浪。」

「嗯。」江續輕輕一笑：「這些都不重要，現在我們在一起，就夠了。」

林西被他溫柔的語氣溺斃，原本還想再解釋幾句，但是想想，似乎什麼都不用說了。

就像他說的，現在他們在一起，這樣就夠了。

「林西。」

等紅綠燈之際，江續突然側頭過來，認真地看著林西。嘴唇輕動，緩慢而鄭重地說道：「嫁給我。」

第三十四章　為愛而生

江續輕抿嘴唇，如墨的深邃眸子裡，彷彿有銀河灑下的璀璨，星芒點點，英俊的五官配著溫和的笑意，林西忍不住呼吸一滯。

車窗關閉，車廂內對流的空氣裡，彷彿融合了彼此的氣息，讓林西有種奇異的安全感。

她眨著眼睛，看著江續，最後傲嬌地撅起了嘴：「紅綠燈空隙求婚啊？還能再敷衍一點嗎？」

江續：「不答應？」他思索了一下，有些失落地說：「那算了，下次我選個好點的時間。」

「欸欸欸。」林西見他這麼輕易就放棄了，趕緊抓了他一下：「還有下次？」

「不然？妳不答應啊。」

林西皺了皺眉：「煩死了，答應你了。」

江續眼中流露出一絲狡黠，勾起嘴唇，笑了笑，「好的，老婆。」

林西白眼：「你改口倒是挺俐落。」

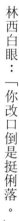

養好了身體，林西重新回歸自己的崗位。開了一個工作室，還是搞新娘祕書，只是不太需要自己親自出馬，招來的幾個妝髮造型師收益都不錯，人也溫和。

林西在社群上發了幾則廣告，蘇悅雯便來找她聊天了。

不得不說，比起學生時代的清高冷傲，現在的蘇悅雯確實不錯，人變熱情了，還主動幫林西介紹生意。

週末，蘇悅雯帶著老公約林西吃飯。江續知道了，立刻安排了時間，給足了林西面子。

和蘇悅雯見面的前一天，林西在江續家裡過夜，明知第二天有安排，非要耍任性。弄得林西火急火燎趕回家換衣服加化妝。

林西在她那小房子裡化妝，又把衣櫃裡的衣服都翻出來，一下子比紅裙子，一下子比卡其色風衣，整個人呈現備戰狀態。

抓起一件黑色修身裙在身前比了比，然後猶豫不決地問江續：「穿這件好看，還是剛才那件紅的好看？」

江續用手機看著別人傳來的資料，微微抬頭看了一眼，最後評價：「不穿最好看。」

林西耳朵一紅，怒了：「我認真問的。」

江續笑：「我也回答的很認真。」

林西無語：「問你，我真是瘋了。」

在一番慎重選擇之後，林西還是選了黑色連身裙，比較莊重，也比較低調，修身的款式又能勾勒身材，不會澈底被蘇悅雯比下去。

換上連身裙，拉鍊在背後，林西搆了半天，拉鍊卡住拉不動，不得不又求助江續。

「幫我拉一下。」

江續本來很專注看著手機，這時一抬眼，一片滑膩白皙的後背出現在眼前，自是什麼都不想看了。

放下手機，他起身走了過來。

林西站在鏡子前整理著裙擺，他站在她背後，將她拉了一半的拉鍊又拉開了。

感覺到後背發涼，林西回過頭瞪他：「我讓你往上拉。」

江續將林西肩上的頭髮撩到一邊，在她脖頸處舔吻著，手也不老實的自打開的後背伸了進去，滑到前面的豐盈之處，最後被林西抓個正著。

「還吃不吃飯？」

江續吻了吻那片滑膩後背，「妳先勾引我的。」

「昨天不是已經那什麼過了嗎？你三十歲了，能不能有點自制力？」

江續不以為恥，反以為榮，「在老婆面前自制，不是男人。」

林西：「……」

林西在選衣服，床上堆滿了亂七八糟的東西，本來以為他得逞不了，結果他倒是很能在逆境中尋求發展，發現林西這小房子還有一處窗臺……

本來提前了一個多小時，被江續一折騰，最後還遲到了十幾分鐘。

林西本來選的V領黑裙穿不了了，換了一件高領兔毛白毛衣。

換高領的原因嗎，自是某人所賜。

而饜足的某人，在林西家沖了個澡，又恢復了人前人模狗樣、衣冠禽獸的樣子。

什麼高冷，什麼禁欲，林西再也不相信有男人是這種人設了！

到了酒店，江續去停車，林西先進去了。

雖然沒有刻意公布過，但是大家對林西的「老闆娘」身分已經心知肚明，雖然不會刻意諂媚，態度還是比從前更加客氣。

到包廂，蘇悅雯和老公已經等候多時。

本以為自己穿個毛衣去，肯定會被美豔的蘇悅雯比下去，誰知蘇悅雯比她還隨意，素面朝天就來了。

原來，結婚沒多久的她已經懷孕三個月了。

蜜月寶寶，提起來滿臉幸福笑容。

林西看著她，倒覺得自己這麼盛裝打扮，有種輸人一頭的感覺。

這次江續選的是家宴的宴會廳，沒有林明宇那次那麼大，但是氣氛溫馨很多。林西一進來，蘇悅雯就一臉打趣地說：「你們家的江大神呢？」

林西隨手把包放下，正要解釋，江續就進來了。

江續進來，大家的話題便落在了酒店啊、菜品啊、裝潢啦這一類話題上，氣氛還算熱絡。

湯上來的時候，林西用左手轉了轉桌面上的玻璃圓盤，蘇悅雯突然驚呼了一聲：「哎呀，江大神這是下血本了，這麼大顆啊？」

蘇悅雯大驚小怪，幾個人看向林西左手上的鑽戒，這讓林西有點不好意思，趕緊把鑽石轉到手心的方向，不說話了。

這枚心形鑽戒是江續送的。

本以為求婚戒指只有那枚金圓環，誰知他還真的補了一個。

那是一個陽光燦爛的早晨，林西因為太累，一直在賴床。

江續做好了早飯叫她起床，她躲在被子裡不出來。

林西身上沒有穿衣服，他以冰涼的手伸進被子，在她皮膚上亂蹭，凍得她直哆嗦，當她要發火時，手突然被他攥住，然後，一個冰冰涼涼的戒指就戴在了林西手上。

頂著亂蓬蓬的頭髮，沒洗過的臉，睡眼朦朧地舉起手看了冰涼的來源一眼。

她歡喜的回過頭，正要去擁抱江續，江續已經把她連人帶被子，一起抱進了懷裡。

江續笑著問：「鴿子蛋也有了，什麼時候兌現妳的諾言？」

林西縮在被子裡，調皮地回了一句：「你猜。」

這枚鑽戒自戴在手上，林西便沒有拿下過，畢竟代表的寓意不同。

蘇悅雯打趣林西和江續，林西求助地看了江續一眼，不想江續卻沒什麼尷尬神色，握了握林西的小手，很自然地說：「一輩子只有一次，自然要多出點血。」

林西嘴上不說什麼，心裡甜蜜得很，沒說話，又繼續喝湯去了。

蘇悅雯皺了皺眉鼻子，一臉羨慕嫉妒恨的表情，連這樣的表情都十分俏皮，她打了她老公兩下，嬌嗔地說：「當初你送我的可沒人家這麼大，你是不是還想著有下一次？」

她那平凡長相的老公，看了江續和林西一眼，無奈卻又逗趣地說了一句：「江總，你這是給我們製造壓力啊。」

四個人一起笑了起來。

蘇悅雯比以前活潑了很多，整個席間竟然是她一直在調節氣氛。她和林西抱怨懷孕後在家很可憐：「林西，我和妳說啊，千萬不要太早懷孕，不然在家太無聊了，趁年輕要多玩幾年，晚點再開始『坐牢』。」

林西笑，靦腆地說：「婚還沒結呢。」

蘇悅雯「喲」了一聲：「江續，林西是在暗示你呢。」

江續笑笑，很給面子地接了下去：「收到暗示了。」

被林西打了一下。

說起學生時代的事，蘇悅雯十分感慨：「以前江續那麼受歡迎，一直不談戀愛，我還以為你會找個明星、選美小姐什麼的，沒想到啊……」

林西拱了拱鼻子，很不要臉地接了下去：「是我對娛樂圈沒興趣。」

蘇悅雯拍著林西的肩膀，哈哈大笑：「林西，我就喜歡妳這麼有趣。」她頓了頓又說：「但是想想，又覺得好像就該這樣。」

「嗯？」林西知道自己和江續並不是郎才女貌那種登對，所以聽蘇悅雯這麼說有些好奇：「我以為妳會說江續瞎了什麼的。」

「可以這麼說嗎？開玩笑啦。」蘇悅雯又笑：「其實我很久以前就有感覺了。」說起以前，蘇悅雯臉上不見從前的失落和複雜，而是很坦然的眼神：「當年那枚十項全能的徽章，他最後送給妳了。我就知道沒那麼簡單。」

林西差點把筷子咬斷：「徽章？送給我？怎麼可能？」

坐在一旁沒說話的江續，這時候幽幽說了一句：「是送給妳了。」

「什麼時候？」林西瞪大了眼睛。

江續回想從前的事，嘴角勾起一抹笑意：「畢業紀念冊裡。」

「為什麼蘇悅雯都知道，我卻不知道？」

蘇悅雯嫉妒地哼了一聲：「因為我找江續幫我簽畢業冊的時候，他正在簽妳的，我看到他把徽章別進去了。」

飯局過後，林西心情很好。

回家卸妝，林西還在和江續聊著蘇悅雯。

搓完臉回房間，江續躺在床上看著書，林西爬到他身邊，詫異地問他：「說起來，我當年好像沒幫你寫過畢業紀念冊啊？」

江續手上捧著書，冷冷睨了她一眼：「妳幫林明宇寫了。」

「噢——」林西笑了，從他拿著書的手臂下穿過去，趴在江續前胸，語氣揶揄：「所以，我沒讓你寫，你自己搶著寫的啊？」

江續哼了一聲：「所以，妳之後根本沒打開看過。」

「誰會去看畢業紀念冊啊？」林西笑話他：「喂，江續，我發現啊，你追女孩的方式，真的很小學生啊！」

江續微微瞇眼，放下書。一個翻身，將林西壓在身下。

灼熱的呼吸拂掃在林西臉上。

他說：「這個話題，到此為止。」

勞動節小長假，林西一個工作都沒接，因為林明宇和付小方結婚。

林明宇為了挽回尊嚴，搶在江續和林西前面結婚，江續和林西要當他們的伴郎伴娘。

當初在美國登記，有些酒精之後的衝動，回國之後要面對的，才是真正成年人的世界。

中間過程之艱辛，不加贅述，總之，林西幫她上妝的時候，她幾度把妝哭花了。林西一邊幫她化妝也一邊哭個不停，用付媽媽當時看到那場面的話來說，就是——「我還以為她不想嫁給林明宇。」

婚禮辦得比較趕，但是小夫妻還是很認真在準備，整體走甜甜的森系風格，現場都是綠色吊藤和白色玫瑰，以及各種溫馨小動物的雕像，讓林西覺得很夢幻。

禮成後，付小方直接把捧花送給林西，雖然之前隱隱覺得她會這麼幹，但是真的發生的時候，她還是哭得眼淚嘩啦的。

送完了捧花，付小方一直抓著林西的手，聲音哽咽著，她動情地向在場的賓客介紹：「林西，我的大學室友，我最好的朋友，我的伴娘，現在是我的小姑子了。這十多年來，我們是傳說中彼此的豬隊友。她坑我，我坑她，不知道怎麼長這麼大的。曾經我們發過誓，這輩子要是遇不到愛人，就一起過了算了。」

付小方動情抱著林西，眼淚直掉：「雖然現在我們都遇到愛人了，但是妳要記住，我最愛的還是妳。」

一句話，把林西勾得也哭個不停。

看著自己最好的朋友出嫁，為她牽過婚紗，拿過戒指，最後得到她的捧花。

這是林西這輩子也忘不了的畫面。

友情這個東西，是會隨著時間而漸漸的淡掉的。曾經形影不離的閨密，在各自有了愛人、家庭之後，會漸漸疏遠。不管曾經發過多少誓，生活就是這麼現實。

熱血澎湃的青春過後，林西身邊也只留下這麼一個朋友，如今她們不僅沒分開，還多了這層關係，彼此都很珍惜。

舞臺上，兩人抱成一團，哭個不停，賓客們一開始還挺感動，後來都有些莫名，最後是兩家的男人各抱回一個，這事才算是完了。

晚上回家的時候，林西身上還穿著伴娘的小禮裙。抱著捧花，她吸了吸鼻子，對江續說：「早知道我們就不讓他們了，要是我們先結了，今天就是輪到我送捧花了。」

江續看了她一眼，挑了挑眉：「很重要？」

「當然。」林西說：「我也想像這樣，有一次儀式感的交接。」

「嗯。」江續想了想又說：「要不然我們先生孩子？」

林西無語：「先生孩子有什麼儀式感的交接？」

「可以把孩子的尿布送給她？」

「……滾。」

林西籌備了一陣子以後，因為嫌麻煩，本來是打算旅遊結婚。結果被林媽堅決反對。林媽說：「老娘包了那麼多紅包錢，妳居然不給我機會收回來！」

林西想想，父母也只有她這麼一個女兒，最後只好妥協，又累死累活繼續準備。

本來江續那邊有專人安排挺好的，但是林西有點細節控，力求弄得夢幻一點，所以事無鉅細，都要親自過問。

搞得她連三個月生理期紊亂，一度懷疑自己不能生育。

婚禮都確定好了，林西和江續開始發請帖，連請帖都用心設計。賓客需要把一種特殊印泥印在白色的請帖上，時間、地點才會顯現出來。

林西覺得這設計挺用心的，江續則潑冷水：「這種要送錢的活動，人家收到一張白請帖，大概將錯就錯，就不來了。」

林西瞪他：「閉嘴。」

婚禮的請帖，有的是寄出去的，有的是父母那邊發出去的，也有的一些重要的朋友，是林西和江續一起，親自去送的。

比如韓森。

其實林西也不能理解，為什麼韓森成了她「重要」的朋友，但是考慮到江續這種小人得志的性格，最後還是決定配合他。

韓森知道江續來送請帖耀武揚威，自然對他不客氣，好多年沒罵人的韓森，對江續使盡了畢生所學之髒話。江續呢，自始至終高深莫測地笑著，摟著林西，一副勝利者姿態。

韓森這人的性格還是很好的，這一點林西這麼多年都很認可。知道林西不喜歡他，大大方方退出了，還送出祝福。

送完請帖，韓森請江續和林西吃飯，林西有點不好意思，江續倒是臉皮極厚。

本以為會有什麼大餐，不想，韓森居然指揮著林西和江續，一起回了C大，珍饈美味，沒有，有的只是C大的學餐快炒。

韓森拿出學生卡去刷，林西十分意外：「你的卡居然還能刷？」

韓森不好意思地撓了撓頭：「女朋友的。」

「女朋友？」林西花了兩秒才消化了這個消息：「你居然找了個還在讀大學的？」

林西上下打量著韓森，最後吐槽：「你都大人家十歲了吧？」

韓森瞟了江續一眼，哼哼兩聲：「九歲，她還有一個學期就畢業了。」

見韓森和江續表情不對，林西立刻敏銳地回頭，一把抓住江續的衣領：「你是不是也知道？」

江續淡定地落座，隨意地「嗯」了一聲，沒有再說透露什麼。

林西八卦，正打算繼續問，對面的空位就坐下了一個年輕活力的女孩。單馬尾，牛仔褲，粉黛未施，但是膠原蛋白滿滿，漂亮得讓人移不開眼。一落座就挽住韓森的手臂，一副陷入愛河的小女孩模樣。

林西嘴巴驚成了「O」字形，最後忍不住感嘆：「我的媽呀，韓森，你的女朋友配你真是糟蹋了啊！」

那小女孩被變相誇獎，眼睛笑成了月牙形：「謝謝舅媽。」

「舅媽？」林西還以為自己聽錯了。

坐在林西身邊一直沒有發言的江續，這時淡定地抬起頭，介紹了一下：「這是我表外甥女。」

林西：「……你表外甥女和韓森在一起了？」

江續微笑。

韓森卻是一臉不爽：「老子猜到他當初介紹這丫頭，就是心懷不軌。」

小外甥女聽了韓森的話，嘴巴一撇：「韓叔叔你後悔了？」

韓森瞪了江續一眼，最後卻轉了脾氣，很呵護地回答了一句：「不後悔。」

哄得女孩眉開眼笑。

飯後，路過籃球場，韓森找球場上揮灑著熱血的男孩借了一顆籃球，特別跩地走到江續身邊，挑釁道：「來一場？」

韓森的小女友立刻揮舞著雙手為男朋友吶喊：「韓叔叔最棒！」說著，親了韓森一下，特別年輕甜膩的那種。

「給韓叔叔能量！」小女生的聲音甜甜的。

韓森得了女友的鼓勵，精神更加亢奮，在那拍著籃球，一下一下，等著江續的回覆。

再看這頭的江續，看了韓森一眼，態度不疾不徐。

他摟過林西，也不管林西願不願意，直接深深一吻落在林西唇上。

等林西老臉脹紅要打他，他才笑咪咪地說：「我也要能量。」

林西啐他：「為老不尊。」

兩個女人坐在籃球場邊，像大學校園裡的情節一樣，緊張地看著球場上的情況。

韓森穿得休閒，倒是好施展，拍了拍球動了動，算是熱身好了，再看江續，西裝襯衫皮鞋，完全商務人士裝扮。

江續的表外甥女看他這裝備，自覺韓森贏定了，跳起來加油：「韓叔叔！打倒我老舅，讓他見識一下你這幾年的練習成果！」

林西想想，這幾年好像也沒見江續打過球，這時又穿成這樣，怕會輸，趕緊鼓勵自家老公：

「和自己表外甥女婿打，親情第一。」

韓森聽了這話，想想自己的輩分，一臉日了狗了的表情。

江續回頭看了自家老婆一眼，什麼也沒有說，只是帥氣地扯掉脖子上的領帶。

他多年波瀾不驚的雙眸中，回歸不少當年青春的熱血。

韓森笑：「我這幾年一直有在練。」

他也笑：「透過這場比賽，我想告訴你，練，沒有用。」

十五分鐘的單挑，三球勝負，江續穿著皮鞋打出三比零的成績。

場面之激烈，兩個人打得滿頭大汗。

比賽結束，韓森躺在地上，嘴角帶著笑意，帶著幾分釋然。

最後，他笑著大吼了一句：「老子輸啦！」

從C大回家，林西笑著問江續：「怎麼從來沒有見過這個表外甥女？」

江續表情自在：「她在上大學，一學期才回家一次，還沒有機會。」說完又補了一句：「我幫她輔導過兩天英文，所以看過所有的歷年題目。」

林西恍然大悟：「怪不得你輔導我的時候，題目都押中了。不過你的記憶也太好了，居然都記得住。」

江續聳了聳肩，不在乎的樣子，深藏功與名。

「江續，你說，重生是真的，還是一場夢呢？」

江續抿唇思考：「這還重要嗎？」

林西想想，也跟著笑了。

想到在C大發生的一切，身體裡好像有一股熱血就要噴湧而出。

這是林西工作以後鮮少有的狀態。

對C大，有太多懷念，也有太多不捨。

人生曾經有那麼重要的幾年在那裡度過，想起來都是甜蜜。如果可以選擇，她真的很希望自己永遠都留在二十歲。

「二十歲真好啊，做錯了事可以被原諒，幼稚是一種可愛，沒有條條框框，完全隨心而為。」說起過去，林西滿滿懷念。

江續笑著問她：「如果再給妳一次機會，妳想重生嗎？」

「哈哈，那我要去談一場轟動全村的戀愛。」林西想了想，又加一句：「和吳彥祖。」說完，又問江續：「那你呢，還想重生嗎？」

江續眸光深情，聲音溫柔得彷彿要把人溺斃。

「我不想再重來一次了。」他久久凝視著林西，一字一頓地說：「我已經擁有最好的了。」

本來一個好好的假設性命題，又被江續攪亂了。

林西眼眶微紅：「江續，你作弊……」

這世界上其實沒有誰可以真的重生，重生，只是懦弱的自己因錯過的一切，而產生的一種不甘心的幻想。

事實上，在愛情的世界裡，錯過的不能挽回，失去的不能復得。

所以，我們更要珍惜身邊的人。

愛要大膽地表達，誤會要早一點說清。

因為，那是我們愛著的人啊，怎麼捨得錯過他？

——《我的重生脫單計畫》正文完——

番外

番外　路過蜻蜓

01

寒冬出差，本來只要銷售經理出面即可，但是想到去美國，江續還是親自走了一趟。

林明宇在美國漂了有好些年了，這幾年，江續見了他三次，三次都是不一樣的女友。本以為這次他那間公寓裡，應該又會有一個新的「女主人」，不想，他居然就這麼單身了近一年了。

兩個大男人，隨便找了家店吃飯，唐人街的火鍋店，味道說不上多好，但是在異國他鄉，食物，是眷戀家鄉的遊子唯一的慰藉。

林明宇身上穿著一件很長的灰大衣，看起來有些頹廢。

江續皺了皺眉：「為什麼不回國？」

吃下一塊毛肚，林明宇抱怨：「我一回去我老媽就催婚，煩死了。」說完，他又頓了頓：「還好我妹林西也沒結婚，現在我們是家族的罪人，拖了姓林的後腿。」

江續聽了林明宇的話，頓了頓：「嗯，我知道。」她一直還在等那個姓韓的。

江續說完，陷入了沉默。

火鍋熱氣氤氳，朦朧間大家看不清彼此的表情。鍋裡水開翻滾的聲音，碗筷碰撞的聲音，旁邊食客拉桌子推椅子的聲音不絕於耳。一片嘈雜中，林明宇沉默了兩秒，問他：「話說江續，你該不會，是喜歡我吧？」

江續差點一口菜嗆到：「……你吃多了？」

林明宇看著他，特別認真地說道：「你老是跑到美國來，又關心我的婚姻狀況，搞得我心裡毛毛的。你別喜歡我啊，我喜歡女的。」

「滾！」江續差點把一鍋熱湯潑他臉上。

從美國回來，江續忙得焦頭爛額。

期間接了蘇悅雯的婚禮。蘇悅雯也有點不懷好意的意思，把那笨妞弄來當妝髮師不說，還把他們安排在同一桌，終究也是相對無言。

近來他們打交道的機會其實也不少，就是她總是把他視為洪水猛獸，看到他就躲得遠遠的，那種抗拒姿態，真是軟硬不吃，刀槍不入。

江續從小到大順風順水，唯在她身上踢鐵板。

她想在他生命裡不特別，都很難。

說起來，第一次和她見面，還是大學剛入學的時候。

當時江續也是剛來報到，拿著行李進了寢室，寢室裡已經有兩個男生。

一個一直對著鏡子梳頭，見到江續，介紹完以後就不停問江續，帥不帥，屌不屌，勾不勾妹子。當然，這個室友也保持這秉性整整四年。很色，癡迷大胸，追女孩的方式就是「和我在一起，我送妳一條骨骼驚奇的染色體」，又或者「我對女孩特別大方，一個晚上就能送她好幾億」。

江續無話可說。

另一個相對正常一些，記住，只是相對。江續進寢室的時候，他正專注地看著金庸的小說，江續的第一印象，以為他是個愛看小說的普通大學男生。後來再接觸，才發現他也病得不清。江續不過是拿個水盆，他立刻過來幫忙，嘴裡還在喋喋不休「俠客」精神。江續簡直無語。這個室友是個憤青，有點類似於後來盲目愛國者的群體。動不動就「我們江湖武林」、「義字當頭」。

再後來，林明宇就出現了。

江續想，一個寢室總不可能全是奇葩，僅剩的那一個，應該是正常人吧？

於是，林明宇來的時候，江續主動和他說了一句話，表達善意。

之後的很多年，江續都有些後悔。事實證明，如果一個寢室全是奇葩，剩下的那一個，絕對是最可怕的奇葩。

只是，這世上哪有後悔藥。

當然，剛來的林明宇並沒有表現出他的奇葩屬性，一切禮儀都還算正常。

剛來的林明宇要鋪床。兩個人的床連在一起，兩個高個大男人在上面鋪，很容易彼此撞到，那畫面太 Gay，於是江續把空間讓給林明宇，自己去學生餐廳吃飯。

從學生餐廳回到寢室，寢室裡竟一個人都沒有，江續有些欣慰，正準備一個人看看書，他的床上傳來一陣抖被子的聲音。

他一抬頭，就看見一個穿著白色棉質短袖襯衫的女孩，坐在他床上，抱著他的被子，很溫柔地理著。

白色的蚊帳也不知道什麼時候被掛上了，隱隱約約現出女孩年輕粉嫩的臉龐，高高的馬尾，尖尖的下巴，臉上有一抹熱氣帶來的紅暈。

那一刻，江續恍惚了一瞬間。

他想，難道田螺姑娘，是真有其人嗎？

那女孩鋪好了被子，頭也不抬喊了一句：「林明宇，枕芯呢？怎麼不在床上？」

江續幾乎是下意識，遞上了放在書桌上的枕芯。

那女孩三兩下就套好了枕頭，然後抿唇微微一笑。她笑起來的時候眼角有些向下，看起來很無辜。她拍了拍手，說道：「林明宇，你真是巨嬰，這麼簡單都不會。」

這話說完，她才抬起頭，正好與江續四目相對。

一雙圓滾滾的眼睛好像會說話一樣，忽閃忽閃，那從大喇喇轉為羞澀抱歉的小鹿一般的眼神，第一次勾起江續對女性的興趣。

但是她不停提到林明宇，江續想，難道是林明宇的女朋友？

她見他一直盯著她，眼神有些迴避，捋了捋耳邊碎髮，她結結巴巴地自我介紹：「我……我是林明宇的妹妹……」

江續聽到是林明宇的妹妹，居然有點鬆了一口氣的感覺，然後禮貌地回答：「我是林明宇的室友，我叫江續。」

她尷尬地從床上爬下來，纖細的手臂抓著上鋪的樓梯，一雙又長又直的腿，就這麼冷不防出現在江續的視線裡。

江續本質是個紳士的人，趕緊移開視線，只是餘光仍舊可以隱約看見她。

她小巧的腳踩著鐵樓梯的橫桿，膝蓋一直一彎，那是和男性完全不同的骨骼結構。

皮膚白皙得好像會發光，讓他覺得這寢室似乎更窄小了一些，感覺有些熱。

等她小心翼翼爬下來，最後一腳俐落蹬進她的拖鞋裡，江續才撇回頭來。

她穿著一雙人字拖鞋，夾趾上有一朵向日葵，旁邊便是她如花骨朵一樣的腳趾頭，一動一動，盈盈可愛。

不好意思和一個陌生男生共處一室，她又小心翼翼地問他：「林明宇呢？」

「好像去裝水了。」

她站在他身前，身上有淡淡的茉莉花香，那也許是洗髮精或者沐浴乳的味道，總之，很清新也很好聞。

她身高只到江續胸前，他微微移過視線，就能看到她的頭頂，旁分的瀏海，分著一條很規矩的分線，露出點點白皙的頭皮，那視角，可真奇怪。

「噢。」她頓了頓聲，又軟軟地說：「那……麻煩你和他說一下，床我幫他鋪好了，我先回去了。」

他淡淡一笑，最後吐出一句話：「妳鋪的是我的床。」

她愣了一下，那種尷尬的表情，讓江續有種惡作劇成功的感覺。

她抬起頭，訥訥問他：「不好意思……要不然，我幫你還原？」

說完，她又覺得不對勁，表情糾結。

江續道：「不必，鋪好了我正好睡覺。」

她長長舒了一口氣：「那就好，那我先走了啊！」

江續問她：「不坐坐？」

「不用不用！」說著，轉身就要走。

她一轉身，江續才注意到，她的裙子並不長，大概是剛才在床上動的時候弄到，此刻，裙擺居然卡在腰部以下，大腿以上，硬挺材質的裙子，此刻成一個立體三角狀。

內褲就這麼露了出來。

全棉的布料，一隻粉色小豬的圖案，正中還有一根小尾巴。

江續自覺非禮勿視，但是就這麼任她出去，也十分不妥。猶豫了一下，喊了一聲：「林明宇的妹妹？」

她被嚇了一跳，一個大角度轉身，那裙擺又因為她的用力一轉，又抖了下去，蓋住了那挺翹的小豬屁股。

她回頭看著他，眼神中有些許防備，沉默兩秒後問他：「還有事？」

他看見那粉色裙擺下，只有白皙的筷子腿，最後笑笑，揮了揮手，「沒事了。」

當天晚上，寢室第一次夜聊。

一室奇葩，各說各話倒也很和諧。江續原本一直沒插嘴，唯林明宇談到他妹妹，他才和他旁敲側擊了一番，最後順利知道她的名字。

雙木的那個「林」，東西的那個「西」。據說，因為她是太陽西落的時候出生的，所以取名為「西」。

那時候的江續並不知道，這個名字，未來會和他出現在同一個戶口名簿裡，且以妻子的身分，與他共度了一生。

很久很久以後，兩人靠在床上聊天，林西問他：「你為什麼會喜歡我？」

江續笑著回答：「一見鍾情吧？」

林西不信：「以我的長相，一見鍾情有點難度吧？」

江續抱著她，笑嘻嘻地說：「大概是因為，妳一次見面就對我色誘吧。」

又是露大腿，又是露內褲。

他也不過是個不到二十歲的愣頭小子，哪裡把持得住？

當然，他不會告訴她這些，讓她得意。

林西瞪大眼睛看著他，一臉難以置信：「怎麼可能？我一直都很保守的好嗎！」

江續的注意力已經去了別處，一雙灼熱的手探進被子裡，自膝蓋往上移，最後在大腿上摸索：「妳第一次見我，就爬到我床上去了，還不是色誘？」

這一提醒，林西也想起了那次烏龍的鋪床事件。趕緊解釋：「不一樣，那是我搞錯了床。我本來是要幫林明宇鋪的。」

「嗯。」江續的手指懶懶挑開睡衣上那礙事的鈕釦。淡淡說：「所以註定了，妳是我老婆。」

林西啐他：「切，哪有那麼多註定？我們能在一起，全是你死纏爛打，我不得不從。」

林西一把抓住江續的手，掃了江續的興，他不得不又與她對視。

她問他：「那你第一次見到我，是什麼印象？」

江續不回答，只是反問她：「妳呢？」

林西仰頭想了想，很認真答道：「很高，很白，長得還行，話很少，還有……腹黑？明知我鋪錯了還讓我繼續鋪。」說完，她抓著江續的手，逼迫他回答：「我說完了，該你了，說吧，對我的第一印象？」

江續：「唔……大腿很白，還有，腳趾頭長得很可愛？」

林西：「你到底在看哪裡……」

02

要說江續看過最多次醉態的女人，絕對當屬林西。

認識她十多年，她算是為他醉出了人間百態，什麼稀奇古怪的樣子都有。

明明長得文靜又乖巧，也不是酗酒類型的女孩，就是能在各種場合醉倒，還剛好被江續碰到。

兩人結婚後，江續就對林西禁酒了，林西對此很不滿，然後他列舉林西每次喝醉以後的醜態。

林西說，最讓她震驚的，不是這十幾年唯幾次醉倒的經歷，每一次都正好被他看到，而是他記得那麼深刻的事，她卻連零星記憶都想不起。
對此，江續只是笑笑。
畢竟，她不記得的事，實在太多了。
蘇悅雯婚禮之後沒多久，C大發了邀請函給他。
校慶過後，同一屆的同學還想續攤，找江續「敲竹槓」，江續笑笑點了頭。
那天來的人挺多的，也包括了她喜歡的那個姓韓的男人。
酒喝到一半，那姓韓的逃酒跑了，江續進場的時候，姓韓的和林西都不在，這讓江續有些緊張。
等他在男廁所附近找到她的時候，她正在角落裡緊張地演練著。
她上身穿著一件白外套，下身是一件多層白紗裙，真是奇怪的打扮，簡直像是去表演兒童話劇的樣子。唯有那雙腿，又細又直，這麼多年都沒什麼變化。
她靠著牆，聲音不高，也有些緊張，一下子用試探性的聲音說：「或者，你喜歡梅西嗎？又或者，你喜歡老子嗎？」
江續嘴角勾了勾。
大概是覺得這詞不好，她踱來踱去，又換了一種說法，一副流氓一樣踐踐的對著牆說：「我媽養了一條狗，你要不要帶回家養養看？就是那種養了三十年的單身狗。」
江續差點笑出了聲。
酒店到處都是江續的員工，見了自家老闆，有人鞠躬，有人打招呼，江續不好在角落一直站著，引人探究，只好理了理西裝，先出去了一下。

幾分鐘後，江續再回頭去看，卻找不到林西的影子了。

慌忙回去，她已經在包廂沙發的角落裡喝上了。

江續想，她這反應，大概是被拒絕了，當然，這也是他意料中的結果。

雖然林西很鬱悶沮喪，但是他卻是鬆了一口氣。

想想剛畢業沒多久，也曾見過她為了那姓韓的喝得爛醉。如今她喝得爛醉，為了同一個人。

江續仔細觀察，認真揣摩，依舊對她的品味不敢恭維。

林西一杯一杯地喝，終於成功把自己灌倒。

這一次她沒有亂說話，也沒有大鬧，喝醉了就睡覺，乖得很。

包廂裡的眾人已經喝到放浪形骸了，光影曖昧，誰也沒注意到角落裡有誰，大家都在中間最熱鬧的地方玩遊戲。

江續後進來的，假裝不經意坐到她身邊，她斜著身子癱坐在柔軟的沙發裡。清透的底妝，凸顯著五官本來的秀美特點，清純感十足。

林西並不是不美，而是她總是很跳脫。

比如這樣的場合，想要發展點什麼的女人，都是穿著符合年齡的修身黑裙、紅裙，氣質款的大衣之類。好比今天一直有意無意過來勾引江續的ＡＢＣＤ，那才是正常人的樣子。而林西，穿著一件奇怪的小禮服，用外套包裹得嚴嚴實實的不說，白棉襖上還有一片汙漬，雖然用水洗過，還是痕跡清晰，能讓人完全失去欲望。

她喝多了，睡得酣暢淋漓的。

江續坐在她身邊，保持著一段距離。就像小奶狗下意識擠到溫暖的地方一樣，她也下意識往江續身邊拱了拱。拱了一大半，卻又沒有澈底靠過來，只是歪著頭靠在江續肩膀旁邊的沙發上。

距離那樣近，他甚至能聞到她身上難聞的氣味。香水味酒味以及一股奇怪的味道，混合在一起。

江續皺了皺眉頭，卻捨不得推開她。

包廂裡空調溫度高，她有些熱，迷迷糊糊的，將髒兮兮的外套拉鍊拉開了，她那件白紗裙不是半身裙，而是那種抹胸款的連身小禮服，此刻冷不防顯山露水，竟是一片讓人移不開眼的美景。抹胸裙緊緊包裹著胸前的白麵糰，隨著她呼吸一起一伏，她微微側身，一道深深的溝壑就出現在江續眼前，勾得他耳朵有些紅。

再次重申，江續自覺是個正人君子，所以他沒有一直盯著看，而是抬手過去，將林西外套的拉鍊又拉了回去。

拉鍊從肚臍處往上走，到高聳之處卡住，江續稍用力，指尖觸到那處柔軟。那種觸感和拉他自己衣服的感覺是完全不同的，這讓他不由身體一僵，一股熱氣直走下腹。

拉鍊拉好，江續低頭，才恍然發現兩人的距離如此之近。

他一低頭，幾乎要吻在她嘴唇上。

那樣近的距離，他甚至可以看見她粉嫩的唇上，淡淡的唇紋，以及有些暈出範圍的口紅色。飽滿而挺翹，水灩欲滴的感覺，讓他身體裡的熱氣來得更為強烈。

他有些茫然，就在動作不受大腦控制的時候，她卻醒了，他被她嚇了一跳。

她睜著酒意迷蒙的眼睛，用軟軟的聲音問他：「你怎麼躲在這了？你遊戲輸了嗎？」

江續愣了一下。

她笑，那紅唇嬌豔得如同剛從樹上採擷下來的櫻桃，她問：「是不是他們也要你親喜歡過的女孩？」

「嗯？」

「要不然我讓你親一下？反正我們都沒有喜歡的人了。」說完，咯咯直笑，眼中還帶著幾分悲傷。

那一刻，江續在她眼中看到的，是別的男人的身影。

終於，將他的那一股腦的腦熱澆醒了。

他只回答了兩個字：「不必。」

聲浪陣陣，有人借著酒精表白，有人借著酒精耍流氓，也有人借著酒精嚎啕大哭。

唯有江續，自始至終看著這一切，靜靜消化著那種拳頭打在棉花上的無力感。

上一次他有這種挫敗情緒的時候，他還會用酒精麻痹自己。

那是多少年前呢？有十年了吧？

當時大一下學期剛結束，為了迎戰全市的大學籃球聯賽，整個籃球隊被學校安排在體院的訓練營進行集訓。

這次集訓是半封閉的，每天晚上八點後可以放風到十一點，其餘時間都要嚴格管理，保證訓練和休息時間都能充足。

那時代沒有那麼多社交媒體，智慧型手機也還完全沒有普及，全靠ＢＢＳ之類管道填補著大學生的生活。C大籃球隊靠著隊裡有幾個帥哥，在市裡還算有名。所以這次集訓，便成了很多女生想要「偷襲」的目標。

晚飯後，大家還在各自閒著，就聽見林明宇舉著那磚塊手機嚷嚷：「……妳以為老子會上當？妳就是想來偷襲我們吧？不行，這次誰都不能帶人來的，我不能當叛徒！」

林明宇的電話掛斷沒多久，江續的手機就響了。

白色的螢幕背景上，閃爍著黑色的名字。

江續給她的備註只有一個字——「西」。

離開吵鬧的寢室，走到走廊上，行至窗前，江續才接通了電話。

沒想到江續會接，電話那頭，林西的聲音充滿著驚喜：『哎呀，江續，你接啦？』

走廊的窗戶開著，夏天燠熱的風吹到江續身上，微微灼熱。

「嗯。」他的聲音依舊清冷，好似心跳沒有激動過一般。

『江續……那個……你們現在在哪呢？』

江續動了動嘴唇：「妳問這個做什麼？」

『哈哈哈哈哈……』林西以大笑掩蓋著她的心虛：『我關心我們學校籃球隊嘛。』

「嗯，謝謝關心。」

話題戛然而止。

電話那頭的林西『呃』了一聲，仍不放棄：『那你倒是說一下啊，你們在哪嘛……』

「說了做什麼？」

『我們正好下週才回家，順路去看看你們啊！』

「看我？」他故意省略了「們」字。

林西愣了一下，卻是自然地接了下去：『對啊，當然是看你啊！宇宙第一帥最會打球再世流川楓江續江隊長啊！』

江續嘴角勾起淡淡的笑意：「好。」

『……我沒聽錯吧……』林西得到了地址，仍舊不敢相信：『你該不會給我什麼派出所之類的地址，故意要我吧……我可是真的去看你們的……』

「嗯。」

那天晚上她就來了。

時間很巧，八點剛開始放風，她就到了，還帶著兩個女孩，江續只認識其中一個是林西的室友，另一個他不熟悉。

江續、林明宇和兩個體育學院的男生跟著來蹭宵夜。

集訓中心附近有一片民宅，有零星兩三家快炒店，搭個紅色的棚子，四張桌，一個燒烤爐，一個瓦斯爐，宵夜攤就開起來了。

那天生意很好，他們被安排在路邊，老闆單獨幫他們併了兩張折疊桌。

老闆豪放地搬來一大箱啤酒，整整二十四瓶，體育學院的小夥子一見酒就雙眼發亮，以牙齒咬開兩瓶，完全當水喝，大家很快融入氣氛之中。

在大家都喝得有些頭暈的時候，江續才冷冷瞥了對面的林西一眼，嘲諷道：「看來不是來看我。」

林西嘿嘿笑著：「是來看你啊，但我沒說是一個人來看啊？我隨便看看，有人是認真來看的。」說著，她以肩膀拱了拱旁邊另一個害羞的女孩，意有所指地說：「是吧？」

那之後的步驟江續很熟悉。

大家都喝得東倒西歪以後，林西把他叫進了民宅區的小巷裡。

那是一片七八十年代興建的老式公寓，樓間距很近，巷弄很窄，地面鋪著青石板，踏上去還會高低不平。

巷內沒有燈，只有月光的光亮透進來。

江續雙手交叉放在胸前，表情冷漠。而那個要告白的女孩一直低著頭，不知道是在看著她的手指還是腳尖。

連表白的話都有些千篇一律，說話的時候也是和別人一樣的緊張，甚至有些前言不搭後語的囉嗦。

江續承認，他有些心不在焉。

他的視線一直落在巷口的那個「守衛」身上。

她站的地方有一盞路燈，燈泡附近，有蚊蟲環繞，揮著翅膀在光源中飛舞。

她上身穿著一件白色T恤，搭配短牛仔褲，竟比光源還要明亮一樣。

她起先站著沒動，後來大概是蚊蟲叮咬，她不再一動也不動。

青石板每一塊都比一般的地磚要大，她來回走了兩步，才像發現了新大陸一樣，和青石板玩耍了起來。

一顆小石子丟了下去。

然後曲起一條又細又直的腿，單腿跳了三下，雙腿跳了一下，再單腿，然後雙腿……那是「跳房子」的規律。

當她雙腳跳進「天堂」時，她原地轉身，又以跳過去的規律，跳了回來。

她彎腰撿起了最初丟下的石子。

月光盈盈，光源映照下，薄薄的T恤變得有些透明，勾勒出少女青澀又美好的身形。飽滿的胸前，以及一絲贅肉都沒有的腰腹。

江續面前的女孩，終於說完了她的心路歷程。

她頓了頓聲，很真誠地說了一句：「江續，我喜歡你，我想和你談戀愛。」

江續動了動嘴唇，很平淡地回答：「不好意思，我不想談戀愛。」

再回到宵夜桌上，氣氛便有些詭異了。

兩個體育生以及林明宇都和付小方喝上了，四個人拚酒拚得起勁。那個表白失敗的女生，一回來就抱著啤酒狂灌，比那幾個男生喝得還凶了。

林西紅著眼眶，抱著酒瓶，彷彿表白失敗的是她一樣。

一箱喝完，該倒的都倒了。

江續看了眼時間，準備親自叫車送她們回學校。

兩個體育學院的學生，一人扛了一個，往有車可攔的路旁走去，林西是林明宇的妹妹，但是林明宇此刻自己已經醉成狗，於是換江續去扶她。

他的手剛拉起她細瘦白皙的手臂，她整個人便癱倒他身上。

右側的柔軟緊緊貼在江續身體的左側，他本能地身體一緊。

林西本來不用喝酒，但她是講義氣的人，朋友失戀，她也跟著喝。

此刻她雙眼布滿紅血絲，醉得有些迷糊，說話前言不搭後語。

他扶著她往那邊走，她把江續當成站立的棉被，整個人以側臥的姿勢吊掛在他身上。

江續不得不抱住她。

偏偏她穿得又清涼，往手臂上抱，手掌觸到胸前，往腰上抱，T恤一起來，直接摸到她腰裡去了，往腿上抱，她穿得又是熱褲……

簡直，無從下手……

最後江續心一橫，直接勾著她的腰，把她撈著夾了起來。

她的頭和手垂向地面，倒掛的角度讓她開始不舒服。

她迷迷糊糊地嚶嚀：「嘔……我要吐了，林明宇，快放我下來……」

江續將她放在地上，她整個人醉醺醺地靠著他，倒是沒有吐出來。

江續看了越走越遠的四個人一眼，催促了林西一句：「吐不吐？不吐趕緊回學校。」

林西靠在江續手臂上，用特別感慨的聲音說：「林明宇，我好辛苦啊……」

江續沉默了兩秒，問她：「為什麼？」

「總有人要跟江續表白，找到我這，讓我搭橋，累死了。」林西困惑地抱著江續的手臂：「為什麼大家都喜歡江續？他到底有什麼好的？小白臉。」

江續動了動眉毛，反問她：「為什麼妳就是不喜歡江續？」

林西嫌棄地撇了撇嘴：「我覺得他太騷了，到處勾女生不負責。」

「我……」

江續正要說話，林西突然蹲下，就是一陣昏天黑地的嘔吐……

沒有什麼嫌棄地表情，江續也跟著蹲了下來，一下一下撫摸著林西的後背。

他輕嘆了一口氣，語氣有些無奈，喃喃問她：「妳怎麼知道，我不想負責？」

03

從二十歲到三十歲，十年蹉跎起來，彷彿只是一轉眼的事。

有時候江續也會想，如果在大學的時候，在她討厭他之前就下手，是不是一切都會不一樣？

這中間，江續也不是沒有反省，但是對於林西這樣的女孩，明著進攻她跑，暗裡暗示她不懂，著實棘手。

江續從出生至今，也只在林西一人身上栽過跟頭，心裡也有過自我懷疑和無可奈何的時候，可是談戀愛這個事，根本沒有標準答案，不像解題目，只要多想想，總會有一種、甚至是多種方法可以解開。

當你喜歡上一個人，不論你多麼優秀，在她面前，你已經把自己放低了一等。

林西這個題面，看似是送分題，其實是送命題。

林西出車禍，不過發生在他轉身的一瞬間。

眼前好像出現幻覺，一切都發生得太過猝不及防，那一瞬間，這世界上的一切都好像停止了下來。

心跳像一臺壞掉的機器，尖銳地運作起來。

他幾乎是本能地衝過去，那一刻，他只想著用手臂、用身體替她抵擋，但那種衝擊，他最終沒能抵擋住。

出車禍後，有那麼無法預估的一段時間裡，他感覺到自己的身體以失重狀態在空中飄著。

好像太空人在宇宙中漂浮著，無法控制自己的身體，不知道自己在哪裡，也不知道會去哪裡。

那一刻，他腦子裡只有一個想法。

林西呢？

睡在學校簡陋的床鋪上，閉目養神。

臉上蓋著一本看了一半的書，那是他在學生時代看過一次的書，這時再看，仍覺得命運的安排，有幾分荒謬之感。

命運真的給了他重來一次的機會，想想都覺得有些不可思議。

二〇〇六年，剛升大二，那時候的林明宇剛談戀愛沒多久，完全是女友奴，女朋友一叫就屁顛屁顛的跑了。他出門沒有關電腦，小音響裡有訊息傳來的聲音。

也不知道他到底加了多少亂七八糟的人，音響裡「滴滴滴、滴滴滴」叫個沒完。

江續忍無可忍，終於爬下鋪，準備把林明宇那該死的電腦關掉。

大概是開了運行軟體，螢幕沒有自動休眠，江續準備關掉電源時，一眼就看到了螢幕中間跳出來的對話框。

對方的頭貼，江續自是很熟悉，齊瀏海的Q版女孩，頭頂一朵小黃花，小黃花後面是兩個小圈。系統自帶大頭照裡不算特別常見的一個。

名字嗎，就更加具有她的氣質了——「我的月要不粗」。

對話方框裡的對話是進行了一半的。江續順手翻了翻，記錄如下：

我的月要不粗：『我還有多少愛——我還有多少淚——』

林明宇：『要蒼天知道，我不認輸——』

我的月要不粗：『感恩的心——感謝有你——』

林明宇：『沒錢請吃飯。』

我的月要不粗：『別這樣啊林明宇，林明宇林明宇……』

江續嘴角微微翹起，打著鍵盤，用林明宇的帳號回了訊息：『妳在哪？』

林西很快回覆：『準備去學生餐廳啊，來請我吃飯啊？』

江續想了想，模仿林明宇的語氣，回了兩個字：『不去。』

林西：『不去你問個毛啊？』

江續為了不引起林西的懷疑，又回了：『問清楚，好避開妳。』

林西：『再見。』

從學生餐廳吃完晚飯，刷完存在感回來，林明宇正在搗鼓著自己的電腦，滿頭大汗的。

「江續，你回來得太好了。」林明宇趕緊把江續按倒在自己的椅子前面：「我的電腦是不是出問題了，最近聊天記錄老是消失，你知道是怎麼回事嗎？」

江續始終鎮定，沉默了兩秒，回答道：「不知道。」

因為林明宇這座橋，他順理成章成為她生活中的一部分。

這一次，他決定不再蹉跎時光，使盡渾身解數，就算要賴也要把她要到自己身邊。

吃完飯，假裝在熱水房偶遇，正準備套路一下，幫她拿一下水瓶，她卻是突然衝到了一對男女面前。

「天吶，你怎麼和他在一起了？」

林西這反應，讓江續一怔。眼眸微微抬起，看向那個看起來油頭粉面的男人，上下打量。

那對男女也挺驚愕的樣子，尤其是女孩，皺了皺眉：「林西？怎麼了？」

林西情緒激動地對那女孩說：「妳別和這個男的在一起啊。」

「為什麼？」

「妳以後會生女兒，但是他們家重男輕女，然後你們家會有婆媳問題，因為生女兒的事一直吵架，後來妳會搬出去，他還不怎麼管妳。」

女孩一臉莫名：「妳怎麼知道？」

林西的表情變了變：「我做夢……夢到的……」

那男的聽見林西這麼說，表情整個變了，袖子一擼要上去和她理論：「妳他媽神經病吧？」

江續見情勢不對，趕緊走上去，攔在兩人中間……

回寢室的路上，林西一直在嘀咕。

看著她還在糾結那一對，江續輕嘆了一口氣。

難度加大了。

如果她也記得那些事，還會把他放在平等的位置上嗎？

之後的經歷，讓江續更加確信，他們一起回來了。

不得不說，造化弄人。

原本以為他是帶著外掛入場的，想著這次無論如何也要把副本打穿，卻不想「對手」也一樣帶著外掛，不僅如此，她還自帶幾個專門抗他的 BUFF。這副本完全升級成了終極 hard 模式。

雖然追她的過程艱辛，但是還有好消息。

十年過去，不知是什麼原因，她竟然不再癡迷於那個姓韓的了。

那天晚自習下課，江續去超市買生活用品，一走出來，就看到那姓韓的把林西叫到角落去。若是別人，他不會太在意，但是那姓韓的，他不得不防備。想想前幾天的院系比賽，林西還公開幫那小子加油。

江續暗忖著，腳下也跟著往角落走了幾步。

那姓韓的頭上戴著個布條，頭髮抓成了豎起來的那種。

江續覺得有些眼熟，想了想才想起，這是林西有一陣子癡迷過的，偶像劇男主「道明寺」的造型。

江續不由鄙夷蔑視。

他們相對佇立，林西的表情有些不耐煩。那姓韓的完全沒眼色，手臂一伸，剛準備壁咚，就被林西一支筆戳中腋下。

看著那姓韓的又疼又癢嗷嗷直叫喚，江續嘴角勾起一絲笑容。

林西皺著眉看著那姓韓的，冷冷地說：「有話快說，有屁快放。」

那姓韓的怕林西再戳他，夾緊了兩條手臂，以一種又彆扭又娘的姿勢站直，他咳咳兩聲，清了清嗓說：「老子同意讓妳喜歡我了。」

林西拉了下他額頭上的髮帶，然後重重彈了回去。一個白眼賞給他：「滾蛋。」

此情此景，江續在心裡暗暗說了一句：幹得漂亮。

發現林西不再癡迷那姓韓的，江續的士氣被鼓舞了不少。

去她心裡的路上，少了一個勁敵，之後更是要遇神殺神、遇佛殺佛了。

系籃球賽，贏了林西她們系之後，江續所在的系又陸續贏了幾個系，最後進入冠軍賽。

冠軍賽是和林明宇他們系打，林西也到現場來了。江續站在球場上，看了觀眾席一眼，覺得骨子裡的血性又湧了出來。

比賽打得很激烈，作為兩隊的主力，江續和林明宇誰也沒讓誰，這是他們的默契，也是對對手的尊重。

最後當然是江續帶的隊贏了比賽，林明宇雖敗，但是心情完全沒有受影響。

林西從觀眾席上下來，走到江續和林明宇身邊，先是禮貌地對江續祝賀：「江續，恭喜啊。」

江續點了點頭。

隨後她便露出了本來面目，開始了對林明宇的精神攻擊，各種揶揄他球打得差。林明宇不服輸地說：「我是看江續是我兄弟，讓著他。」

林西切了一聲：「人家江續一隻手就把你打趴了，好幾個扣球，你根本無力抵抗好嘛！」

林明宇在別的方面沒什麼自尊心，只有籃球，還是挺在乎的，立刻惱羞成怒：「林西，妳他媽的是姓林還是姓江啊？」

看比賽的觀眾們漸漸離場，兩隊的隊員也在整理自己的東西。

偌大的球場，人群熙攘，聲音嘈切。

江續身上仍穿著比賽時的球衣球褲，身上黏黏著汗意。那是青春時期才會有的大汗淋漓。

時光匆匆，想到錯過的那許多年，再看看如今這份難能可貴的平和，江續只想珍惜。

拿毛巾擦了擦汗，他始終沒有說話，只是沉默看了一眼，正和林明宇吵得不可開交的女孩上躥下跳，傻氣十足，永遠那麼活力滿滿，讓他也跟著覺得生活充滿希望和快活。

江續嘴角不由帶著一抹笑意。

他想，這丫頭，現在姓林，以後，姓江。

04

比賽得了冠軍，從學校那得了一筆獎金。系隊的球員們決定拿著獎金好好聚餐一頓來慶祝。

作為得分最多的後衛，江續自然是隊裡最大的「功臣」，幾乎所有人的第一杯酒都是敬他的，饒是他酒量不錯，也經不住這樣的車輪戰。

誰說男人不八卦？

推杯換盞之間，聊完了籃球、比賽和NBA，話題開始轉向女人。

球隊裡有幾個男生有女朋友，酒醉壯人膽，喝著喝著就開始聊起了少兒不宜的話題，聊得一眾沒有女朋友的單身狼，各種羨慕嫉妒恨。

一個大塊頭的男生，聽著聽著，突然悲憤地舉起了酒杯：「敬處男之身！」

他這一舉杯，立刻得到了其餘同類的支持，席間竟有一半人站了起來。

江續幾乎是下意識地跟著舉起了酒杯。他剛站起來，立刻被身邊的人按住了肩膀。

「江續，你喝多了吧？」男生笑：「我們處男喝一杯，你就別湊熱鬧了。」

說完，眾人一起憤懣：「真是旱的旱死澇的澇死，我們找個女朋友都難，江續要是花心一點，每天都能睡不一樣的。」

江續：「……」

被人灌了太多酒，江續覺得頭有些暈暈的。

趁大家喝嗨了，他一個人偷溜出餐廳透透氣。

胃裡滿滿的都是食物和啤酒，稍微有些不適。靠在垃圾桶旁邊，江續怕自己會吐。

夜風微涼，江續感覺到稍微有些緩解，正想著回去，突然聽見身後有個熟悉的聲音，試探性地喊著他的名字。

「江續？」

白色T恤，黑色鉛筆褲，她的打扮學生氣十足。明明是很純的樣子，他卻偏偏看出幾分性感，尤其是那雙筆直的腿，包裹在修身的黑色牛仔褲之下，線條美感十足，稍稍向他走來，他的視線便無法移開。

腦子裡想到那群臭小子說的話，他竟然有幾分共鳴感。

可不就是旱的旱死澇的澇死？他還是旱死的那一種。

江續有些醉，迷蒙之間，他看見林西皺眉，原本準備離開，想想又調回了頭。

江續靠在垃圾桶旁邊沒動，林西撇了撇嘴，嫌棄地看了他一眼，然後低聲嘀咕：「你也幫我好幾次，看你這麼醉死在路邊，好像有點不忍心。」

她個子小，又很瘦，站在江續身邊，小小一顆豆芽菜。她擼了擼袖子，又把頭髮別到耳後，一副要出力氣的樣子。

江續一低頭，江續就能看見她短短的頭髮，白皙的耳廓，細瘦的脖頸以及寬大衣服仍掩不住的微微隆起。

實在說不出有什麼特殊長處，更不知道到底哪裡好，偏偏江續就是越接近越迷戀。

不知道這是不是情人眼裡出西施。

林西扶著江續的手臂，語氣難得溫柔：「你還好嗎？」

江續借力半靠著她，動了動嘴唇：「不好。」

「怎麼喝這麼多酒？」林西抬頭看了他一眼：「我送你回宿舍吧？」

江續回頭看了餐廳一眼，果斷回答：「好。」

兩人身高差在那，林西只能吃力地扛著他的手臂，借他一點力讓他能走。

江續的手臂被她扛在肩上，他便藉勢把她往他的方向收緊了一些。

她艱難走著，嘴裡不住吐槽：「你怎麼長那麼高？」

酒精漸漸進入血液，江續的腦子越來越暈，覺得眼前的一切都像夢一樣。摟著她的脖子，他語氣淡淡地問她：「那妳呢？為什麼長這麼矮？」

「我是女生的正常身高好嘛。」

江續笑：「男人和女人是不一樣的，男人生得高大，是為了保護女人。」他頓了頓聲，以緩慢的語速和撩人的聲音說著：「妳是女人，我是男人，所以，我保護妳。」

「切。」林西不屑睨他：「現在是我扛著你好嘛！」

江續突然將她往懷裡一摟，將她的左臉緊緊貼在自己右邊的胸口，「現在呢，是我在保護妳了吧？」

「……」林西繃著一張臉，狠狠一腳踩在江續腳上，咬牙切齒道：「姓江的，喝醉了占便宜，也是死罪。」

那天之後，江續被球隊的人取了個外號，叫「江一半」，諷刺他酒喝一半就跑。

江續什麼都沒解釋接受了群嘲。

唉，為了能不再敬處男之身，總歸是要付出一些代價的。

學期中的時候，林明宇曾經因為生活費耗盡，不懷好意地組了一個局。

明明不是週末，大家第二天甚至還有早八，但是他任性地花了五十塊錢，開了一間棋牌房，要和他們大戰一夜。

大學城附近的民宿，傳說中週末小情侶的去處。

環境、服務、衛生，都別談，談了傷感情。

以江續以前的性格，是不會跟隨林明宇這個想一齣是一齣的腦殘玩的，但這次他卻不是完全冷漠了。

他翻著書，狀似隨口問了一句了：「和誰打啊？」

「本來是想找隔壁寢室那幾個，結果今天都沒空，最後只能叫林西了。」林明宇換好了鞋問他：「你去不去啊？不去我再去找找。」

「那就練練手吧。」

「哈哈。」林明宇一臉遺憾的表情道：「以林西的賭運，我們就是送錢的。我決定打壓底一毛的牌，打小點能多給自己留點。」

那一晚，林西確實是抱著贏光林明宇生活費的打算來的。但是很可惜，從小到大賭運都很好的林西，也會遇到剋星。比如江續。

打了一晚麻將，林西眼睛都輸紅了。

第二天開始，她完全賴上江續了。

江續買早餐，她就喊阿姨多拿一個包子，他買水，林西就喊多拿一瓶，總之，她就這麼開始了全方位的蹭吃蹭喝人生。

對此，江續雖然言語上表示不滿，心裡卻挺半推半就的。

用盡法子都不能多接近她，卻不想歪打正著，讓她自己黏上來了。

幫林西買了牛奶、捲餅和雞蛋，看著吃得香的林西，江續問了一句：「妳這是賴上了？」

林西聽他這麼說，立刻控訴起來：「我本來是想去贏生活費的，誰知道你半路殺出來，把我壓箱底的錢都贏光了。」

「打得那麼小，我才贏妳兩百多。」

林西不好意思地啃著捲餅，含含糊糊地說：「我這個月只剩二百了，不然也不至於覬覦林明宇的生活費，指望贏錢揮霍啊。」

江續皺眉，「現在才七號。」

「買太多化妝品了嘛……」林西低聲嘀咕：「女人的東西就是貴啊，我有什麼辦法……」

「……」

早飯投餵完了，午飯的時間，林西又準時出現了。

林西大概是從林明宇那裡，聽說了江續要去學校拿得獎的獎金，一下課就跑來了。

「江財主，你都那麼多錢了，要不然那天的麻將，你就當我們是沒打錢的，可以嗎？」

江續一步步往學校最厲害的那棟大樓走去，看都沒看林西一眼就拒絕了：「憑什麼？」

「憑你的善良，仁慈。」

「……」

林西見馬屁不行，直接開始耍賴，「你每天上課時間和我不一樣，我為了混口吃的，每天大老遠跑來，好不容易吃飽了，回去又餓了！要不然你把錢先借我也行啊！」

江續可沒那麼傻，把錢給她了，她哪還會來找他？

「不行。」鐵面無私江大人。

林西見他軟硬不吃，噘著嘴轉身就要走。

「回來。」江續說。

「幹什麼？」林西沒好氣地睨了他一眼。

「妳去哪？」

「回宿舍啊。」林西撇嘴：「不還我算了，我找我爸媽要，每天來找你混也不是辦法。」

江續看了她一眼，思及她的家庭，父母和諧，寵愛女兒，她要是開口，她挨個罵就有錢了，最後，她還是跑了。

他沉思片刻，說道：「跟我走。」

「去哪？」

「拿獎金。」

「嗷！」林西立刻轉過頭抱住江續的手臂，一臉狗腿表情：「江大善人，請讓小女子做你的腿部吊飾。」

手臂上黏著這麼一個溫香軟玉的女孩，江續的身體一熱。

「別鬧。」聲音中帶著幾分寵溺。

不過是一個小獎，一等獎也就一千元獎金。

當然，以二〇〇六年的物價來說，這筆獎金還是可觀的。

江續從信封裡抽了一張一百給林西。

林西見只有一百，立刻瞪大眼睛：「我可是輸了兩百多啊……」

江續像嚴厲的父親，皺著眉頭看著她：「等妳花完了再找我要。」

「為什麼啊？」林西不滿了：「怎麼跟我爸媽似的了。」

「誰讓妳亂花。」

兩人穿過長長的走廊，進了大樓的電梯。

上班時間，學校的教職員都在辦公室，電梯裡只有林西和江續兩個人。

兩人各站電梯一隅，林西揣好了那一百塊，嘴裡還在喋喋不休。

「摳啊！大財主還摳！」

江續沒說話，靠在鐵壁上，聽著她胡言亂語。她正抱怨著，電梯突然「哐噹」一聲，停了下來。

代表著樓層的數字在八之後就不動了。

電梯的燈吱吱閃了兩下，隨即「啪」一聲，熄滅了。

「呃……」林西錯愕的聲音。

全黑的環境下，江續感覺到彼此呼吸的聲音清晰了些。

江續往前，正要走到電梯的按鍵那邊，就感覺到身邊黏過來一棵豆芽菜。

林西咽了咽口水，顫顫巍巍問江續：「怎麼回事啊？電梯是壞了嗎？」

電梯裡有緊急電話，江續和電梯維修人員說明了情況，他們表示十五分鐘後到。

十五分鐘，在黑暗的環境裡單獨相處，江續竟然覺得這經歷十分奇妙。

林西在聽到維修人員的話以後，倒是不緊張了。

江續原本以為她會尖叫著撲到他懷裡什麼的，沒想到她腦迴路和別人如此不同。

「餓了嗎？」江續問她。

「還好，早上吃得多。」林西說完這句話，突然來回踱了兩步：「江續，我跟你說個故事吧？」

江續聽出她聲音裡突然多了幾分興奮，吃不准她葫蘆裡賣的什麼藥，抿唇「嗯」了一聲。

「我家那邊的一個傳說，以前有個男的，去要錢，結果失敗了，後來他坐電梯，不小心電梯故障了。」她頓了頓說：「就像我們這樣，停在半空中。」

「等了很久沒有人救他，他等不住了，用力把電梯門扒開一條縫，然後發現自己困在兩層樓中間。他想著往下跳一樓，就能得救了。他用眼睛量著距離，想著應該沒問題吧。」

林西講著講著，又湊近了幾分，故意以緩慢地聲音說：「結果，他一跳……」

「砰——」江續突然回頭，對著林西的方向大喝一聲：「電梯突然掉下去了。」

「媽呀——」林西嚇得一屁股摔到地上。

「江續你有病啊！嚇我幹什麼啊！」

江續聳肩：「這個故事，剛好我也聽過，後續就是這樣。」

林西本來是想嚇他，結果反被嚇了，氣鼓鼓爬起來：「希望這哥們回來多找找你這種人。」

江續已經漸漸適應了黑暗，看清林西所在的方向，故意舉起手對她身後揮了揮：「嗨。」

林西縮了縮脖子：「你和誰打招呼呢？」

「他來了啊。」

「啊——」

林西尖叫著躲進江續懷裡。

「騙妳的。」江續說。

林西打了他一拳，正要離開他，他又說了一句：「不在妳身後，在旁邊。」

「啊——」林西又是一聲尖叫。

黑暗中，她掀開江續的風衣，完全不避嫌地躲了進去，哆哆嗦嗦將自己裹了起來。

因為太害怕，她死死抓著江續的手臂不敢動，聲音明明顫抖著，說出來的話卻是惡狠狠的：「江續我告訴你，我根本不怕鬼，你再嚇我也沒有用。」

江續笑：「那妳出來打個招呼唄。」

林西不敢說話，只是把他的手臂抱得更緊。

江續心猿意馬，展臂將她摟緊了一些。

林西弓著背縮在衣服裡，嘴裡碎碎念道：「各位兄弟，小女子林西無意衝撞，純粹是編故事嚇嚇人的，有得罪之處多多包涵。要找就找這姓江的，不是他我不會來這裡。」

江續的手撫摸著林西的後背，心裡暗暗想著：各位兄弟，如果你們真的存在的話，多出來晃晃，感激不盡。

05

從三十歲回到了二十歲，又從二十歲回到了三十歲。

好像白忙了一場，看似什麼都沒有改變，卻有很多東西在冥冥之中改變了。

為了把那傻丫頭哄到手，過程之艱辛不加描述，因為有個好結局，那中間的經歷，也變得美好了起來。

江續結婚的那天，出人意料的來了很多人。

原本有些朋友、同學許久都不聯絡了，請帖發出去也不指望他們會來現場，卻不想，幾乎所有收到請帖的人都來了，還拖家帶口，到了現場，江續酒店的經理還臨時加桌，竟然有種比C大校慶還熱鬧的感覺。

儀式之前，江續本來想去梳妝室看看林西，卻不想被林明宇攔住了。

十多年的朋友，如今又多了這麼一層關係，原本該是關係更親近了一次，他卻似乎看自己鼻子不是鼻子，眼睛不是眼睛的樣子。

兩人站在走廊的盡頭，林明宇遞了一根菸給江續。

江續本能揮了揮手：「不抽。」

林明宇兇惡瞪他一眼：「哥給的，不抽也拿著，這是爺們之間說話的方式！」

這畫面，江續覺得有些眼熟。

江續突然想到回到二十歲時，也曾發生過類似的情景。

當時他和林西確定關係沒多久，沒有和林明宇坦白，三人同住一個屋簷下，江續和林西談個戀愛，跟偷情似的。

有一天半夜，江續睡得好好的，突然被人掀了被子，一腳蹬醒。

那一刻他原本是想發脾氣的，但是睜眼看見是林明宇，又將脾氣壓了下去。

林明宇看著他的表情有些複雜，有欣慰也有焦灼，有放心也有擔憂……

他穿著拖鞋，在江續的房間裡轉來轉去，把江續轉得有些頭暈。

江續起身拿了件外套披在身上，然後坐在一旁的椅子上，斂眉問他：「大半夜的，有事？」

林明宇抿了抿唇沒說話，隨後從口袋裡拿了一包菸，抽了一根遞給江續。

江續看了那根菸一眼，皺眉，對此敬謝不敏：「不抽。」

「我給你，你就拿著，爺們之間的對話，都是這樣開始的！」

林明宇都這麼說了，江續只好收下，「爺們之間的對話，開始吧。」

林明宇「嗯」了一聲，然後問他：「你和林西談戀愛了？」

江續猜到應該是付小方說的，思忖了兩秒，回答他：「是的。」

「媽的。」林明宇第一個反應是飆髒話。

本以為林明宇會繼續說一大堆亂七八糟的，卻不想他卻出奇的冷靜。

「我爸和林西的爸爸是親兄弟，林西就是我的親妹妹。」

「嗯。」

「她從小到大，在我們家是小公主，雖然這樣型的公主很少見，但她在我們家就是這樣的。」

江續見他說得這樣認真，不由笑著點頭：「嗯。」

林明宇深吸了一口氣，最後很鄭重地說：「這世界上髒的人和事，就不要讓她看到了。前面的幾十年，我們保護她。」林明宇頓了頓聲：「今後的幾十年，請好好愛護她。」

「……」

那一刻，江續一句玩笑的話都說不出。

認識林明宇十幾年，那是他聽過他說過的，最認真的話。

從二十歲跨越到三十歲。

江續看了林明宇一眼，笑笑將那根菸撚在手指之間。

這一次，他主動對林明宇說：「這世界上髒的人和事，我一定不會讓她看到。前面的幾十年，感謝你們保護她。今後的幾十年，我將她奉若珍寶。」

比校慶還熱鬧的婚禮，同學們都出奇的激動。

現場熱鬧得和一場晚會似的。婚禮開始的時候，幾乎所有的人都站起來喝彩。

林西這個新娘子也是另類，說不喜歡婚禮現場哭哭啼啼的，明明是大喜的日子，搞得太煽情，最後妝都哭花了，不好看。

於是她請了搖滾樂隊來表演，關了現場所有大燈，只有舞臺上斑斕閃爍。

搖滾樂隊唱得歌也另類，信樂團的〈死了都要愛〉。熱辣的音浪把所有人的情緒調動了起來，那些不再年輕的人們，受到現場氣氛的感染，紛紛跟著樂隊開始唱。

比殺豬還可怕，偏偏是最真實的熱血青春。

這是林西最後決定的風格，要是提前讓林媽知道，大概就被打死不埋了。

林西放棄了婚紗，只是穿著襯衫和牛仔褲。唯頭上別著的頭紗，才讓人恍然，這女孩居然是新娘。她手上抱著一捧滿天星，風格實在另類。

江續也穿著和林西一樣的襯衫和牛仔褲，兩人的出場，隨意得讓人覺得走錯了片場。

沒有主持人，江續和林西一人拿了一支麥克風上臺，像演唱會的嘉賓一樣。

在場所有的人事後表示，這是他們人生裡見過最特別的婚禮。

樂隊激情地演唱完了歌曲，宴會廳裡終於安靜了下來。

舞臺上只有一盞圓燈打在正中，林西和江續站在中間。

江續緊緊牽著林西的手，一刻都沒有鬆開。

橙黃色的燈光，將林西的頭紗染成了那樣的顏色，看起來懷舊又溫暖。

她臉上沒有很濃重的妝，也沒有貼假睫毛那些東西，很自然很清純的樣子。

時光好像回到二十歲的時候。

她舉起麥克風放在嘴邊，明明說好了不煽情，她自己卻先酸了鼻子。

沉默了兩秒，她對江續說：「要不然你先說吧。」

江續看了面前的她一眼，又看了看臺下的所有親戚朋友。

「從小到大，別人對我的評價都是正面的。只有她，提起我都是負面的。神奇的是，最後我們結為夫妻。」他抿了抿唇，很認真地說道：「感謝所有親友的見證，我真心覺得，這一刻，我是世界上最幸福的男人。」

林西被他當眾說蠢話「雷」到，明明是很傻的話，她卻濕了眼眶。

「能不能先說點場面話，說這麼快，感覺五分鐘就能結束了。」

江續笑：「各位親友，不好意思，第一次結婚，有招待不周的，大家就包涵包涵吧，沒有下一次了啊。」

臺下的親友哈哈大笑起來。

雷動的掌聲中，江續和林西溫柔地對視。

婚禮的氣氛，確實讓人想要哭。

時光荏苒，他們沒有能力一直留住最好的青春，只能將那些美好的回憶，永遠放在心裡。

江續的眼睛始終跟著臺上的林西，一顰一笑，都是他心裡最美的樣子。

樂隊適時地演奏起了熟悉的前奏。

深情的音樂配合著肉麻的歌詞，卻無比適合此刻的氣氛。

那個主唱用沙啞而獨特的聲音演唱著：

「如果沒有遇見你我將會是在那裡，日子過得怎麼樣人生是否要珍惜，

也許認識某一人過著平凡的日子，不知道會不會也有愛情甜如蜜，

任時光匆匆流去我只在乎你，心甘情願感染你的氣息，

人生幾何能夠得到知己，失去生命的力量也不可惜。

所以我求求你別讓我離開你，除了你我不能感到一絲絲情意，

如果有那麼一天你說即將要離去，我會迷失我自己走入無邊人海裡。

任時光匆匆流去我只在乎你，心甘情願感染你的氣息。

人生幾何能夠得到知己，失去生命的力量也不可惜。

所以我求求你別讓我離開你，除了你我不能感到一絲絲情意。

所以我求求你別讓我離開你，除了你我不能感到一絲絲情意。」

江續顧不得別人如何看他，也顧不得今後別人提起這一天，會如何嘲諷他，他只是本能地將面

前的林西抱了起來，抱得那樣用力。

「這一生，感謝你來到我身邊，我覺得很幸福。」他在林西耳邊說：「林西，我愛你。」

番外　少女的願望

又是一年十二月，林西的生日臨近。

年紀越大，林西對生日就越排斥，年齡是女人的祕密，這絕對是真理。要不是為了收禮物，她恨不得全世界都忘記她的生日才好。

當然，全世界都可以忘記她過生日，但是有一個人若是忘了，那他絕對死定了。

這個人自然是姓江名續的那一位。

十二月二十六日，林西循著生理時鐘自然醒。以往應該空了的半邊床上，此刻還有人在那躺著，林西睜開眼看著那人，嘴角悄悄浮起一絲微笑。

「生日快樂，老婆大人。」

江續微笑著送上沒刷牙的吻，被林西一頓嫌棄。

他拿出早就準備好的禮物——一條鑽石項鍊送給林西，禮物倒是貴重，就是不那麼用心。

不得不說，林西是有些失望的，但是她的精神領袖付小方告訴過她，男人婚前婚後就是兩副面孔，能記得老婆生日的就是好男人了，不能指望每次都有驚喜。不管他送什麼都要開心的收下，不然他以後什麼都不送了。

林西微笑著收下項鍊，親吻江續的臉頰，完全沒有流露出對禮物的失望。

起床洗漱，林西還在刷牙的時候，江續穿著睡袍慵懶地靠在門框上，頭髮是清早起來略帶凌亂的樣子，看起來不但不邋遢，還將他顯年輕了幾分，頗有時下小鮮肉的風格。

「想去哪玩？」江續的眼神勾人：「今天，我屬於妳。」

林西一口牙膏泡沫差點噴到鏡子上，漱過口，林西無語白眼：「誰稀罕。」

耶誕節剛過，整個城市還沉浸在耶誕老人、麋鹿雪橇主題的餘韻之中。

兩人穿著便服，沒有工作，沒有孩子，沒有一切成熟的話題，只是像一對普通的戀人一樣，在街上走著。

久違的戀愛氣氛，卻又覺得有些不同。

天氣太冷，兩人走著走著就進了商場。林西第一個反應是奔向童裝區，有了孩子以後，少女心真是不死也離死不遠了。明明幾天前公婆把孩子接走，想給她一個清靜的生日，結果她還是本能地惦記著那對活寶。

見林西要去童裝區，江續眼疾手快拽住林西粉色羽絨服的帽子，彷彿遛狗的主人牽住了奔放的寵物，這畫面讓林西覺得有些熟悉。

「幹什麼？」林西一臉不滿。

「不准去。」

「why？」

江續皺眉：「今天是妳的生日，不是那兩個小兔崽子的。」

林西被他的用詞逗樂：「江先生，你口中所說的小兔崽子，似乎是你的兒子。」

「那又怎樣？」江續挑眉：「今天只有老婆。」

林西回頭看了江續一眼，最後拍拍手站好：「所以？你有什麼安排？」她摸了摸下巴，挑釁地說：「希望接下來的行程，能比鑽石項鍊有新意？」

江續看了眼手錶：「時間趕，接下來我們要去KTV、超市，晚上還要去看煙火。」

林西聽著這些安排，忍不住撇嘴：「爛透了好嗎，還不如……」

在江續氣場強大的眼神威懾之下，林西把「回家玩手機」幾個字又吞了回去。

之後，林西真的跟著江續去了KTV。她嘴上說著不喜歡，身體倒是很誠實，進了包廂麥霸的基因就發作了，抱著麥克風不放手，一連唱了七八首，唱累了才想起還有江續。

她站在點唱機前面問江續：「你不唱嗎？」

江續背靠著沙發，安靜坐著，黑色大衣被他脫了放在一旁，身上僅著米色高領，明明是簡單的搭配，卻被他穿出了幾分斯文俊秀。林西問他話，他微微抬頭看了一眼，那眼神中帶著幾分讓人溺斃的溫柔。

「唱〈只對你有感覺〉。」

聽到這首歌的歌名，林西老臉一紅，心臟收緊，「別以為你借歌表白，我就會原諒你不用心買禮物的事。」

江續也沒解釋什麼，只是淡淡一笑。

離開KTV，林西腦中仍舊記得他們合唱對視時，他看她的眼神。

明明和他結婚也有幾年了，小孩也好幾歲了，可是他的一舉一動、一顰一笑，還是會讓她心跳加速。

怎麼辦，誰叫江續段位就是高呢？

「下一步去哪？」

江續看了眼手機，「超市。」

「……約會還有這種行程？」

林西正疑惑著，江續突然眼前微微一亮。

「別動。」

林西被他這一聲嚇到，一動也不敢動，「怎……怎麼了？」

江續突然以單膝跪地姿勢，半跪在林西面前，把林西嚇了一跳：「靠，你要幹什麼？」

江續淡然拍了拍自己的大腿，「坐上來。」

林西見周圍越來越多的人看她，一臉尷尬地低聲問江續：「瘋了吧，幹什麼啊？」

江續指了指林西的鞋，「妳鞋帶鬆了。」

說完，不等林西拒絕，已經把林西勾了過來。林西慣性被壓坐到江續的大腿上，然後，江續搆著手臂，低頭幫林西綁好鞋帶。

那畫面，真是吸引路人目光，林西只恨地上沒有洞……

之後，江續又做了很詭異的事，比如在超市要林西坐在購物車裡，他來推。

在林西拚命抵抗之下，他才作罷。鑑於江續一整天讓人負擔的花招，晚上兩人驅車到廣場時，林西的警戒心已經到了頂點。

她抓著江續的衣服一動也不動：「你說實話，你今天是不是故意想整我？」

江續摟著林西的肩膀，眼神溫和：「噓，別說話，煙火馬上要開始了。」

林西將信將疑：「只是看煙火？」

「砰——」江續話音剛落，空中燃起了第一束煙火，緊接著，讓人應接不暇的斑斕煙火一束束在空中閃過、綻放，明明滅滅的五彩炫光之下，江續捧起林西的下巴吻了下去。

那一吻，綿長而深情。

等到他放開時，林西已經滿臉脹紅。

「項鍊是上供。」江續笑著說：「這才是真正的禮物。」

「嗯？」

「妳的生日願望，我都幫妳實現了。」

林西抱著江續的腰，一臉茫然地抬頭：「什麼？」

「和男朋友一起去KTV，在只有兩個人的小包廂裡合唱〈只對你有感覺〉；在超市買東西的時候，妳坐在購物推車裡，被男朋友推著走；或者走在路上，鞋帶鬆了，坐在男朋友大腿上，然後他幫妳綁鞋帶；還有，一起看煙火，在煙火下接吻……」

江續一件件細數，林西越聽越覺得熟悉，到最後，林西臉色變了變。

「這些是誰告訴妳的？」

江續抱緊林西，親暱地在她頭頂蹭了蹭：「開心嗎？」

「是付小方還是林明宇？」

「是妳自己。」

「我自己？」

江續咳咳兩聲：「妳的日記。」

「……」林西嘴角抽了抽：「你偷了我的日記？」

江續聽到「偷」這個字眼，眉頭立即一蹙：「媽給我的。」

「我媽？」林西忍不住吐槽：「她給你我的日記幹什麼？」

「妳的生日要到了，她要我去找找靈感，送點特別的禮物。」

林西：「結果呢？」

「看到了少女的願望。」江續看了林西一眼，隨後嘆了一口氣說：「少女是沒有了，願望還是可以滿足。」

林西想想以前年輕時候寫得那些蠢話，最後鄭重說道：「……江續，我突然覺得鑽石項鍊真的很棒，以後還是順著這個方向吧。」

番外　夢醒時見你

江續是個工作狂，眾所周知。經常需要飛來飛去，林西只有在他下飛機開手機的那一刻，才知道他到了哪個城市。

真實的成人世界遠沒有小說電影裡那麼簡單，霸道總裁分分鐘上億的生意，是一次次深度會議才談成的。

嫁給江續的時候，林西已經默認接受了這個設定，但是真實操作起來，還是有些難度的。

臨近情人節的幾天，林西特地把孩子們送走了，本意是夫妻倆好好享受幾天，誰知江續又到外地出差了。

林西一個人在家，一打開電腦，正好看到一個網紅拍的故事類影片，叫「獻給異地戀」，林西一點開，背景音樂是江美琪的〈親愛的，你怎麼不在我身邊〉，林西孤獨寂寞冷地啃著花生，邊看邊吸鼻子，心想，怎麼沒有「獻給異地婚」呢？

二月十三號的晚上十一點，江續終於風塵僕僕地回城，據說是提前結束了會議，又趕了飛機的才趕回來的。

好吧，饒他一命了。

回到家，他洗漱完幾乎是倒頭就睡了，把林西氣得半死。

把江續隨手丟在玄關的行李放回櫃子裡，關了燈摸索著回房，鑽進被子的時候，林西能明顯感覺到自己身上帶著寒意。

原本怕涼醒了江續，林西輕手輕腳往床旁邊挪了挪，突然想起最近幾天過的日子，一時報復心就來了，明知道自己身上涼，卻故意鑽進江續懷裡。

原本以為他被涼醒了會把她推開，卻不想，他一觸到林西冰涼的手腳，幾乎是本能地把她摟進了懷裡，用自己的體溫溫暖著林西。

林西的頭頂著江續的胸膛，那些散不掉的氣憤，最後全化做溫柔的水，滑過了心田，竟然都是甜的。

黑暗中，林西往上掙了掙，抬起頭認真尋著江續的輪廓。

手指摩挲，找尋著他帶著點鬍渣的下巴，柔軟的嘴唇，以及高挺的鼻樑……

怎麼會嫁給這個男人的？至今回憶起來都覺得像一場夢一樣。

當初他幾乎沒有給什麼時間讓她喘息，就很迅速地求了婚。

林西算是在很茫然的情況下答應了他的求婚。那時候甚至沒有真正考慮過婚姻生活是否適合她。

求婚之後的幾個月，她爆發出了婚前的各種問題。

因為婚禮的各種瑣事，她陷入了前所未有的焦慮。她開始對未知的婚姻生活充滿敬畏也帶著幾分忐忑。

她已經不年輕了，同學裡早婚的甚至都已經離婚了，她還在第一次結婚，自是有些緊張。旁人的話聽多了，也容易想東想西。

夫妻的、婆媳的，明明也沒有降臨在她身上，她就是各種緊張。

有一陣子，因為焦慮，她的生理期十分紊亂，雖然以前也沒有多準時，卻從來沒有這麼不正常過。她在網路上搜尋了一下，那些危言聳聽的回答讓林西更忍不住胡思亂想。

如果她真的不孕，或者難以受孕，在這段關係裡，要如何自處？

江續是家中獨子，林西害怕他會失望。

有了這些顧慮，林西開始對結婚產生了一種逃避的心情。

江續是和林西段位完全不一樣的人，發現了林西的不對勁，不明著說，也不會刻意去問。

在準備婚事最忙的時候，江續倒是放下一切活動，不顧兩家父母的反對，帶著林西去旅遊了一趟。

日本的小樽，林西的男神柏原崇曾演了一部電影《情書》，在日本的小樽拍攝，林西一直對那裡非常嚮往。

來的季節不對，電影裡大雪紛飛，把路都淹沒了，他們去的時候卻是春光明媚，完全不是電影裡的樣子。

林西十分失望。

晚上，躺在日式的旅店裡，林西仰著頭看著天花板，情緒低落：「小樽很美，來過了，卻還是留下了遺憾。」

不等江續說話，她又自顧自地說：「江續，這麼多天我一直在想，如果，我說如果，這輩子我不能生孩子，你會怎麼辦？」

聽到這裡，江續不僅沒有覺得為難，還如釋重負地笑了。

這麼多天，江續終於等來她不對勁的癥結所在。

「那就一輩子兩個人過。」他的聲音在黑暗的房間裡久久迴盪。

林西安靜了幾秒，又說：「那麼，這樣的婚姻，是不是就像我來小樽的經歷，來是來了，卻帶著幾分遺憾和不甘心。」

「不。」江續翻身上來附在林西身上，雙手支撐著身體的重量。

對視的眼神依舊篤定而清澈。他頓了頓聲，低沉的聲音中竟帶了幾分激動的情緒：「我想娶妳，只因為希望和妳一起走完這一生，有沒有孩子，對我都沒有影響。」

「可是……」

「沒有可是。」。

江續的手帶著些微的顫抖，滑過她光潔的額頭，越過常年帶笑的眉眼，最後落在她小巧的下巴之上，勾起她的下巴，強迫她與他對視。

黑暗中仍明澈的眼睛中有著不容置疑的愛意。

他說：「林西，妳就是我的小樽，不論哪一個季節，都是我最愛的樣子。這一路，只要妳在，我不枉此生。」

後來，林西說起這段經歷，作為嫂嫂的付小方一臉八卦：「那後來妳沒有再說什麼回應的話？

這麼感人的表白都說了啊！」

林西說：「我挺忐忑的，怕萬一結婚了才發現不孕，心理壓力也很大，沒辦法做到坦然，就……就沒有回應……」

「那江續是怎麼解決的？」

林西臉上飄過兩朵紅暈，聲音越說越低：「他就說，妳要是這麼擔心，直接試試不就知道了。」林西咽了口口水，頗不好意思地說：「然後他就把那什麼拿掉了，那晚沒有用措施了。」

付小方低頭看了她一眼。

林西挺著圓滾滾的肚子：「最後就這樣了……」

付小方無語：「林西，妳……戲真的多啊……」

番外　最佳配角

韓森篇

韓森的成長之路可謂一部暴躁青春小說，青春期的時候，他一直把混社會想像成古惑仔那種，拿把刀混幫派也能滿足溫飽，刀尖舔血才夠血性。

從小離經叛道的他，很意外的在升學考中發揮了超常的視力，把最不善常的英語的分數，用大量選擇題的分數拉了上去，最後得以考上C大。

在讀大學之前，不，應該說在遇到林西之前，他真的從來沒有考慮過要找女人。倒不是他對女人沒興趣，而是女人真的很麻煩。

高中的時候，也曾有秀秀氣氣的小女生找他談戀愛，那時候他還處在和兄弟們在網咖抽著菸打遊戲的年齡，身邊帶著女孩就是不方便，沒多久就要和他說話，要他哄，要他不玩遊戲送她回家。交過那麼一個以後，他就因為覺得女人麻煩，澈底打消了談戀愛的念頭。

後來進入大學，他在入學的第一天遇見了林西。

兩人在差不多的時間報到，到他的時候，報到處的筆突然沒水了，韓森和報到處的志工大眼瞪小眼，這時候，等在旁邊的林西安安靜靜地遞上了一支筆。

他回頭，看見一個長髮自然捲的女孩，對他燦然一笑。

那是十八歲的林西。

然後，他用林西提供的筆在報到的本子上簽上了名字，用以確認他領走了屬於他的物品。金色的螢光筆，把韓森兩個字寫得金光閃閃的。他之後，林西也用她那支金色螢光筆簽了名。

她剛寫完，志工很快送來了黑筆。韓森臨走前看了報到處的那個本子一眼，只有他們兩個的名字是用金色的螢光筆寫的。

韓森，林西。

他心裡生出了一種奇異的感覺。

十一年的時間，韓森最終沒有成為陳浩男或者山雞，只成為這社會中的路人甲。沒有過上刀口舔血的江湖生活，而是遵循著大部分人的軌跡，做著普通白領。

這十一年來，他交過很多女朋友，也分過很多次手，唯獨沒有想過的是結婚。潛意識裡，他總想再等一等，等到那個自然捲的女孩結婚，他再澈底死心。

那一年校慶，他夢見林西向他表白，以至於他酒醒的時候，整個人因為興奮而發抖，而隨之而來的不是得償夙願，而是她因為車禍陷入昏迷的消息。

幾個月的時間，終於等到她醒來，卻不想那一切都不復存在，她依舊不喜歡他，依舊愛著那個男人。

林西結婚的那天，他坐在臺下，身邊坐著才交沒多久的女朋友，江續的表外甥女，一個讓他身邊所有男人都羨慕的漂亮女孩。

林西上臺的時候，整個宴會廳的燈都關上了。

她穿著休閒的白襯衫，除了頭紗，幾乎沒有可以證明她是新娘的東西，可是很奇怪，和旁邊那個男人自然流露出來的愛意，就是讓人羨慕著，羨慕這世上還有如此的婚姻。

她喉頭哽咽的時候，他眼中有過一刻的閃爍。

之後，全場的掌聲蓋過他那一刻心底的波瀾。

婚宴在樂隊的表演中開席。他終於將目光從舞臺上轉回到桌上。賓客自歡，他混跡在人群裡，和別的客人並沒有兩樣。

當他沉默拿起筷子的那一刻，他聽見他身旁那個平日嘻嘻哈哈的女孩，用很嚴肅的聲音低聲說著：「韓森，今天，我希望你和過去告別乾淨了。」

他回過頭，她用那張漂亮的臉做著凶狠的表情，平日修得票漂漂亮亮的手握成拳頭，一副要揍死他的樣子。

那一刻，他慶幸，慶幸自己選擇了一個這麼酷的女孩。

後來的後來，她畢業離開學校，在這座城市裡換了三份工作。

他存了足夠的錢，裝潢好了婚房，並且為她買了一輛車。

兩個人在一起三年多，吵了無數次架，分了兩次手，最嚴重的那一次，她把他送的車砸了。

本以為他們最終不會有什麼結果，後來卻峰迴路轉地走入了婚姻。

這一切要感謝林西，在她的通風報信之下，他在醫院成功阻截了那個氣勢洶洶要殺了他們孩子的女人。

不過，就算他那天沒有成功到場，她也已經因為怕疼從手術臺上下來了，當然，那就是後話了。

因為這份人情，之後他又被壓迫了許久許久。

比如那對雞賊的夫妻要一起過二人世界的時候，他必然會接到江某人的電話。

『喂，表外甥女婿啊，下午來接一下你兩個弟弟，我和你表舅媽有點事要出去。』

許久不說髒話的韓森忍無可忍：「媽X。」

蘇悅雯篇

蘇悅雯自己也沒有想到，有一天居然和林西成為好朋友，並且持續了那麼長的時間。

說起來，她以平凡的資質嫁給了她的青春，她本該討厭她才是。

喜歡江續，在C大就像一種颳遍全校的流行之風，饒是蘇悅雯清高自負，她也被這風所席捲。

大學四年，她用過很多種方法接近江續，卻始終不得。

她自己都沒想到，大學四年被拒絕了那麼多次，卻在大四快要畢業的時候，他答應了她的邀約。

江續從進入C大以來，從來沒有這麼高調的和哪個女生單獨吃過飯，還是在人多口雜的學生餐廳。

蘇悅雯無心食物，她只是靜靜看著對面的男生，而他，全程幾乎沒有抬過眼。

周圍眾人的視線有意無意地投過來，江續和蘇悅雯完全視而不見。

蘇悅雯秀氣地用筷子夾著蔬菜，小口咀嚼。從小開始練芭蕾，蘇悅雯連吃飯都坐得筆直，力求優雅。

她悄悄瞥了江續一眼，帶著幾分少女的羞怯。

「我邀請你那麼多次，沒想到有你應邀的一天。」

江續沉默地吃著自己的飯，頭都沒抬。許久，他低低回應了一句：「妳不該放棄那麼好的工作，硬要到我家酒店跑行銷。」

話音剛落，蘇悅雯握著筷子的手僵了一下。

她抬手撥了撥自己的髮梢，努力略去自己的幾分不自然，生硬地解釋：「我也是到現在才知道那是你家的酒店，我只是覺得那間酒店不錯。」

江續手上頓了頓，最後放下了筷子，抬起頭看著蘇悅雯，表情坦然：「不要為了誰而放棄自己的理想，不值得。」

蘇悅雯有幾分不甘心：「你應邀，是不想讓我到你家的酒店上班？」

「不。」江續微微垂下視線：「我不會因為妳要到我身邊工作而困擾，我只是不希望妳浪費時間。」

江續眸子始終是那麼冷漠。蘇悅雯正準備說話，突然看見江續的視線落在她身後。她回頭，遠遠的，她看見林西正在窗口前買飯，還是一貫的精氣神，一副活潑過度的樣子。

江續冷漠的眸子，突然就多了幾分煙火氣息，看人的表情都溫柔了很多。雖然只有短暫的幾秒，蘇悅雯還是完整的捕捉到了。

「吃完了？」江續很快收回視線，問蘇悅雯：「送妳回宿舍？」

蘇悅雯又不動聲色往旁邊看了一眼。大家探究的、八卦的、猜測的目光，再聯想江續看林西的眼神，蘇悅雯很快就明白江續是什麼意思。

雖然有些難過，她卻始終不忍責怪他。

她倔強地回答江續：「子非魚，焉知魚之樂？」

兩人從座位上起身，江續很紳士地替蘇悅雯收拾了餐盤。蘇悅雯還是一貫的倨傲，完全沒有阻止，也沒有任何一絲不自在。

如果這是一場戲，她要做的，就是絕對的女主角。

兩人走出餐廳，一路走著，幾乎路過的每個人都會看著他們。

兩個太閃耀的人湊到一起，吸睛指數可想而知。

回到宿舍，蘇悅雯一步一步爬著樓梯，腦中一閃而過的，是她第一次表白時，江續拒絕她的話。

——「妳剛才對那個過來表白的男生說的話，就是我要說的。」

而那時候蘇悅雯對那個男生說了什麼？

她說：「我已經有喜歡的人了，對不起。」

畢業後過去好幾年，她終於從追逐江續的夢中醒來，接受了那個一直追求她，默默守護她的男人。

說不上多愛，也說不上多遺憾，是一種躁動又歸於平靜的心情。

甚至於直到後來，看到他們兩個人兜兜轉轉卻不能在一起，心裡還有些許幸災樂禍的快感。

他們步入三十大關的那一年，不知是哪一環出錯，亦或是哪一環解開了，他們乾柴烈火的結合了，並且很快如膠似漆，走入婚姻。

她沒有羨慕嫉妒恨，只是坦然地接受，以及由衷地祝福。

直到那一刻，她終於欣喜的發現，她終於放下了一切的過去。

而造就這一切的，是她一直擁有的，安穩而幸福的生活。

感恩，知道這一切，為時不晚。

番外　雙子星

江牧和江野是一對雙胞胎。

從小吃狗糧長大，俗稱「狗糧養的」。

而向他們投餵狗糧的，不是別人，正是他們的父母。

他們是一個中式家庭，卻完全遵循著西式的原則。

什麼原則？不吝嗇表達愛意，父母情到濃時，想親就親……

江牧和江野從小接受的教育是比較嚴格的，尤其是父親這一塊，他從牧野兄弟很小的時候，就嚴格控制他們和母親的接觸時間，完全不准他們過於依賴母親。因為只有他們足夠獨立，父親才有更多時間霸占母親。

對此，牧野兄弟非常不齒。

從根本上來說，牧野兄弟是父母計畫外的孩子，據說當年母親是懷著身孕結的婚，所以父親說起他們，總會嘆氣道：「早知當初就不該賭氣，都沒過過什麼二人世界，就變成了四口之家」。

父親如此耿耿於懷，母親對他們卻十分溺愛。

牧野兄弟自是知道父親對母親的言聽計從和無原則愛護，所以每次闖了禍，只要搬出母親，就能逃過責罰。

牧野兄弟長得與母親十足相似，性格卻完全承了父親。所以這個家庭，從父親一個人套路算計，變成了三個男人的鬥智鬥勇。當然，這一切，他們那個小白兔一樣的母親是完全不知情的。父慈子孝，那是他們父子三人在母親面前的默契。

有很多年，牧野兄弟都十分渴望能有個妹妹，作為他們的父親，江某人比他們更期待。畢竟在他眼裡，牧野兄弟這對搗蛋鬼就是來討債的。

也不知是不是有心栽花花不開，那之後的許多年，母親都沒有什麼動靜。在牧野兄弟十歲那一年，全家人都已經放棄的時候，母親卻以高齡產婦的身分，再度懷孕，並且在年底生下了一個漂亮的小女孩。

他們的家庭終於湊成了一個「好」字，而母親一高興，就直接做主，幫妹妹取名為江好。她說，用她們老家的方言，「將好」是「剛好」的意思，就像妹妹的到來一樣。

江好和江牧、江野是完全相反的存在。她的長相完全和父親是同一個模子刻出來的，一臉精明狡黠，性格卻和母親一模一樣，單純好騙過度活潑。

江牧、江野從她出生就肩負著照顧她的重任。小時候怕她磕著碰著，吃錯了東西；長大之後怕她談戀愛，怕她被壞男生騙……

總之，那之後的許多年啊，江牧和江野為了這個妹妹，可謂操碎了心。

什麼，你問他們的父母？

他們每天忙著秀恩愛，哪裡有空管孩子？

唉，所以啊，江牧江野逢人就說：別生二胎啊別生二胎，有二胎的家庭，一胎就是草啊就是草。

——《我的重生脫單計畫》全文完——

——《我的重生脫單計畫》番外完——

後記

終於完成了這本書，修完了全文，寫完了番外，在敲下最後一個字的時候，內心充滿了不捨。寫一本書像一段旅程，見識過了那麼美的風景，明知要到站，卻捨不得離開。

這本書大概是我寫文以來寫過最甜的文了，整個寫作過程非常幸福，好像和主角談了一場戀愛一樣，周身都被粉紅泡泡包圍。

江續並不是完美的男主角，但是卻是我寫過最招人喜歡的男主角。

我在整個寫作過程中，甚至時常會吃林西的醋，心想，林西何德何能，可以遇到江續。

哈哈，多麼可怕的作者。

咳咳，來認真地來說說文吧。

其實《我從來沒有談過戀愛》（網路原名）最初只是一個名字。當時想要寫一個青春懷舊的故事。在寫之前，原本想要把時間推到九十年代，這樣顯得更加懷舊，有「格調」。但是在一番考慮以後，我把時間放回了二〇〇七年。

我記憶最深刻的一段青春時光。

那時候智慧型手機還沒有普及，電腦也不是人人都有。DVD還是人們看韓劇的主流方式之一……

我在那幾年裡看了《浪漫滿屋》、《惡作劇之吻》、《惡魔在身邊》、《宮》等大量的偶像劇。這些劇我至今還會時常回顧，倒不是說劇情有多另類特別、多無可替代。而是想要找回當年看劇時的那種投入。

那都是我對青春最深刻的記憶。

動筆之初，林西的人設幾乎是沒怎麼頭疼的，因為當初這篇文的靈感本就來自身邊的朋友，林西身上所有的特色幾乎都是直接取材。笑，創作來源於現實而高於現實的真實寫照。

江續的人設我是非常糾結的，在眾多款式的男神裡，我最終幫江續選了一個能屈能伸的套路王形象。本來很擔心也許不能被接受，卻不想我越寫越激動，大概是我對他的喜愛越來越滿溢，最後反倒讓他的人氣碾壓了林西。

初戀是詼諧的、笨拙的、無理取鬧、沒有理由的。我沒有給這段初戀故事加太多華麗的光環，只是如實描繪兩個初次涉愛的年輕人，是如何在愛裡碰撞。

這個故事並沒有太多跌宕起伏的劇情，沒有瓢潑的狗血，沒有懸浮的誤會，只是一篇極其樸實的青春流水帳，一對男女彆扭地一步步走近。

是我對那一段時光的回憶，對校園生活的懷念。

不論是因為何種原因，你買到了這本書，當你讀完全文，翻到這裡時，我們已經成就了一段很美妙的緣分。

作為作者，我由衷感謝你，感謝你將這本書買回家。

祝願你有飛揚的青春，似錦的前程，以及最美好的愛情。

艾小圖

二〇一七年五月

高寶書版集團
gobooks.com.tw

YH 130
我的重生脫單計畫（下）

作　　者　艾小圖
責任編輯　吳培禎
封面設計　鄭婷之
內頁排版　賴姵均
企　　劃　何嘉雯

發 行 人　朱凱蕾
出　　版　英屬維京群島商高寶國際有限公司台灣分公司
　　　　　Global Group Holdings, Ltd.
地　　址　台北市內湖區洲子街88號3樓
網　　址　gobooks.com.tw
電　　話　(02) 27992788
電　　郵　readers@gobooks.com.tw（讀者服務部）
傳　　真　出版部 (02)27990909　行銷部 (02)27993088
郵政劃撥　19394552
戶　　名　英屬維京群島商高寶國際有限公司台灣分公司
發　　行　英屬維京群島商高寶國際有限公司台灣分公司
初　　版　2023年3月

國家圖書館出版品預行編目(CIP)資料

我的重生脫單計畫/艾小圖著. -- 初版. -- 臺北市
: 英屬維京群島商高寶國際有限公司臺灣分公司,
2023.03
冊；　公分. --

ISBN 978-986-506-694-9(上冊：平裝). --
ISBN 978-986-506-695-6(下冊：平裝). --
ISBN 978-986-506-696-3(全套：平裝)

857.7　　112003556